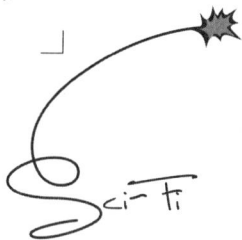

七重外壳

王晋康——著

山东教育出版社

图书在版编目（CIP）数据

七重外壳/王晋康著. —济南：山东教育出版社，
2022.2（2022.3 重印）
（科幻文学群星榜）
ISBN 978-7-5701-1821-2

Ⅰ.①七… Ⅱ.①王… Ⅲ.①幻想小说－中国－当代
Ⅳ.①I247.5

中国版本图书馆 CIP 数据核字（2021）第 164722 号

QI CHONG WAI KE

七重外壳

王晋康　著

主管单位：山东出版传媒股份有限公司
出版发行：山东教育出版社
　　　　　地址：济南市市中区二环南路 2066 号 4 区 1 号　邮编：250003
　　　　　电话：（0531）82092600　　　　网址：www.sjs.com.cn
印　　刷：北京市松源印刷有限公司
版　　次：2022 年 2 月第 1 版
印　　次：2022 年 3 月第 2 次印刷
开　　本：880 mm×1300 mm　1/32
印　　张：8
印　　数：10001-13000
字　　数：192 千
定　　价：32.80 元

目 录

Catalogue

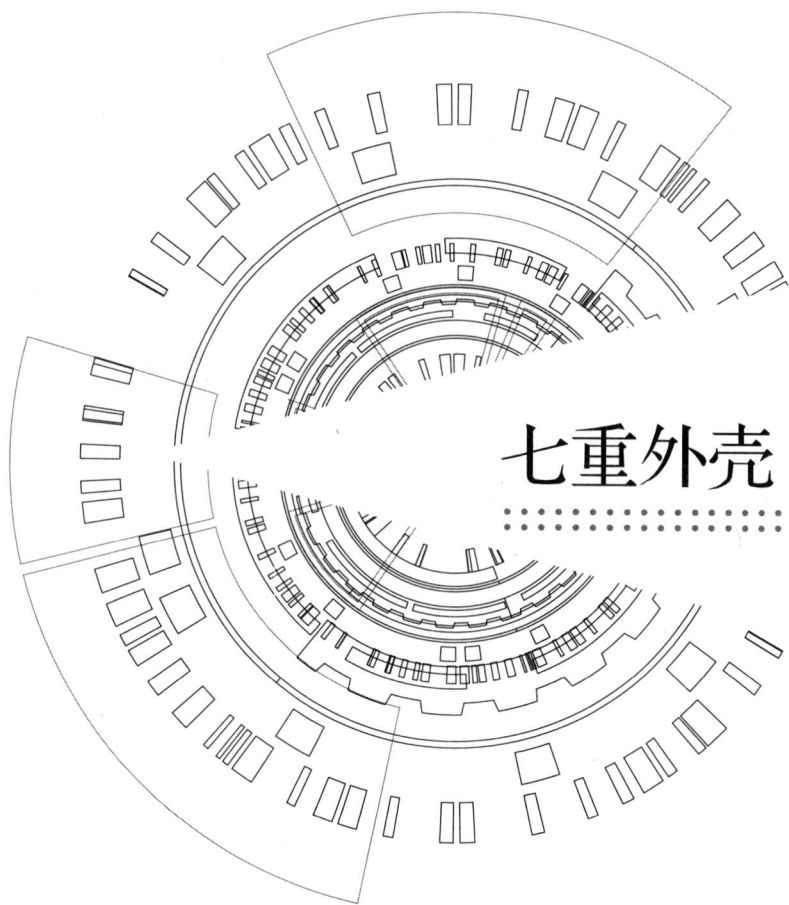

七重外壳

1999年8月23日，小甘和姐夫乘坐中国航空波音747客机到达旧金山。姐夫斯托恩·吴，中文名字吴中，买的是单程机票，给甘又明买的是往返机票。小甘打算在七天后返回北京，去上他的大学三年级。

　　在旧金山，他们没出机场，直接坐上联合航空公司去休斯敦的麦道飞机。抵达这个航天城时，已是万家灯火了。高速公路上的车灯组成流动跳荡、十分明亮的光网，城市的灯光照彻夜空，把这座新兴城市映成了一个透明的巨大星团。飞机开始下降，耳朵里嗡嗡作响，那个巨大的亮星团开始分解出异彩纷呈的霓虹灯光。直到这时，甘又明才相信自己真的到了美国。

　　下了飞机，他们乘坐地下有轨电车来到一个停车场，吴中找到自己那辆银灰色的汽车，用遥控器打开车门。十分钟后，他们已来到高速公路上。吴中扳动一个开关后便松开方向盘，从随身皮包里取出一个小巧的办公机，开始同基地联络。

　　"我在为你办理进基地的手续。"他简短地说。

　　甘又明惊讶地看着这辆无人驾驶的汽车在高速公路上疾驶。路上，除了对面的汽车刷刷地掠过去之外，百里路面见不到一个行人和警察。在这道机械洪流中，甘又明真正体会到为什么"汽车人"在美国的动画片中大行其道。他们的汽车与前边的汽车离得太近时，甘又明免不了心中忐忑，斯托恩·吴猜到他的心思，抬起头，平淡地说：

"放心，它有最先进的防撞功能。"

甘问："它是卫星导航？我见资料上介绍过，说这种自动驾驶方式是下个世纪的技术。"

姐夫微微一笑："国内的资料与国外的现状相比，常常有5—10年的滞后期，我带你去的B基地又是美国国内最先进的。你在那儿可以看到许多科幻性的技术，它可以说是21世纪科技社会的一个预展。比如这辆汽车，你知道它是用什么动力吗？"

不是姐夫问，他还真没想过这个问题。他看看汽车，外形和汽油车没什么区别，车速表上的指针显示，时速已超过了150英里，汽车行驶得异常平稳。他猜道：

"从外形看当然不是太阳能汽车，是高能电池的电动汽车？氢氧电池的电动汽车？高容量储氢金属的氢动力汽车？在我的印象中，这些都是公元2000年以后的未来汽车。"

吴中摇摇头："都不是。这辆汽车是惯性能驱动，它装备有十二个像普通汽车汽缸大小的飞轮，秒速30万转。所以存储能量很大，充电一次可以行驶一千公里。飞轮悬浮在一个超导体形成的巨大磁场里，基本没有摩擦损失，使惯性能在受控状态下逐步转化为电能。这是代替汽油车的多种方案之一，但不一定是最好的方案。"

甘又明半是哂笑地说："也许，B基地里还有能给植物授粉的微型昆虫机器？有克隆人？有光孤立子通信？有激光驱动的宇宙飞船？"

斯托恩·吴扭头看他一眼，平静地说："没错，除了'克隆人'囿于伦理问题没有付诸实施外，其他的都已投入使用或小规模试用。"

之后他就不再说话，在他的办公机上专心致志地办公。甘又明不由得暗暗打量他的侧影。他的相貌平常，身体比较单薄，大脑门，有如女性般的纤纤十指在电脑键盘上翻飞自如，时而停下来在屏幕上迅速浏览一下从基地发来的数据。

如鱼得水。甘又明脑子里老是重复这四个字。这个文弱青年在科技社会里真是如鱼得水，无怪乎姐姐是那样爱他、崇拜他。这种人正是21世纪的弄潮儿，在女性心目中，他们已代替了那些筋腱突出的西部牛仔英雄。

七天前，34岁的斯托恩·吴突然飞回国内，第三天就同31岁的星子姑娘举行了婚礼。婚礼上，新娘满脸的幸福，新郎却像机器人一样冷静。刚从老家返校的甘又明借着三分酒气，讥讽地对姐夫哥说：

"谢天谢地，我姐姐苦苦等了八年，你总算从电脑网络里走出来了。你知道吗？很长时间以来，我认为你已经非物质化了，或者只剩下一个脑袋泡在美国某个实验室的营养液中。"

斯托恩·吴平静宽厚地笑笑，同小舅子碰碰杯，一饮而尽。甘又明对他一直非常不满，甚至可以说是抱有敌意。八年来，至少是他考进清华大学计算机系的三年来，他极少在姐姐那儿听到吴先生的消息，最多不过是在电脑网络中发来几句问候。甘又明曾刻薄地对姐姐说：

"你的未婚夫究竟是吴先生，还是一个ZHW@07.BX.US的网络地址？别傻了，那个人如果不是早已变心，就是变成了没有性程序的机器人。"

姐姐总是笑笑说："他太忙，现在是美国B基地虚拟试验室的负责人。"不过弟弟的话并非没有一点影响。那天晚上，她发了一封电子邮件，委婉地说想要一张他的近照。第二天一张表情漠然的照片传回来了——仍是在电脑网络中！为此，甘又明一口咬定这张照片是虚拟的："美国的警务科学家早把面孔合成软件发展得无懈可击，你想叫这张照片变胖变瘦，是哭是笑，或者想从10岁的照片变化出34岁的模样，都只用半秒钟的时间！你想，他为什么不寄一张普通相片呢？这里面一定有鬼！”

即使婚礼过后，甘又明仍然敌意难消。客人走后，他悻悻地对姐姐说：

“他为什么不接你去美国？这位上了世界名人录、名列美国二十位最杰出青年科学家的吴先生养不活你吗？姐姐，我担心他在那边有了十七八个情人，甚至已成了家。我知道你是个高智商的学者，但高智商的女人在对待爱情上常常低能。用不用我再提醒一次？那个国度既是高科技的伊甸园，又是一个世界末日般的罪恶渊薮。”

星子已听惯了弟弟的刻薄话，她笑着说：“你不是说他是没有性别的机器人吗？这种机器人是不需要情人的。”

“那他为什么不接你去美国？”

“他说这儿有他的根，有他童年的根，人生的根。当他在光怪陆离的科技社会里迷失本性时，需要回来寻找信仰的支撑点，就像希腊神话英雄安泰需要地母的滋养。”

她在复述这些话时，脸上洋溢着圣洁的光辉。甘又明喊起来：

“姐姐呀，你真是天下最痴情又愚蠢的女人！这都是言情小说中的道白，你怎么也能当真！”他看看表，9点40分，是中央7台的科技影视长廊节目时间，这个时间他是雷打不动收看节目的。他打开电视，嘟囔道：

“反正我把该说的都说了，到时你莫怪我。”

那晚的科技影视节目是“电脑鱼缸”——正是它促成了他的美国之行。“电脑鱼缸”是一种微型仿真系统，电脑中储存了几百种鱼类的基因，你只要任意挑选几种，按下确认钮，它们就开始在屏幕上从容遨游。每秒48帧画面，比电影快一倍，所以画面看上去甚至比真鱼还逼真。不仅如此，这些鱼还会生长，会弱肉强食，会求婚决斗，会因鱼食的多寡而变肥变瘦。雌雄配对的机会完全是随机的，一旦某对夫妻结合，它们的后代就兼具父母的基因，因而兼具父母特有的形态习性。它们会根据环境条件产生变异。换句话说，这个鱼缸完完全全是一个鱼类社会的缩影——但只是虚拟状态。

新婚夫妇来到客厅时，甘又明正在击节低赞：

"太奇妙了，太奇妙了！"每次看到类似的节目，他常有"浮一大白"的快感。这会儿他完全忘却了对姐夫的敌意，兴致勃勃地对姐夫说：

"很巧妙的构思。如果把节奏加快——这对于电脑是再容易不过了——是否可以在几分钟内预演鱼类几千万年的进化？还可以把主角换成人，来模拟人类社会的进化。比如说模拟第三次世界大战的进程。把所有的社会矛盾、各国军力、民族情绪、宗教冲突、各国领导人的心理素质等等输进一个超级虚拟系统，推演出二三十种战争进程，我想它对军事统帅的决策一定大有裨益。"

斯托恩·吴看了他一眼，他发现这个清华大三学生的思路比较活跃，不免对这位小舅子发生了兴趣。他坐到甘的面前，简洁地说：

"你说的不错，这正是虚拟技术诸多用途之一。不过这个电脑鱼缸太小儿科了，我们早已超过它，远远超过它。"

甘又明好奇地问："发展到什么程度？能否给我讲讲，如果不涉及贵国——"他有意把这两个字念重，"利益的话。"

吴中笑笑，接过妻子递过来的两杯咖啡，递给小舅子一杯。他略为思考后说：

"我想你已知道，在虚拟技术中，人可以'进入'虚拟世界。"

"对，通过目镜和棘刺手套，人可以进入电脑鱼缸和鱼儿嬉戏。"

吴中摇摇头："那都是二十年前的老皇历了。我们现在使用的是一种被称作'外壳'（SHELL）的中介物。通过它，人可以完全真实地融入虚拟世界。我们的技术甚至已发展到这种程度：某人进入虚拟系统之后，如果没有系统外的帮助就无法辨别出所处环境的真假。正像一个密闭飞船里的乘员，若没有系统外参照物就无法确认自己是否在运动。"

甘又明笑嘻嘻地说："那个'某人'是否服用了迷幻药？科克（Coke）？快克（Crack）？哈希什（Hashish）？"

斯托恩·吴看看他，心平气和地说："没有。"

甘又明大笑起来："那你就有点吹牛了！我想，一个神经健全、头脑清醒的人，肯定能从虚拟环境中找出破绽来！要不，是美国人普遍智力低下？也难怪，在美国，全民性的吸毒泛滥至少已延续了100年，难免引起智力退化。"

吴中冷冷地说："说几句俏皮话是很容易的，不过献身科学的人一般已经摈弃了这种爱好。甘先生，你想试试向我的虚拟技术挑战？"

甘又明两眼发光，跃跃欲试地说：

"这可搔到我的痒处了！我天生喜欢这样的智力体操，从小至今，乐此不疲。不过，我恐怕暂时去不了美国吧。"

吴中笑笑，对妻子说："我给他安排一次为期七天的短期访问，不耽误他回校上课。"

甘又明很快领教了姐夫的地位和能量。三天后，吴中告别新婚妻子匆匆返回美国时，甘又明也怀揣着一张往返机票、一份特别签证和一千元美金坐在特等舱里，享受着空姐的微笑和茶几上的新鲜水果。

一条公路沿着海滩穿行，再往前是广阔的滩涂地。这儿人烟稀少，雪亮的灯光刺破夜色，展现出一个茂密安静的绿色世界，自然的蛮荒和嵌入其中的现代化建筑相映成趣。天光甫亮，他们赶到一个营地。营地占地不大，在做工粗糙的铁栅栏中散布着十几座平房。虽然途中已经联系过，但警卫室声称没有收到对甘又明放行的命令。斯托恩·吴面色不豫，拿起内线电话，节奏很快地说了一通。以甘又明的英语水平，基本可以听懂他们的谈话。

吴说，我与贵国政府签了合同，我自然会恪守它，包括其中的保密条款。实际上，只要这次我回国七天而未泄密，你就不必担心了。从这几句话中，甘又明听出了他的傲气。

他又说，实际上这位中国青年是作为临时雇员来基地的。你知道我们一直在招募挑选那些最有天资的美国青年，让他们去寻找虚拟世界的漏洞，以求改进设计。成功者还要发给一万美元的奖金。这位甘先生也是一个很合适的人选，他思维灵活，天生是个怀疑派，而且是在一个完全不同的文化背景中长大。我们的技术只有经过不同文化背景人士的检验，才是万无一失的。当然，甘先生没有经过例行的安全甄别，但我的话是否可以作为担保呢？

对方显然犹豫片刻，然后交谈了几句。吴中笑道："谢谢，我记住你的这次人情。"

他把话筒递给警卫，警卫听完后殷勤地说："头头说，对两位先生免除一切检查。我送你们过去。"

现在，在他们面前的是一个巨大的圆形管道。吴中按动一个电钮，管道上一座密封门缓缓打开。他们走进一个圆筒状的车厢，车厢内相当豪华，摆着四部真皮转角沙发。吴中同仅有的两名乘客打了招呼，安顿甘又明坐下，打开酒柜门，问：

"喝点什么？威士忌、橙汁还是咖啡？"

"橙汁吧。"

吴中倒橙汁时，车非常平稳地起动了。甘又明只是在看到橙汁液面向后倾斜时，才察觉到车在加速。他从窗户向外望去，看到飞速后掠的绿树旷野。一群海鸟在窗外掠过，立即出现在后边的窗户中。但他敏锐地发现，所谓窗户只是一张液晶屏幕上的仿真画面。他笑着用手敲敲假窗户：

"也是虚拟的？"

吴中微笑着说："你的观察力很敏锐。对，这种管道是全封闭的，是饱和蒸汽管道。车厢行进时，前方蒸汽迅速凝为水滴，车厢经过后又迅速气化，所以几乎没有空气阻力。车辆可以达到两马赫的高速，使用磁悬浮技术驱动。相信在下一个世纪中叶，它将在很大程度上代替火车。"他笑道，"当然啦，因为是封闭环境，旅客容易感到压抑郁闷，所以我们搞了这些仿真窗户。"

磁悬浮车辆已达到最高速，正保持着这个速度无声地疾驶，窗外景物的后掠也越来越快。按方位和地图推算，这时头顶已经是浅海了。吴中严肃地说：

"还有10分钟时间。我想简单地介绍一下我们的虚拟技术，希望你不要过于轻敌。像你这样的青年志愿者我们已接待过上千人次，只有六个人挣到了自己的一万美元。此后我们堵住了所有的漏洞，再没人能挣到这笔奖金了。我很希望你能成为第七个成功者，但首先你要彻底清除你的轻敌思想。"

他略为沉吟，平缓地说：

"你要知道，一个智慧生物若处于封闭系统中，很难对自身所处环境做出客观的判断。比如当宇宙飞船达到光速时，时间速率就会降为零，但光速飞船内的乘员感觉不到这个变化，他们仍然认为自己是在正常地吃饭、谈话、睡眠、衰老。再比如，我们说宇宙在膨胀，也能用光线的红移来测出膨胀速率。但这种膨胀只是天体距离的膨胀，天体本身并未膨胀。如果所有天体连同观察者本身也在同步地膨胀，我们能拿什么不变的尺度来确认宇宙的膨胀？绝无可能。"

甘又明笑道："我信服你的理论，但进入虚拟环境中的人并未完全封闭，至少他们的思维是在虚拟系统之外形成的，自然带着它的惯性。我完全能以这种惯性作为参照物来判断环境的真实性，就像刚才用水面的倾斜来判断车辆是否加速。"

斯托恩·吴凝眸看着他，良久才笑道：

"我没有看错你，你的思维确实非常明快，一下子抓到了关键。但请你相信，我们也不是笨蛋。我们已能把被试者的思维取出来，并及时地反馈到虚拟环境中去。比如说，尽管我们的虚拟系统与全球信息网络相通，可以随时汲取几乎无限的信息，但它肯定不能囊括你的个人记忆：你母亲20年前的容貌啦，你孩提时住的房舍啦，童年时的游戏啦，你对某位女同学的隐秘爱情啦，等等。但是，"他强调道，"凡是你在自己的记忆库中能提取到的东西，立即会天衣无缝地织进虚拟环境中，所以你仍然没有一个可供辨别的基准。"

甘又明微笑不言，对自己的智力仍然充满信心。吴中也不再赘言，简捷地说：

"我的话已经完了，你记着，我们将让你在虚拟世界中跳进跳出，反复进行。何时你确认自己已回到真实世界中，就向我发一个信号。如果你的判断是正确的，你就会怀揣一万美元回国。"他又加了一句，"不要轻敌，小伙子。喏，已经到站了，下车吧。"

他们在地下甬道里走了一段路，碰到的工作人员都尊敬地向吴中致意，这使甘又明又一次掂出了姐夫在这儿的分量。他们来到一个空旷的大厅，四周是天蓝色的墙壁和屋顶，浑然一体，大厅中央有两把测试椅。这个大厅不算豪华，但建筑做工十分精致，每一处墙角，每一寸地板，都像象牙雕刻的一样光滑严密，毫无瑕疵。吴中拿上一个遥控器，带甘又明来到大厅中间，说：

"先让你对虚拟世界有一个感性认识。让你看看哪种环境呢？"他略为思考，说："你先看看我们的电脑鱼缸吧。"

他按动电键，大厅中瞬时间充满清澈的海水，波光潋滟，珊瑚礁壁立千尺，有的成伞状，有的成蘑菇状。一只一米长的蛤蜊垂直嵌在珊瑚里，半露的身体犹如彩色的丝绒。还有彩色的鳌虾、五条手臂的星鱼、漂亮的石斑鱼。突然前边冒出一只巨大的八足章鱼，它的小眼睛阴森地盯着前边，行动诡秘地缓缓爬过来。甘又明本能地蜷起身子，但章鱼熟视无睹，缓缓从他的身体中穿过，消失在幽蓝的深海中。甘又明喘了口气，笑问：

"激光全息仿真技术？确实可以乱真。"

吴中点点头，按了一下快进键，眼前又立刻变成深海海底景色。火山口冒着浓烟，就像地狱中的烟囱。两米长的蠕虫在海水里轻轻摇动着，管端血红色的羽状触手缓慢地开合。熔岩上铺着一层细菌，犹如白色的地毯。一只奇形怪状的细菌蟹贪婪地一路吃过去，有时还去啃食蠕虫的肉质触手。这是加拉帕戈斯群岛海底依靠硫化氢为生的太古生物群。甘又明看呆了，虽然他明知这是个虚拟世界，但似乎能感受到那深海海水的阴冷和重压。

忽然幻觉消失了，在一刹那间消失得干干净净。甘又明一时跳不出视觉的惯性，呆愣愣地立在那儿。斯托恩·吴淡淡地说：

"这只是虚拟技术的开场锣鼓。下面我要为你套上所谓的外壳，使你与虚拟环境融为一体。跟我走。"

他们走进大厅旁的一间屋子。甘又明第一眼就看到一个光脑袋的女性人体模型，几个工作人员正在它周围忙着。看见他们进来，那个人体模型竟然扭过头来——原来是一个真人！

甘又明傻望着这个脑门锃亮的裸体姑娘，解嘲地说：

"我已经进了虚拟世界？这种景象我只在青年的绮梦中见过。现在这个一丝不挂又毫不羞涩的漂亮姑娘到底是真是假？"

斯托恩·吴微笑着没有接腔。几个工作人员开始小心翼翼地为那个姑娘套上"外壳"，那是一件色泽纯白、很薄很柔的连体服。她把双腿蹬上后，工作人员小心地展平外壳，使上面的神经传感乳头与她的身体完全贴合。吴中低声解释，这些乳头将把虚拟信号传到相应的感觉神经，比如你"踩"上火炭时，脚底神经就送去烧灼感的信号。外壳已套到肩部，只有头盔还未戴上，它比较笨重，与黑色的目镜相连。姑娘在套上头盔前微笑道：

"我叫琼，琼·比斯特。很高兴做你的向导。"

甘又明疑问地看看吴，吴中点点头：

"对，这是你在虚拟世界里的向导，心理学和逻辑学博士，会三国语言，包括汉语。需要了解什么信息尽管问她。但她是完全超脱的，绝不会帮助你做出判断。现在请你脱光衣服，剃光头发。"

一个自动理发机无声地移过来，几秒钟内把他变成脑门锃亮的和尚，同时把发茬吸走。工作人员为他穿上那件洁白的衣服。这件衣服又薄又柔，弹性极好，穿在身上几乎变成了自己的皮肤。两人来到大厅，面对面坐在两把椅子上。听见送话器中斯托恩·吴用英语说：

"虚拟系统即将启动，请你瞪大眼睛寻找它的漏洞吧。你想从哪儿开始？是海洋，太空还是台风眼中？我们都可以为你办到。"

甘又明稍稍想了一会儿，说："还是从海水中开始吧，既然这一切都是由那个电脑鱼缸所引发。而且，我没有告诉你，我是北京高校百米自由泳纪录保持者。"

斯托恩·吴在屏幕中笑笑："在虚拟世界里不会游泳并不是一个问题，电脑很容易为主人公加上令人信服的校正。不过，就按你的意见办吧。现在我要按下电钮了。"

甘又明在一刹那间被抛入水中。他看见自己和那位琼姑娘都穿着潜水衣，身后背着两个小小的黄色氧气瓶。他用力浮上水面，透过面罩远眺，海面十分广阔，只有后方隐约可见一线海岸。海浪轻轻地推揉着他，透过潜水服，能感到海水的浮力和温度。他在水中做了几个滚翻，他的前庭器官感觉纤毛依旧精确地给出重力变化的方向。他知道这些都是假象，他身上穿的是白色的"SHELL"而不是黑色的潜水服，他是坐在空旷的大厅里而不是在水中。但由那件"外壳"传给他的视觉、听觉和触觉效果太逼真了，实在太逼真了，使他没办法不相信。

他取下头盔——他真的感觉到把头盔取下了，能呼吸到海面上略带咸味的空气，感到清凉的微风。琼从他旁边冒出来，甩着水珠，他喊道：

"琼！这儿是什么地方？"他笑着有意强调，"或者说，这是模拟的什么地方？"

琼也取下头盔，抖抖长发。长发如瀑布般散落，发出耀眼的金黄，这和他记忆中的光脑袋姑娘形成强烈的反差。他随口问道：

"这是你的真实形象吗？"

琼奇怪地问："你说什么？"

"你在剃光脑袋进入虚拟世界之前，就是这个模样吗？"

琼笑笑，只回答了他的第一个问题：

"我想这儿就在我们基地上方。这儿是阿查法拉亚湾附近海面，离墨西哥不远。近年来这儿贩毒活动很猖獗。"

不远处海面上有一艘快艇，上面没有人——按照虚拟系统的逻辑，这当然是他们带来的。他忽然看见南边海面上出现一个三角形的背鳍，划破水面迅速逼近，他惊慌地喊道：

"鲨鱼！"

琼挺直身子看看，笑道："不要慌，这是海豚。"

他们戴上面罩潜入水中，果然看到十几只海豚。它们的皮肤是鸽灰色的，十分光滑，嘴里有整齐的白牙，呼哧呼哧地喘息着，喷水孔一张一合。它们排着队向西北方向游去，很快掠过两人的身边。他们甚至能感到海豚所搅起的湍流。甘又明兴致勃勃地追过去，一边笑道：

"琼，如果是在虚拟世界里被鲨鱼吃掉，会是什么后果？"

"你当然不会真的死去，但系统会'死机'，只能重新进行冷启动。另外，你会真的感到鲨鱼利齿切断身体的痛苦。所以劝你不要尝试。"

在那群海豚之后，甘又明忽然又发现两只。它们的体形相当大，在飞速游动中严格保持着相对方位。当海豚靠近时，甘又明发现它们身上套着挽具，身后拖着一个流线型的容器，他大声喊：

"看哪，海豚邮递员！"

琼在水下通话器中听到了他的喊声，也看到了那对海豚，它们像是受过严格训练的军马，目不斜视，以极快的速度掠过他们的身边。琼饶有趣味地说：

"我看过一些资料，说军方在着力培训海豚蛙人，让它们咬断敌方通信电缆，或者给深海作业的潜水员递送工具。海湾战争中就征调了海豚部队去排除鱼雷。噢，对了，听说贩毒集团也开始利用海豚和信鸽越境贩毒，这是最廉价又最难发现的方法。"

甘又明似笑非笑地看着她，他想琼这几句话一定是预定情节中的台词。他嬉笑道：

"要不，咱们追过去？"

"好的。"

他们迅速爬上快艇，瞅准那片背鳍追过去。海豚的速度很快，甘又明看看速度表，已超过每小时10海里。它们有时也潜入水中，好在海豚必须浮上水面换气，所以他们能一直保持着追踪。马上就到岸边了，前边有一个狭长的海岛，海岸警备队的快艇远远向他们驶来。那两只海豚忽然昂起头——甘本能地感觉到它们是在做一次深呼吸——便潜入水中，倏然不见。琼急急地说：

"恐怕它们不会再浮出水面了，下水追踪吧。"

两人迅即下水，听见海岸警备队快艇上有人大声喊叫着，似乎是在命令他们待在船上听候检查，但两人没理会。海豚的速度很快，一会儿就失去了踪影。两人在岸边的红树林中和乱石中徒劳地寻找十几分钟，终于失望了。琼懊丧地说：

"找不到了，回航吧。"

就在这时，甘又明忽然发现前边有一个狭窄的洞口。那两只海豚正一前一后从洞口钻出来，径直向大海游回去。它们身上已没有挽具和那个流线型的物体。但甘分明觉得它们就是原来那两只。从它们从容不迫的神情看，似乎已经完成了邮递任务。甘又明拉着琼游近观察，洞穴非常幽深。他问琼："进洞看看？"

琼犹豫着，甘又明又鼓动道：

"不会有危险的。海豚能游进去又能游出来，咱们还带着氧气瓶。"他笑着补充，"何况只是虚拟世界。"

"好吧。"

两人把面罩戴上，费力地钻进洞穴。进口相当狭小，但里面越来越宽，也越来越暗，几乎成了漆黑一团。他们继续前行，大约两公里后，前边出现了暗蓝色的微光。再往前游一会儿，海水逐渐变成清澈的天蓝色，浮光摇曳，色彩斑斓的各种鱼儿在蓝光中遨游。琼惊喜地说：

"太美啦，我在这儿当向导已经五年，一直没发现这个神奇的蓝洞。"

蓝光逐渐变淡，两人同时钻出水面，摘下面罩，好奇地打量着。这儿很像一个天井，水面离岸有几米高，头顶上方仍然是岩顶，岩洞四周卧着两三幢小房子。忽然有人高喊：

"水下有人！"

立即响起凄厉的警报声，十几个人一下子冒出来，从岸边探下身，端着枪向他们瞄准。两人知道这儿不是说理的地方，迅速戴上头盔，一个鱼跃，疾速向水下潜去。后边如开锅一样，无数子弹搅着海水。琼在通话器中气喘吁吁地说：

"一定是贩毒分子！否则不会不问情由就开枪的，我们快返回！"

他们尽力向来路游回去。眼看快到洞口了，忽然唰啦一声，一个秘密栅栏门从洞壁上伸出来，把洞口封得严严实实。甘又明用力摇撼，粗如人臂的铁栅栏纹丝不动。琼惊惶地喊：

"后边！他们追来了！"

十几个蛙人已经悄无声息地逼过来，他们手中的长矛和水下步枪闪闪发亮，有如鲨鱼口中的利齿。他们透过面罩阴森森地盯着两人，慢慢地把包围圈缩小。在这生死关头，甘又明忽然长笑一声，大声喊道：

"暂停！吴先生，场上队员要求暂停！"

眼前的景象呼啦一下子消失了，两人仍坐在椅子上。甘又明抬起胳膊想去掉头盔，两个工作人员急忙过来帮助他。头盔取下后，面前仍是那个空旷的大厅，两人仍穿着那件白色的外壳。他大笑着站起身：

"太奇妙了，太逼真了！我虽然明知道它是假的，但却看不出一丝破绽。我能感受到海水的波动、子弹的尖啸和死亡的恐惧。那个蓝汪汪的洞穴实在美极了，还有那两个勤奋尽职的海豚邮递员！吴先生，真难为你编出这么生动的情节。"

琼也取下头盔，笑问："你在哪儿看出了破绽？"

甘又明微笑道："你不要拿我的智力开玩笑。这是个非常逼真的故事，可惜没有开头——我们是突然跌入海水中的。稍有逻辑判断力的大脑，自然能做出正确的结论。"

从控制室出来的斯托恩·吴一直没有说话，笑着看他。这时才问一句："什么蓝洞？"

甘又明惊奇地说："你是开玩笑吧，你们构思的情节，你能不知道？"

斯托恩·吴微微一笑：

"你太小觑我的系统了。告诉你，系统的信息来源是完全真实的，也几乎是无限的。但究竟把哪点信息用于这一次的虚拟环境——比如你在海水里看到的是海豚还是噬人鲨——却是完全随机的。电脑根据这些信息随机地进行构思，所以系统内的情节绝不会重复。"他开玩笑地说，"我说过，我一直不忍心把这套技术公开，我怕它砸了所有小说家、剧作家的饭碗。"

"那么，我们在虚拟世界里游逛时，你并不知道我们的经历？"

"当然可以知道，不过我们一般懒得监视，你的进入只是千百个普通试验中的一个。"

这话使甘又明的自尊心颇受打击。他简要讲了当时的情形，吴中似乎对海豚和蓝洞的情节很感兴趣，盯着问了几个问题。然后他说：

"今天到这儿结束。让琼陪你去逛逛美国吧，你已经只剩下六天了。"

甘又明点点头，从身上慢慢剥下那件白色的外壳，穿上他自己的衣服。从外壳的禁锢中解脱出来，顿时觉得十分轻松。

尽管在电影、电视中对美国的夜生活已是一清二楚，但只有亲身置于夜总会的环境中，才真的感受到那种世纪末的气氛。大厅里光线幽暗，烟雾腾腾，紫色、蓝色、血红色的光柱一波波扫过人群。高高的屋顶上垂下一个秋千，一个近乎裸体的艳色女郎嘎嘎笑着，一下下擦着头顶荡过人群。大厅正中是一个高台，一对身穿白色紧身衣的男女疯狂地扭动着，做出种种猥亵的动作。他们的紧身衣颇似B基地里的外壳，甘又明不由得想起裸体的琼套着外壳时的情形。他扭头端详琼，她今晚的打扮也很性感，裸露的肩头和脊背十分润泽，穿着短裙，大腿修长白皙。两人找到位置坐下，甘又明问：

"喝点什么？"

"来杯威士忌。"

甘又明为自己要了三瓶矿泉水，一杯杯地往肚里灌。他解嘲地说："早就渴坏了。"

琼呷了几口威士忌，问："跳舞吗？我在等你邀请呢。"

甘说："我去一趟洗手间。"他在挨肩擦背的人群中费力地挤过去。洗手间是男女合用的，便池各自独立，两名女子正对镜整妆。他拉开一间便池的门，忽然吃惊地后退一步，一个40岁左右的黑人男子侧卧在便池上，眼睛像死鱼一样翻着，胳膊上的静脉血管插着一只注射器。

不用说，这是过量吸毒引起的猝死。那两名女子出门时也看到了尸体，但她们只漠然地扫一眼，若无其事地走了。甘又明厌恶地看着这名吸毒者。他一直生活在正统保守的中国，对席卷全球的吸毒狂潮只有三个字的感受：不理解。他不理解竟然有数千万人屈服于这种魔鬼的诱惑，莫非末日审判的钟声已经敲响了吗？

他回到柜台前，向侍应生问清了报警电话，把电话要通。警察局的值班人员说：

"谢谢，我们将在十分钟内赶到。请问你叫什么名字？我们在哪儿可以找到你？"

"我叫甘又明，十分钟内不会离开这家夜总会，你到第七号餐桌前找我。"

回到桌旁，他看见座位已空，琼正同一个陌生男子跳舞，狂热地扭动着臀部和肩部。她的眼光仍留意着这边，见甘返回，向他做一个抱歉的手势。甘又明向她摆摆手，坐到原位。

两个中年人忽然出现在他的面前，他们身着便衣，一个身材矮胖，手上长满金色的软毛；另一个是瘦长个子，耳朵很大。矮个子彬彬有礼地问：

"你是中国来的甘又明先生？"

甘又明狐疑地看着两人，嘲讽地说：

"二位来得太快了吧，这不像是真实世界的速度。"他有意把"真实"这两个字咬得特别重。"我报案才一分钟。再说，我在电话中并没说我是从中国来的呀。"

这下轮到那两人纳闷了："你说什么报案？"

"你们不是警察？"

"我们是联邦警察。"两人出示了证件，"我们是联邦调查局派驻B基地的警官汤姆和戈华德。但你说什么报案？"

　　甘又明讲了刚才的见闻。听了甘的解释，大耳朵的戈华德警官匆匆去洗手间处理那桩凶案。汤姆笑道：

　　"一场误会，我们是为另一件事来的，要占用你一点时间。你不会介意吧。"

　　"我不会介意，但我首先要确认自己是不是在梦中。"他笑着问，"请二位向我解释一下，你们是如何在一个远离B基地的繁华小镇一下子就找到我，一个刚来美国的外国人？"

　　"很容易。我们知道琼经常来这儿玩，又在停车场发现了她的汽车。"

　　甘又明噢一声，觉得自己是多疑了。他说："那么请讲吧，什么事情我可以效劳？"

　　汤姆开门见山地说："听说你和琼无意中发现一条贩毒通道？"

　　甘又明哑然失笑："先生，你是B基地常驻警官，难道对他们的虚拟技术一点也不了解？对，我们是发现了一条通道，还差点丧了命。但那只是一个虚拟的故事。"

　　汤姆微笑着说：

　　"恐怕正是你本人还不了解虚拟技术。你是否知道，虚拟环境中所涉及的信息都是真实的，是从间谍卫星、水下拾音器、水下摄像机输到电脑中的？海岸警备队在南部海岸线确实设了许多秘密摄像机，以便监督无孔不入的贩毒分子。所拍摄的数千英里的胶片都经过电脑的处理，把有用的资料甄别出来，送到联邦缉毒署长的办公桌上。但是，电脑不是万无一失的，它也有可能漏掉很重要的一段，又偶然被组织进那次的虚拟环境中去。我们尚未在浩如烟海的背景资料中查到这一部分，为了稳妥起见，请你帮我们复查一下。这也是吴先生的意见。"

　　"现在就去？"

"越快越好。"

"好吧。"他把最后半瓶矿泉水灌进肚里，"需要琼一块儿去吗？"

"当然。"

他把琼从舞池中唤回来，戈华德正好也返回了。他说："本巡区的警官已经去了洗手间。我们走吧。"

琼迷惑地问："到哪儿？"

"上车再说吧，走。"

警用快艇上已经备好四套轻便潜水服和水下照明灯。甘又明很有把握地说："我想我会很快找到的。当时我仔细记下了岸上的特征和水下岩石的特征。"

果然，不到一个小时，他已在黝黑的水底找到那个洞口，洞口看不见栅栏。甘低声说：

"就是这儿，不会错的。余下的工作由你们去做吧，我可不想再被关进这个捕鼠笼子里被人捅死。"

戈华德游近洞口察看，怀疑地低声说：

"是这儿吗？洞口处没有安装栅栏的痕迹呀。甘先生，琼小姐，请你们再辨认一下。"

甘又明不相信自己会弄错，他和琼游过去，一眼就看到栅栏缩回的两排小圆洞。他猛然惊醒，但不等他做出反应，两名警官忽然用力把他们向洞里推去，同时按下一个按钮。铁门唰啦一声合拢了，把两人关在里面。琼惊呼道：

"上当了！他们一定和毒贩有勾结！"

两名警官在外面狞笑着："聪明的姑娘，可惜你醒悟得晚了点儿。

回头看看吧。"

后边刷地射来一道强光，两人本能地捂住双眼。等眼睛稍微适应光亮，看到五六个蛙人正迅速逼近，手中的水手刀和水下步枪像鲨鱼的利齿。琼失声惊叫着，甘又明迅速把她拖到身后。

但他知道这是徒劳的。蛙人正慢慢逼近，身后是坚固的栅栏，即使栅栏外面也是虎视眈眈的敌人。甘又明用身体把琼压在栅栏上，忽然厉声喝道：

"汤姆警官，临死前我有一个要求！"

汤姆游近栅栏，戏弄地说："请讲吧，我乐意做一个仁慈的行刑者。"

甘又明忽然笑起来，油嘴滑舌地说："我想撒泡尿。"

汤姆愣一下，恶狠狠地说："我佩服你死到临头还有心情幽默，动手吧！"

几把长矛正要捅过来，甘又明急忙高喊："暂停！吴哥，我要求暂停！"

两人突然跌回现实中，仍坐在那两张椅子上，甘又明的双手还保持着篮球比赛的暂停动作。琼取下头盔，看着他的滑稽样子，扑哧一声笑了。吴中从控制室走出来，微笑着问：

"你真是个机灵鬼，从哪儿看出的破绽？"

甘又明也取下头盔，笑嘻嘻地说："我是否可以不回答？我不想削弱自己取胜的机会。"

但一分钟后他就忍不住了，笑道：

"很简单，我在夜总会有意猛灌几瓶水，可是一个小时后还不觉得膀胱憋胀。这可不符合我的习惯——我从小就是个有名的尿漏子。所以我理所当然地得出结论：那几瓶水并没有真正灌进我的肚里，也就是说，我仍是在虚拟世界里。"

斯托恩·吴忍不住大笑起来，琼和几名工作者也笑个不停。吴中忍住笑说：

"你很聪明，用一泡尿戏弄了超级电脑。不过我要给你一个忠告，实际上电脑里有近乎完美的程序，可以根据你的进食或饮水等情况，及时发出饱胀感或憋尿感信号。这只是一次丢脸的疏忽，我再也不会让它出这样的纰漏了。现在你可以脱下外壳，让琼真的领你去看看美国社会。"

甘又明忽然想到一件事：

"顺便问一句，在这次的虚拟场景中，汤姆警官说的是真实情况吗？那个蓝洞真的有可能存在吗？"

"他说得不错。我的确在10分钟前向汤姆警官通报过这件事。"他笑着说，"而且，这两位警官也确实是你在虚拟环境中见过的尊容。既然身边有现成的模特儿，我何必舍近求远或凭空臆造呢。"

工作人员小心地为他们脱下"外壳"。这种由银丝和碳纳米管混织而成的白色连体服是世界上最昂贵的衣服，甚至超过每件价值三千万美元的太空服。甘又明斜睨着裸体的琼，咕哝道：

"我一定还没跳出虚拟世界。在真实世界里，我绝不敢这样坦然地看一个姑娘的裸体。"

琼慢慢地穿着衣服，也一直在斜睨着他，她的脑袋泛着青光。甘受不了她目光的烧灼，尴尬地说：

"你为什么一直盯着我？想和我比一比谁的脑袋更亮吗？"

琼含笑而不语，突然说："谢谢，甘，谢谢你。"

"为什么？"

"谢谢你在危急关头总是把我掩到身后。纵然只是在虚拟世界里，也能看出你的骑士风度。"停停她又加了一句，"我希望能有机会让我给予回报。"

甘又明笑嘻嘻地说："你上当了，那时我已经判断出是在虚拟环境中，乐得充一阵空壳子好汉。"

琼摇摇头说："你何必装得比实际上坏呢。"

甘又明有点尴尬，忽然笑道："你愿意回报吗？现在就可以。"

琼误解了他的意思，吃惊地说："现在？在这儿？"

甘又明把赤裸的左臂伸过去："喂，咬上一口，狠狠咬上一口。这就是你的回报。"

琼迷惑地笑道："你怎么啦？"

"老实说，我对这种虚拟世界已经心怀畏惧。在刚才那层虚拟中，我分明感到我已经脱下外壳，可是实际上它仍然紧紧地箍着我。现在我又把它脱了，谁知这回是真是假？你咬我一口，看我知道疼不。用力咬！"

琼笑着，真的用力咬一口。甘又明疼得大叫一声，低头看看，胳膊上四个深深的牙印，略有沁血。甘又明笑道：

"好，好，这下子我真的脱下那层外壳了。你说对吗，琼？"

琼含笑不言。甘又明苦笑道：

"我知道你只能做一个超然的向导，不会帮我做出判断。我也知道自己是自我安慰。即使这会儿外壳仍套在身上，也同样能造出这样逼真的痛觉和视觉效果。"他把琼的手臂拉过来，用手摩挲着。姑娘的皮肤光滑柔软，滑腻如酥，令他有一种麻麻的电击感。他苦笑道："真希望我现在触摸到的是真正的你，而不是那种比真实还要真实的虚拟效果。"

琼被他话中蕴含的情意所感动，轻轻握住他的手。突然甘又明的目光变冷了，他紧盯着琼的臂弯，那儿白皙的皮肤上有两个黑色的针孔。那分明是静脉注射毒品的痕迹。他没再说话，默然穿上衣服走出大厅。

琼自然感觉到了他突然的冷淡，走出大厅后她说："愿意逛逛夜总会吗？"

甘又明客气地说："不，谢谢。我今天累了，想早点休息。"

琼犹豫好久，抬起头说："请到我的公寓里坐一会儿，好吗？我住在基地外的一所公寓里，离这儿不远。"

甘又明犹豫着，不忍心断然拒绝琼的邀请，他知道琼是想对他做一番解释。他迟疑地说："好吧。"

琼驾着汽车在隧道中开了半小时，她说隧道下面就是你们来基地时走的蒸汽管道。出了隧道又开了大约15分钟，前方出现了辉煌的灯火。琼放慢车速，缓缓开进这个小镇。她告诉甘又明：

"这儿是红灯区。基地的男人们在周末常常到这里寻欢作乐。"

街道很窄，勉强可以容两辆车交错行驶。琼耐心地在人群中穿行。左边一个白人男子在大声吆喝着，对过往车辆做着手势。他头上的霓虹女郎慢慢地脱着最后一件衣服。琼告诉他，这里面是表演脱衣舞的地方，老板和演员都是法国人。甘又明瞥见几个年轻人聚在街角唧唧咕咕，有黑人也有白人，他们的头发大都染成火红色，梳成爆炸式的发型。琼告诉他，这是吸毒者和毒品小贩在做生意，对这些零星的贩毒，警方是管不及的。忽然一个人头出现在他们的车窗上，这是一个眉清目秀的白人青年男子，戴着耳环，嘴唇涂着淡色唇膏，对着车内一个劲儿搔首弄姿。甘又明知道这是一个同性恋者，厌恶地扭过头。

汽车终于穿过红灯区,似乎又掉头开了一会儿,停在一个整洁的公寓外。几个小孩儿在绿草坪上骑自行车,暮色苍茫中听见他们在兴奋地尖叫。琼掏出磁卡打开院门,停好汽车,又用磁卡打开公寓门。

公寓很大,也很静,只有洗衣房里有一个女佣在洗衣。琼把他安顿到客厅,告诉他,公寓里的客厅、洗衣房、健身房是公用的。这里住客很少,几个护士又常上夜班,所以今晚只剩下她一个人。

她端来两杯咖啡,坐在他对面的沙发上,笑问:"今天我有意绕一段路,领你去看看红灯区。有什么观感吗?"

甘又明沉吟一会儿说:"浮光掠影地看一眼,说不上什么观感。我对美国的感情是很矛盾的:一方面,我非常敬慕美国的科技,羡慕美国人在思想上永葆青春的活力。我常常觉得美国的精英社会已经提前跨入21世纪。另一方面,我又非常厌恶美国社会中道德的沦丧、人性的沦丧:吸毒、纵欲、群交、同性恋、妇女拒绝繁衍后代……简直是世界末日的景象。我最担心的是,这种堕落是否是高科技的必然后果?因为科学无情地粉碎了人类对自然的敬畏,对生命的敬畏。如果美国的今天就是其他国家的明天,那就太令人灰心了!"

琼沉默很久,冷淡地说:

"不必那么偏激吧。我知道中国南北朝时,士大夫就嗜好一种毒品——金石散;明清的士大夫盛行养娈童。中国人比西方人摩登得更早呢。"

甘又明冷笑着,尖利地说:

"我很为那些不争气的祖先脸红!甚堪告慰的是,我们已把它们抛弃了。美国呢,据统计,全国服用过一次以上毒品的有六千六百万人!对了,你刚才还忘了提中国清末的嗜食鸦片呢,那是满口仁义道德的西方人一手造成的。现在他们的子孙吸毒成癖,是不是冥冥中的报应?"

琼久久不说话，一种敌意在屋内弥漫。很久之后，琼走过来坐在甘又明旁边，握住他的手说：

"请原谅，我并不想冒犯你。坦率地讲，从一见面我就很喜欢你，你的清新质朴是我不多见的。我不瞒你，我确实偶尔服用毒品，这在美国是很普遍的事。在荷兰等国家，吸毒甚至已经合法化。不过，我知道你是在禁欲主义的国度长大，对此一定很反感。如果……我答应你从此戒掉毒品。"

甘又明听出她话中的情意，很感动，但他最终用玩笑来应付：

"那首先要确定我自己是否仍在虚拟环境中。谁知道呢，也许你是假的，我也是假的，你身上的针孔连同这会儿说的话都是假的。怎么样，能不能在这上面偷偷帮我一点忙？"

琼笑了："我不能违反自己的职业道德。"

甘又明笑着站起身："时间很晚了，恐怕我该告辞了。"琼没有起身，微笑道："你可以不走的。"她补充道，"你可以睡沙发，或者为你另开一间。"

"不，我还是走吧，我怕抵挡不住某种诱惑。"

两人都笑了。甘又明说："你不必送我，我可以叫一辆出租。"

"不，还是我送你吧。"

两人刚打开房门，正好两个警察用力挤进来，把两人挤靠在墙上，他们出示了证件：

"警察！请退回你的房间！"警察把两人逼回客厅，甘又明立即认出这正是在虚拟世界里见过的汤姆和戈华德。汤姆冷冷地说："琼小姐，据线人说你屋里藏了大量的毒品，我们奉命搜查。"

琼和甘又明吃惊地面面相觑。琼说："不，我从来没有藏过大宗毒品！"

汤姆用力扳过她的胳臂，厌恶地说："那么，这些针孔是怎么回事？"他不再理会琼，径自进卧室去搜查。十分钟后，他提着两袋白色药品走出来，怒冲冲地说：

"是高纯度的快克，足有两公斤！"

琼非常震惊，瞪大眼睛盯着他手中的药品，忽然愤怒地嚷道：

"这是栽赃！这两袋毒品一定是你刚放进去的！"汤姆走过来，狠狠抽了她一耳光。鲜血从她嘴角沁出来。她转身对甘又明说："请你相信我，他们一定是栽赃，一定是为了那个蓝洞报复我！"

戈华德奇怪地问："什么蓝洞？"

甘又明蓦然惊觉，他急忙问戈华德："你不知道蓝洞吗？就是贩毒集团的秘密通道。是我们无意中发现的，斯托恩·吴先生说他已通知了汤姆警官。"

戈华德警觉地回头看看汤姆，但晚了一步。后者已从腋下拔出一支旋着消音器的手枪。一声轻微的枪响，戈华德警官的额头上钻了一个洞，鲜血猛烈喷射，他沉重地倒在地上。琼惊叫一声，第二颗子弹已击中她的胸膛，立时她的T恤衫一片鲜红。甘又明猛扑过去，把她掩在身下，抬起头绝望地面对枪口。汤姆狞笑着说：

"谁知道蓝洞的秘密，谁就得死！你那位斯托恩·吴也活不过今天晚上。"他把枪口抵在甘又明的嘴里，枪身伴着冰冷的死亡感。甘又明恐惧地盯着他慢慢按下扳机，忽然口齿不清地喊：

"暂停！斯托恩·吴先生，暂停！"

工作人员为两人取下头盔，两人都面色苍白，惊魂未定。琼下意识地用手按着胸部，甘又明也提心吊胆地紧盯着那儿。不过，当白色的外壳慢慢脱下后，那儿仍然白皙光滑，并没有一丝伤痕。

斯托恩·吴已经站在他们身后，笑问："小甘，你这个鬼灵精，这次又在哪儿看出了破绽？"

甘又明喘息一会儿，才苦笑道：

"不，我只是侥幸。我并没有完全确定自己是在虚拟环境中。我只是想，如果戈华德先生是一个循规蹈矩的警官，他就不会到不是自己值勤区域的地方去办案；汤姆如果想杀我们灭口，又何必拉着并非同伙的戈华德同去。不过，这段推理并不严密，很容易找到其他解释。"

琼的灵魂仍未归窍，甘又明勉强打起精神问："琼，你是虚拟世界的向导，你怎么也会相信它呢。"

琼苦笑道："有时我也难辨真假。"

甘又明分明觉得，他所经历的虚拟环境中的阴暗气息正逐渐渗入他的心田。他压着怒气冷嘲道："吴先生，虚拟世界是从好莱坞请的导演吗？我看这里怎么尽是好莱坞的暴力、血腥、毒品和性感女郎。"

斯托恩·吴摇摇头："不，我们不必请什么导演，我说过，虚拟技术很快能抢掉他们的饭碗。该系统的超级电脑有很强的学习能力，我们只需把近二十年来美国每年的十大畅销片输进去，它就能学会他们的导演手法，并远远超过他们。"

甘刻薄地说："怪不得这些情节十分眼熟呢。"那层无影无形的外壳似乎一直在裹着他，箍得他无法喘息。他疲倦阴郁地说：

"我要休息了，想睡个好觉再干下去。我的住处在哪儿？"

"就在对面的白领人员公寓里，103号。"

"你也在那儿吗？"

"对，118号，我们离得不远。琼，今天的工作就到这儿结束吧，谢谢。"

琼简单地同甘又明告别，披上外衣走出大厅。她还要赶回自己的公寓。

晚上，甘又明在床上辗转难眠。倒不是因为下午"身历"的血腥场面，而是因为他不敢确认自己身上那件"外壳"是否真的已经去掉。他对姐夫的虚拟技术已有了深深的畏惧，就像害怕一个摆脱不掉的幽灵。

比如说，这会儿斯托恩·吴没有邀请他去屋里做客，就不符合真实世界的常理，毕竟小舅子是万里之外来的客人呀。

不过，也许这是西方世界的习俗？也许是吴先生的屋里还藏着一个情人？也许……还有别的秘密？

他一跃而起，他要去姐夫的屋里看一看才放心。尽管知道自己的决定有点神经质，他还是来到118号房间。按响门铃后很久，姐夫才打开房门：

"是你？还没有睡吗？"

姐夫穿着睡衣，脸上是冷淡的客气，分明不欢迎他进屋。他佯装糊涂，径自闯进去。没有等他的侦察工作开始，卧室中就传来嗲声嗲气的声音：

"亲爱的吴，快进来吧。"

一个浓妆艳抹的裸体男人扭着腰肢从浴室里走出来，两只硕大的耳环在耳垂下游荡。正是在红灯区拉客的那只兔子！甘又明痛心疾首地扭头瞪着姐夫。他十分痛心姐夫的堕落，但最使他痛心的甚至不是这件事情本身，而是姐夫那种冷静的厌烦的神情，他肯定是讨厌这位多事的小舅子。甘又明狂怒地喊道：

"我知道这不是真的！暂停！"

工作人员为他取下头盔，吴中微笑着走过来，没等他开口说话，甘又明已经愤懑地喊：

"我退出这个游戏！我要回家去！"

吴中和刚取下头盔的琼都吃惊地看着他，想要劝阻，但甘又明厉声喝道："不要说了，我要回国！"

看来吴中很不乐意，他冷淡地说："这是你的最后决定吗？那好，我让秘书安排明天的机票。"

第二天，琼陪着他坐上了中国民航的波音747班机。甘又明曾冷淡地执意不让琼陪同，琼小心地解释：

"甘先生，这是我做向导的职责。只有在你确定自己回到真实世界的时刻，我才能离开你。"

十八个小时的航行中，甘又明一直紧闭双眼，不吃也不喝。直到出租车把他送到北京芳古园公寓，他才睁开眼。他急急地敲响姐姐的房门。姐姐惊喜地喊：

"小明，你这么快就回来了？这一位是……"

甘又明不回答，在屋里神经质地走来走去，目光疑虑地仔细打量着屋内的摆设。琼只好向女主人做了自我介绍，两人用英语和汉语亲切地交谈着。甘又明在博古架前停住，突兀地问：

"姐姐，我送的花瓶呢？"

姐姐迷惑地问："什么花瓶？"

"你们结婚那天我送的花瓶！"

"没有啊，那天你是从老家下火车直接到我这儿，只带了一些家乡的土产。"

甘又明烦躁地说："我送了，我肯定送了！"在他脑海中，对几天前的回忆似乎隔着一层薄雾。他清楚地记得自己送过一只精致的花瓶，那是件晶莹剔透的玻璃工艺品，但他又怕这只是虚拟的记忆，是逼真的虚假。这种无能为力的感觉使他狂躁郁怒。他忽然冷笑道：

"姐姐，非常遗憾，那位斯托恩·吴先生不是什么好东西……不不，我和他没什么实际接触，这几天我一直是在虚拟世界里和他打交道。但仅凭虚拟环境中的阴暗情节，我也可以断定创作者的人品。"

姐姐沉默很久才委婉地说："小明，你怎么能这样说你姐夫呢，你和他在一块儿相处不过五天。五天能了解一个人吗？再说，虚拟世界是超级电脑根据美国高科技社会的现状为蓝本构筑的，他即使是首席科学家也无能为力。"

甘又明立即胜利地喊道："这不是你的话，是吴中的话！我仍是在虚拟世界里，暂停！"

工作人员为两人取下头盔，甘又明一直紧闭双眼，不断地重复着：

"我要回国，回我的家乡。"

吴中和琼看着心理崩溃的小甘，担心地交换着目光，说：

"好吧，我们马上送你回国。"

破旧的大客车在碎石路上颠簸着。车里大多是皮肤粗糙的农民，他们一直好奇地盯着那位漂亮的白人金发姑娘。她身旁是一个脑袋锃光的中国小伙子，一直闭着双眼，似乎是一个病人。姑娘小心地照护着他。

直到视野中出现一个山脚下的小村庄时，甘又明才下了车，他指点着：

"看，前边那株弯腰枣树下就是我家。"

他们进了村，小孩们好奇地围观着。琼饶有兴趣地打量着这个农家院落，大门上贴的春联已经褪色，茂盛的枣树遮蔽着半个院子。墙角堆着农具，墙上挂着苞米穗子，院里还有一口手压井。甘又明比她更仔细地端详着院子，目光中是病态的疑虑和狂热。

他妈妈从后院喂完猪回来，看见他们，惊喜地喊：

"明娃，你咋回来啦？哟，你咋成了个光瓢和尚？"她欢天喜地把两人让进屋，不错眼珠地盯着那个洋妞。停一会儿，她冲了两碗鸡蛋茶端出来，瞅空偷偷问儿子：

"明娃，这个美国妞是谁？"

在这之前，甘又明一直表情复杂地看着妈妈，既有亲切，更有疑虑。听见这句问话，他立即睁大眼睛，劈头盖脸地问：

"你怎么知道她是美国人？谁告诉你的？"

妈妈让这一连串的质问弄蒙了，怯生生地问："我说错话了吗？打眼一瞅，任谁也知道她不是中国妞哇。"

甘又明不禁哑然失笑，知道自己多疑了。他忘了妈妈的习惯：凡不是中国人的，她都叫他们美国人。他和解地笑道：

"没错，妈，你没说错。这位姑娘的确是美国人，她叫琼。你问我们回来干什么？琼想听你讲讲我小时候的事儿，一定讲那些我自己也忘记了的事儿，好吗？"

妈妈笑嘻嘻地看着儿子，他们巴巴地赶回来就是为了这事儿？不用说，这个美国妞是儿子的对象，是他的心尖儿宝贝，哼一声也是圣旨。她笑着说：

"好，我就讲讲你小时候的英雄事儿，只要你不怕丢面子。姑娘能听懂中国话吗？"

"她能听懂中国话，听不懂的地方我给她翻译。"

"你八岁那年，在洇水潭差点丢了命……"

"这事我知道，讲别的，讲我不知道的！"

妈妈想了半天，嘴角透出笑意："行，就讲一个你不知道的，我从来没告诉过你。初中一年级时，有一天你在梦中喊李苏李苏！我知道李苏是你的同班同学，模样儿很标致，对不？"

甘又明如遭雷击，他一下子想起来了。李苏是个性情爽朗的姑娘，常笑出一口白牙。那时他对李苏的友情中一定掺杂着特别的成分，但他把这种感情紧紧关闭在十二岁小男子汉的心灵中，从未向任何人泄露过。他一直不知道自己在梦中喊过李苏的名字，也不知道大大咧咧的妈妈竟然能把这件事记上十几年。

李苏没有上大学，她在初二就患血癌去世了。同学们到医院去和她告别时，她的神志还清醒，那双深陷的大眼睛里透着深深的绝望。甘又明一直躲在同学们后边，隐藏着自己又红又肿的眼睛，也从此埋葬了那些称不上初恋的情感。

妈妈看见儿子表情痛楚，两滴泪珠慢慢溢出来。她想一定是自己的话勾起儿子的伤心，忙赔笑道："明娃，你咋啦？都怪妈，不该提那个可怜的姑娘。"

甘又明伏到妈妈怀里，哽声道："妈，现在我才相信你真的是我妈。"

妈妈又是好气又是好笑又是担心："你发魔怔了？我不是你妈，谁是你妈！"

甘又明没有辩解，他回头对琼说："琼，现在我可以确认了，我已经跳出虚拟环境。"

琼笑着掏出一张支票："祝贺你，你终于用思维的惯性证实了这一点。吴先生说，如果你能确认，让我把一万元奖金交给你。"

从这一刻起，两人都如释重负。妈妈开始做午饭，她在厨房里大声问："明娃，你能在家住几天？"

甘又明问琼："我娘问咱们能住几天，看你的意见吧。你是否愿意多住几天，领略一下异国情调？"

"当然乐意。我还在认真考虑，是否把根扎在这儿呢。"

甘又明当然听出她的话意。自打摆脱"外壳"的禁锢，他觉得心情异常轻松，几天来对琼的好感也复活了。他笑着把琼拥入怀中。妈妈端着菜盘进屋，瞅见那个美国丫头偎在儿子怀里，翘着嘴唇等着那一吻，她偷偷笑笑，赶紧退了回去。

甘又明把手指插在琼金黄色的长发里，扳过她的脑袋，在她嘴唇上用力印上一吻。琼低声说："你把我的头发揪疼了。"

在这一刹那，她觉得甘的身体忽然僵硬了。他不易觉察然而又是坚决地把怀中的姑娘慢慢推出去，他的身体明显地又套上一层冰冷的外壳。琼奇怪地问："你怎么了？"

甘又明勉强地说："没什么。"停一会儿，他把目光转向别处，低声用英语问：

"琼，请告诉我，你吸毒吗？"

琼看看他的侧影，平静地说："我不想瞒你，几年前我曾服用过大麻，现在已经戒了。这在美国青年中是很普遍的。不过我从来没有静脉注射过快克。喏，你看我的肘弯。"

她白皙的肘弯处的确没有什么针孔。甘又明仅冷漠地扫了一眼，又问："斯托恩·吴……真的是一个同性恋者？当然，我所见到的只是虚拟世界里的情节。请你如实告诉我。"

琼摇摇头："我不知道。我不是瞒你，我真的不知道。在B基地，除了工作上的交往，我和他没什么接触。同性恋在美国是普遍的社会现象，有公开的同性恋组织和定期的公开集会，某些州法律已经承认同性恋为合法。但华人中尤其是高层次的华人中，有此癖好的极少。吴先生大概不会吧。"

甘又明阴郁地沉默了很久，突兀地问："你的头发不是假发？在进入虚拟世界之前，在套上那件'外壳'之前，我看见你剃光了头发。"

琼迟疑着回答："这是一个复杂的技术问题……"甘又明烦躁地摆摆手，不想听她说下去，不想听一个"逼真"的解释。他清楚地记得，光脑壳的琼是他在进入虚拟环境之前看到的，也就是说，这件事情是真实的。那么，他就不该在这会儿的真实世界里看到一个满头金发的姑娘。他苦涩地自语：

"我已经剥掉了六层外壳，谁知道还有没有第七层？也许我得剁掉一个手指头才能证实。"

琼吃惊地喊："你千万不要胡来！我告诉你，你真的已跳出虚拟世界，真的！"

甘又明冷淡地说："对，按照电脑的逻辑规则，一个堕入情网的女向导是会这样说的。"

琼唯有苦笑。她知道两人之间刚刚萌生的爱情之芽已经夭折了。午饭后她很客气地同伯母告别。甘又明的妈妈极力挽留很久，但姑娘的去意很坚决。儿子冷着脸，丝毫不作挽留，似乎是一个局外人。她十分纳闷，不知道这一对儿年轻人为什么无缘无故地翻了脸。

两个小时后，琼已经坐上到北京去的特快列车，并预定了第二天早上去旧金山的班机。她还给斯托恩·吴先生打了一个越洋电话，说甘已经赢得一万元奖金。对甘又明在赢得奖金之后的反复，她未置片语。她听见吴先生简单地说一句："知道了。"就挂上了电话。

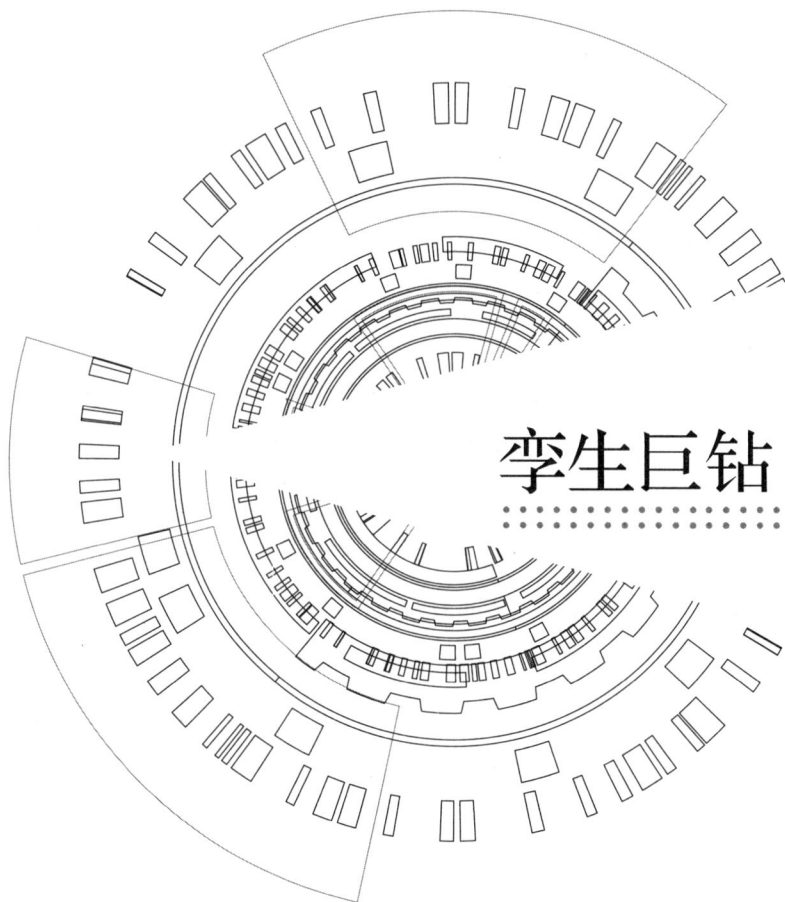

孪生巨钻

某个大都市的夏天傍晚，天朗气清，晚霞绚烂。一艘飞艇在蓝天白云下滑行，拖着一幅巨大的竖幅：傻乐汇。飞艇和竖幅上涂着晚霞的晕红。艇上有两个人，操纵着带望远镜头的摄像机向下俯拍。艇下是密如森林的大楼和密如蚁群的人流。

　　巨大的演播厅分为演出平台和观众席两部分。演出平台布置华丽，如梦如幻。造云机在造云，发泡机吹出满天的肥皂泡。台上立着一个巨型屏幕。此刻屏幕上显示着从斜上方俯拍出的人群，密密麻麻的头顶和变形了的面孔如海潮一样涌过。屏幕旁站着主持人李乐，40多岁，长发，衣着华丽，正喜气洋洋地宣布着今天的活动规则：

　　"……这一次，我们用最公平最透明的方式来遴选幸运者。镜头将随机扫描本市任意地方的人群。在场诸位请自由决定什么时候按下确认键。当确认者超过总数一半的一刹那，镜头锁定的那人就是幸运者。本次共选取七名幸运者，每人将得到价值两千元的奖品。奖品由国内七家著名公司提供。"他指指左边，那里坐着一排衣着讲究笑容满面的贵宾，每人身后是各个公司的标牌。主持人最后使出他的招牌动作——右手食指向空中用力一杵，朝观众席激情高喊："幸运者的命运就掌握在你们的手中，请开始吧！"

　　屏幕上的人脸迅速变换着。现场的参与者都带着梦幻般的笑容，参差不齐地按键。屏幕右下角一条绿色柱子显示着按键人数的增长。当绿柱上升到总人数的一半时，唧的一声，镜头锁定目标并自动转为跟拍。这是一个十五六岁的男学生，背着书包，明朗的笑容中带着三分顽皮。他丝毫不知道自己已经成为幸运者，照旧跳跳蹦蹦地走着。两个工作人员发疯般拨开人群追过来，在身后留下一大群迷惑的人众。他们追上男学生，其中一人不由分说塞给他一部手机，另一人用肩扛式摄像机对准他。

现在，场内大屏幕上变成正面拍摄的特写。镜头中的男孩子迷惑不解：

"干啥？这是咋回事？"

李乐得意地向下面做手势，让大家保持肃静。这样以"知情者"的角度来欣赏不知情者被"天降横福"砸晕，有点儿类似于一群猫合谋（善意地）逗弄一只老鼠，是主持人包括参与者最为享受的时刻。李乐慢悠悠地说：

"你好。请问你的大名？"

男孩很警惕："干吗？套瓷呀。"

"看样子，我得先报自己的姓名喽。我是央视《傻乐汇》节目的李乐。"

"真的？你是……乐哥？"男孩的声音颤抖了，"哎呀！我太幸运了。乐哥我可是你的忠实粉丝。"

"应该是我幸运，有你这么一个帅哥粉丝。"

"我们班好多同学都是你的粉丝，女粉丝最多。虽然她们大都认为你的长相比较困难，但偶像不论长相。"

场上观众哄笑。李乐无奈地耸耸肩膀："你的前半截儿话让我太受用了，不过小帅哥，你好事做到底，干吗不把后边那段省掉呢？现在能否告诉你的大名？"

"啥子大名哟！我叫刘奎，今年上初二，我的星座是——"

"星座以后再说吧。"李乐不带标点地一口气说下去，"现在欢迎你参加《傻乐汇》节目作为幸运者你将得到价值2000元的奖品如果你愿意工作人员负责把你送到会场。"

"当然愿意！周末英语补习正好能逃课，这下搪塞老妈有理由啦。"

"我们恭候你的到来。摄像机！请寻找下一个。"

屏幕上人头迅速流动，屏幕边的绿柱也稳步上升。唧的一声，镜头锁定目标并转为跟拍。这次是位40多岁的男人，衣着老土，皮肤粗糙，但目光精明。他警觉地对着被塞到手里的手机：

"干啥？"

"先生你好，我是央视《傻乐汇》节目的李乐。请问你的大名？"

那人操着河南口音气汹汹地说："俺是你二大爷！搞手机诈骗哪，这种把戏俺见得多啦，你小子找错人了。"

场上观众大笑。李乐夸张地耸耸肩，慢悠悠地说："我这儿能看到你的容貌，我觉得你当我二大爷过于年轻，最多当我二哥吧。我说二哥，我有一套对付诈骗的家传秘诀，你想不想知道？"

"用不着你教！俺知道，那就是：管你说得天花乱坠，俺只管捂紧钱袋子！"

"对极了！那你敢不敢来到《傻乐汇》现场，当面和一个叫李乐的骗子过招？"

那人迟疑地说："你……真是李乐？"

李乐恢复了他连珠炮般的嘴："这儿是央视《傻乐汇》节目作为幸运者你将得到价值2000元的奖品如果你愿意工作人员负责把你送到会场！"

中年人略为犹豫："好，俺去！对了，俺的名字叫马得草。"

下面锁定一位30岁左右的女子，容貌清秀，衣着雅致，眉目间有淡淡的忧郁，此时正挽着爱人的胳臂。女子平静地说：

"谢谢啦，李乐先生。我正打算和未婚夫去挑选婚纱，今天抽不出时间，所以我的名字也不必说了。属于我的那份幸运礼物，请转给下一位吧。"

李乐夸张地表示遗憾："竟然有人不稀罕天上掉下来的礼物！那么，这个目标就pass了。"

参与者席上有位短发小伙子喊："别！她是著名二胡演奏家于泉！我可是她的粉丝。"

李乐立即说："是于泉女士？我也听过你演奏的《二泉映月》，那真是'此音只应天上有，人间能得几回闻'。于泉女士请务必拨冗前来，不要冷了粉丝的心。你的未婚夫也请一同前来，当然啦，礼物只能送你们一份。"

男人低声说了几句，于泉有些勉强，随即释然点头，笑着说："好吧，我未婚夫说不能错过上天送来的幸运，也不要拂了乐哥的美意。"

镜头锁定一个笑容明朗的小伙子，30岁出头，穿戴风度像是公司白领。他自报姓名："我叫吕哲。谢谢乐哥给我的幸运！"手机中传来李乐的声音："我可不敢居功，是观众选的你。""那我谢谢大家！"

再锁定一个45岁左右的知识女性："李乐先生你好，谢谢啦，我不大参加这样的活动……好，好，我去就是。我叫丁洁。"

再锁定一个60岁的男人，头发花白，知识分子模样。他高兴地说："李乐先生你好，我叫任中坚……好，我非常乐意去。知道吗？今天正好是我退休后的第一天，我愿意借你赐予的幸运，开始新的人生。"手机中传出李乐的笑声："好的，那我祝贺你的新生！"

镜头继续扫描，在一个地方滑过，忽然返回，并以此处为中心来回振荡。那儿原先似乎没人，但忽然冒出一个十二三岁的男孩，穿一身白色衣服，一尘不染的样子，手里拿着一个小物件，好像是一朵花。他立着不动，兴致勃勃地左顾右盼，其神态和衣着与周围显然不大协调。这是个逗人喜爱的阳光男孩，场上很多参与者下意识地按下确认键，绿柱迅速升到临界点，响起唧的一声。但镜头这种锁定方式明显违反了"随机选取"的规则。场上同时响起怀疑的嘈嘈声。屏幕上，狂追过去的两个工作人员也觉察到异常，没有立即把手机塞给对方，而是抬头向着镜头，用目光征询主持人的意见。

主持人李乐感觉到了场上的怀疑气氛，他自己也是一头雾水。略为踌躇，他果断地说："请接飞艇上负责拍摄的工作人员。喂，小李，最后一位的锁定似乎有猫腻？哪有你这样的随机选取？你吃了他爹妈的回扣？"面向观众，"不管有没有猫腻，我先得洗清自己——至少我和这里的猫腻绝对没有瓜葛。"

艇上工作人员发出无奈的声音："乐哥你冤死人不偿命，全国几亿双眼睛盯着呢，哪个吃了豹子胆的敢作弊？可能是机器故障，不，不像是故障，那儿好像有强大的磁力，镜头被死死吸住了，拉都拉不走。"

镜头仍锁定在那孩子脸上，此时已切换为正面特写，一双眼睛虎生生的，非常清澈。李乐略微考虑："这样吧，为了表示我的清白，此人算不算幸运者由大家重新决定。"下面嘈杂一片，有人喊："算数！反正按键数过半了！"有人喊："不算！肯定有猫腻！"

李乐笑着说："为慎重起见，还是重新计票吧！认为他应该算作幸运者的人，请按键！"

在那孩子的左顾右盼中，绿柱犹豫地缓缓上升。但那孩子很有人缘，绿柱高度再次超过一半，唧地一响。屏幕上，工作人员立即把手机递到孩子手中。

"你好，我是央视《傻乐汇》节目的李乐。请问你的大名？"

那孩子异常奇怪："什么傻乐汇？什么李乐？"他恍然大悟，"噢对了，你是那个时代一位很红的主持人，最擅长把一群傻观众逗得哈哈大笑。"他忽然顿住，"李叔叔，我这句话是不是不大礼貌？我绝没贬低你的意思，我知道你比观众聪明多了。"又忽然顿住，尴尬地说，"这会儿演播厅里肯定有观众吧，我也不是贬低你们。我爷爷说啦——他是世上最聪明的科学家——他说在你们这个转型期社会里，生活节奏太快，生存压力太大，所以人们会有意无意逃回到童年，傻乎乎地乐一会儿。"他的普通话字正腔圆，有一种特殊的味道。

短发小伙子站起来笑着喊："这是夸我们哪，你说我们其实并不傻，只是故意在这儿装傻扮嫩？"

他的声音很大，孩子通过李乐的手机听到了。他没听出话中的调侃，眉开眼笑地说："对，我就是这个意思！"

观众大笑。李乐哭笑不得，也逐渐觉察到不对劲。他苦笑着摇摇头说："这位小帅哥怎么像是月亮上来的人。"他转向屏幕，"喂，小帅哥，你刚才说什么'那个'时代？"

孩子下意识地捂住嘴："哎哟！我说漏嘴了，应该说'这个'时代——不不，应该说'咱们这个时代'。"

李乐眼珠一转："那么——你不是这个时代的？"

男孩一愣，无奈地招认："不怪我刚才夸你，李叔叔你确实聪明！爷爷嘱咐我在时间旅行中尽量对身份保密，想不到刚落地就被你看穿了。那我就老实承认吧，我是50年后的时间旅行者，我的名字是——我们时代的命名法太烦琐，你就叫我小精怪吧，这是爷爷给我起的绰号。"

场上观众大笑——笑这个小精怪满嘴胡说，还装得煞有介事。李乐也笑："这可真叫一个巧，我们的镜头随机选取，竟然罩到了一个来自50年后的时间旅行者！我们比幸运者还幸运哩。可你乘坐的时间机器呢？"

"在这儿呢。"

他举起手中那个拳头大的玩意儿，形似一朵花，花骨朵上有七个花瓣，呈七色，花瓣浑圆肥厚，有一种朴拙的美。这玩意儿与人们心目中时间机器相差太远，李乐和观众都给逗笑了：

"这就是时间机器？你的想象力太别致了。好，我的时间旅行者，不管你是哪个时代的人反正我邀请你参加央视《傻乐汇》节目作为幸运者你将得到价值2000元的礼物如果你愿意工作人员负责把你送到会场。"

男孩满脸放光："行啊行啊，我正想找机会，帮我爷爷把礼物送出去呢。"

七个被选中的幸运者依次进入会场，一字横排立在巨型屏幕前，有背书包的男孩刘奎、中年男人马得草、年轻女子于泉和未婚夫（算作一人）、小伙子吕哲、中年女子丁洁、老年男子任中坚和自称时间旅行者的小精怪。七个人都笑着，在聚光灯下和镜头前多少有些局促。他们互相点头，也向观众席挥手致意。观众席上的短发小伙子站起来喊了一声："于泉老师你好！我最喜欢你演奏的《二泉映月》！"于泉被人认出，有点惊异。丈夫用胳膊肘碰碰她，于是她微笑着向小伙子合掌致谢。

李乐说："欢迎你们也祝贺你们，你们是在一千万本市居民中随机选出的七位幸运者。现在请大家做个小游戏，然后你们将得到中国最著名的七家公司提供的奖品。"他笑着补充，"请放心，这个游戏不计输赢，所以我许诺的礼物肯定不会黄。现在我讲游戏的内容……"

小精怪冒冒失失地打断他——从这时起，小精怪实际上抢走了主持人的地位——性急地说：

"李叔叔请等一下。我说过要送大家一件礼物，是我爷爷托我带来的。我的日程很紧，送完礼物就要走，还得赶回50年后去上周末强化班呢。"

场上观众，还有台上其他六名幸运者都笑起来，拿眼看着李乐，他们以为这小孩的捣蛋是节目的有意安排。李乐有点儿不知所措，应对也稍有迟滞——担心小精怪的捣乱毁了这档节目。但他最终决定顺着这点儿意外走下去，他自信能玩过这个小屁孩，把事情的进程掌握在自己手中，还能为节目带来点儿小花絮，便笑嘻嘻地问：

"好吧，你说说是什么礼物？"

小孩子又拿出那件形似花朵的东西，不知怎么一摆弄，从上面卸下一个花瓣，举着花瓣让大家看："是七色花时间机器，七个花瓣，正好能送七个人。"他转向其余六人，笑嘻嘻地说，"如果我说这是世上最宝贵的礼物，你们应该不会反对吧。我爷爷说了，世上所有人在一生中都难免有几件遗憾的事，每个人在内心深处肯定都萌生过一个强烈的念头：如果我能回到过去，我一定会怎么怎么做。你们说对不对？"

六人点头："对！"

"那好，现在谁得到我的礼物，谁就有能力回到过去，100年以内的过去，去实现一个你最迫切的愿望。"他笑着说，"你们不用感谢我，时间机器是我爷爷何大壮发明的，正在找各个时代的人做大规模社会性试验。我只是送一个顺水人情。"

场上哄笑，台上的几个幸运者也笑——这小东西太能瞎掰了，把瞎话说得有鼻子有眼儿的。唯有男孩刘奎眼睛放光，小声说：

"何大壮！我一个铁哥儿们正好也叫这个名字。"

但大家随即不约而同，把目光集中在那朵花瓣上，因为它开始呈现异象。它是半透明的，流淌着奇异的光彩。此刻光彩渐渐扩展，在他手中形成一个浮动的奇异光团，然后渐渐隐去。这玩意儿很神奇，看来不像一个普通的儿童玩具，所以场上人的笑谑渐渐转为惶惑。李乐同样是一头雾水，谨慎地问：

"这就是时间机器？怎么使用？"

"傻瓜型的，好用得很。只用对它说一声你想返回的时代，立马就返回了。它还能多次使用呢，一直到你确认愿望已经完成，对它说一声'愿望实现，谢谢'，它就自动关闭，从此再不会发光了。"

"这样简单？"

"没错，简单极了。噢对了，"他神情庄重地交代，"好用是好用，但使用者必须记住两件事，一定不能违反！"他拿出一张纸，认真地说，"是我爷爷特地拟的时间旅行禁令，我给念念。"

他清清嗓子念下去："第一，时间旅行者只能完成一个愿望，不能贪心；第二，你对历史的修改不得超过旧时空的弹性极限——这句话很绕嘴是不是？说直白点儿就是，你的愿望不能太过分，不能为了实现它，把已经凝固的历史搅得房倒屋塌。"

"如果……超过你说的弹性极限，会导致什么样的后果？时空爆炸？"

"不不，哪有那么悬乎，那都是不懂行的科幻作家们瞎吹。即使你超出时空弹性极限，也不过是导致机器死机，一切归零。我把机器带回50年后，交我爷爷修理一下就得。可是使用者就惨啦，白白失去这样宝贵的机会。"

他说得有鼻子有眼儿，场上人虽然还在笑，但笑容中分明已经有犹疑——这孩子的鬼话中好像有你不得不信的成分。李乐不想让这小屁孩继续捣乱了，笑着说：

"这可真是个好礼物。喂，你们六位，相信世界上有时间机器吗？"

六位幸运者只是笑，都不愿给出确定的答案。只有吕哲说："时间机器的出现一定会导致悖论，但导致悖论并非说它就不能实现。"

李乐说："那我换一个问题，你们七位，不，六位幸运者，是想要他的礼物，还是想要我的？"

六个人还没说话，小精怪就着急地嗔道："李叔叔你干吗呀，非要弄得势不两立似的！我把礼物送完就走，你的礼物照送，咱们两不误的。"

其他六人都笑了，吕哲带头说："对，两边的礼物我们都要!""不要白不要!""先要小精怪的再要乐哥的!"

场上人哄笑,李乐有点儿尴尬。想了想,他故意在鸡蛋里挑骨头:"小精怪你的数学可不好。你说七瓣花正好送七个人,不对吧,除了你,"他把重音放在"你"上,"这儿只有六个人。于泉两口子是算作一个的。"

"聪明的李叔叔,这回可是你错了。你就像童话中那个带小猪过河的猪妈妈,查人头时偏偏把自己给漏了。把我扣掉还要再加上你嘛,还是七个人嘛。"他歪着头问,"你是不是恋着当主持,不想被主持?我理解的。人哪,一当上主持就会上瘾,跟迷上摇头丸似的,我们小学生里还有不少人恋着当班长哩。李叔叔你不用担心,我说过送完礼物就走,不耽误你继续当主持。"

他像念绕口令似的说了这么一大套,但口吻很认真,并不像是存心调侃。场上哄堂大笑。李乐这回真的尴尬了,一时嘴拙。几个幸运者大笑着,干脆把李乐拉到幸运者队伍中,再把小精怪推到主持人位置上。到了这个局面,李乐也认命了,笑着凑趣:

"虽然我还没过完当主持人的瘾,但能得到这么一件绝世礼物也不吃亏。小精怪你发礼物吧,我盼着呢。"

他伸手要礼物,其他六人也都夸张地向小精怪伸手。小精怪这才看出大家的调侃,恼火地把两手背到身后,气嘟嘟地说:

"我明白了,原来你们全都不信我的话呀。不信就算了,我另找人去,有猪头还怕找不到庙门。"

吕哲、刘奎等人拦住他:"信!我们信!我们要你的猪头!"

小精怪想了想:"哼,干脆我先来个当场示范吧。你们看好了。"

他对着花瓣说一句:"花儿花儿,送我到昨天。"手中花瓣突然射出强光，形成一个色彩柔和的七彩光球，把他完全包住。光球随即消失，小精怪也随之失去了踪影。场内众人和台上七人都目瞪口呆，四顾寻找。于泉丈夫指指李乐说：

"肯定是乐哥安排的魔术。"

于泉抿嘴一笑："魔术很有趣。乐哥，把小精怪唤回来吧。"

李乐唯有苦笑，但他还不想承认今天的节目被搞砸了，勉强说："你说是我玩的魔术，那我就试试吧。"他把手指在头上转了转，指着天空，"太上老君急急如律令，小精怪现身！"

那个光球应声出现在原来的位置，光球渐隐，小精怪出现，笑着说："这下你们该相信了吧。"

场上观众和台上六人笑得前仰后合，他们更加相信是主持人安排的魔术。小精怪给笑得莫名其妙，开始恼火了。只有主持人李乐心知肚明，事情走到这儿，他已经相信小精怪之言丝毫不假。如果这机器是真的，如果真能得到这样的宝贵礼物，那么《傻乐汇》节目的一次成败就无须考虑了。到这时，他彻底抛开主持人的身份，收起已经程式化的夸张戏谑的表情，认真对大家说：

"我谨在此郑重声明，刚才小精怪的消失根本不是《傻乐汇》安排的魔术。看来他的时间机器是真的，我已经相信了。"

小精怪气鼓鼓地说："当然是真的！我说过多少遍啦，你们个个犟得像头驴！"

"你别生气，现在我已经信了。小精怪，你爷爷把时间机器设计成七色花形状，他是不是喜欢一则叫《七色花》的俄罗斯童话？我记得童话作者是苏联作家卡达耶夫。"

"对。我爷爷是个大科学家，也是个童话迷和科幻迷。我告诉你一個秘密，越是大科学家越有童心。"

"可你爷爷是不是有点儿小气？别忘了，在《七色花》故事中，小姑娘珍妮一个人就得到了七个花瓣，可以实现七个愿望呢。"

小精怪机敏地应答："我给每人的礼物虽然只能实现一个愿望，但可以在历史中多次往返，对实现的效果反复修正。它其实比珍妮的七色花实用多啦。"

李乐笑了："你说得对，确实是个好礼物。来，给我一瓣，我真的想实现一个愿望。"

于泉虽然稍有怀疑，也立即伸手："我也要一瓣，我同样有一个迫切实现的愿望。"

老年男子任中坚随之伸手："我也是！"

其他人纷纷伸手，把赤橙黄绿青蓝紫七色花瓣分完，拿在手中端详着，眼中既有残留的怀疑，也有勃勃的渴望。马得草疑惑地说：

"你刚才念的禁令中说，实现的愿望不能过分，咋着才是不过分？"

小精怪认真说："这只能靠自己的悟性。反正你的愿望不能太出格，比方说，不能让你已经去世的曾爷爷从坟墓里爬出来。"他很"世故"地劝解，"大叔你想开点儿，万一你没把握好，糟蹋了这朵花，你全当今天没碰见我，不就得了。"

马得草不服气："你说得倒是那个理，可俺已经碰见你了呀，到手的宝贝又糟蹋了，谁不心疼！"

台上众人都笑，但笑容中含着担心——马得草说的是大家的担忧；台下众人则颇为失落——台上七人可太幸运了，要知道这可不是区区2000元的礼物，而是真正的不世之遇！自己怎么就没摊上呢。

小精怪对他造成的效果很满意，笑嘻嘻地说："我的礼物没有时间限制，你们回去后慢慢享用吧。说出愿望时一定要慎重，别把这么好的礼物糟蹋了。李乐叔叔，现在请你继续主持《傻乐汇》，我要走了。"

李乐伸手拦住他："不，我的主持瘾已经过完了，这会儿急着想试试这个宝贝。小精怪再见，大家再见，我走了。"

他不等小精怪反应过来，跳下台子扬长而去，撇下满场观众。众人的目光一直跟他出了演播厅，这才相信他真的走了，顿时嘈杂声一片。台上其他六个幸运者醒悟过来，同小精怪拥别，然后纷纷跳下台匆匆离去。转眼间，台上只剩下小精怪一人发愣。良久，他咳了一声，面向观众说：

"实在对不住，把你们的节目搅黄了。现在我也得走了……"

那个短发小伙子站起来，笑着喊："你把好好一台节目搅黄了，现在想一走了之？不行，你得送每人一瓣花！"

众人大声应和。小精怪非常尴尬："可我爷爷只给我一朵……我可以返回50年后再要几朵，那也不够这么多人分哪……"

众人也知道那是奢望，并不认真逼他实现，但也不想轻易放过他，便一同起哄：

"那你就得留下，替乐哥主持节目！"

小精怪很窘迫："不骗你们，我的日程真的很紧。50年后的小学生照样活得很累啊，小学就得学第二外语，学广义相对论和偏微分方程，每个周末要上几个强化班，简直没时间玩……"

这个水晶一样的阳光男孩却在感慨人生艰难，引来的是哄堂大笑。小精怪想了想，认命了，也从窘迫中恢复了从容："你们这个时代的人真难缠，一点儿同情心都没有。哼，主持就主持，这也难不倒我！告诉你们吧，我还另有绝招呢——可以让你们提前观察那七人实现愿望的全过程。"他解释道，"这些过程可能延续几个星期，甚至几个月、几年。但我有时间机器呀，可以把这段时间浓缩，提前在屏幕上显示出来。大家想不想看？要知道，你们将要看到的内容，连主角本人还没经历呢。你们知道得比他们本人还要早！"

众人给弄得心痒难耐，一迭声地喊："真的？太有趣啦！我们想看！"

有一个女孩站出来表示疑议："那不是窥探别人隐私嘛。"

小精怪摇摇头，很干脆地说："我们那个时代不讲隐私。谁想使用时间机器，谁就自动放弃隐私权。当然，把这些内容向全国直播肯定不合适。现在请工作人员停止直播。"

工作人员稍稍犹豫——小精怪又不是主持人——然后痛快地服从了他的命令，关闭了对外的直播。

短发小伙子站起来，笑着喊："要是你的屏幕上出现少儿不宜的内容呢？"

众人哄笑。小精怪不认为这是笑话，相当不满："哼，你太小看人了，我爷爷那么聪明，咋会不事先考虑到这一点？他在机器内预先固化了强大的绿色保护软件，可以自动过滤色情内容。过滤级别可以调节，如果调到最高一档，连婴儿的光屁股都能滤掉。"

下边响起嘘声："坐下坐下，别贫嘴了，让小精怪往下主持！"

那人不敢犯众怒，赶紧坐下，场内安静下来。小精怪摆弄着手中的机器（它实际上只剩下光秃秃的花萼），摆弄片刻，身后的大屏幕上忽然闪出一老一小，老头儿穿着雪白的防尘服，一头银发白得耀眼，背景是一座光怪陆离的实验室。他正笑着责备那个孩子——孩子正是小精怪本人：

"小精怪，你偷了我的七色花？"

屏幕上的小精怪把七色花背到身后，嬉皮笑脸地说："老精怪，我咋是偷？你答应让我玩一次的！你还托我把七色花送到50年前进行试验。"

"可你也答应过妈妈，把几个周末强化班上完，再玩时间机器。"

小精怪央求着："爷爷你别告诉妈妈，我快去快回，不耽误上强化班。"

老头儿并不打算认真阻止，笑着交代："小心点儿，早去早回！你妈妈那儿我帮你打掩护。"

"我一定早去早回，谢谢老精怪，爷爷再见！"然后乘光球消失。

屏幕外的小精怪难为情地说："错了错了，咋返回到我的出发时刻了。"他对大家解释，"我说过时间机器是傻瓜型的，很好用，但那是指花瓣。现在光剩下花萼就不好用了。不过你们别担心，我一会儿就能玩熟它。而且这样也好，顺便让你们认识一下我的老精怪爷爷。"

他虽然嘴巴上这样说，实际上是不想让大家看到他"偷"七色花这点儿"丢脸事"，手上加紧调整着机器。现在屏幕上忽然闪出两个陌生的黑衣人。他们正从高楼上沿绳坠下，动作舒展而漂亮。接着熟练地卸下窗玻璃，进入一套单元房。其中一人年纪大些，左腿微瘸；另一个是年轻人，模样剽悍。小精怪既难为情，也有点儿困惑：

"真不好意思，又调错了，我看看屏幕上的时间——是从现在起的四个星期之后。也就是说，你们看到的已经是未来了。但这俩黑衣贼是啥来头？我查查看。"他摆弄着机器，屏幕上画面飞速跳动，"噢，我查到了。这个年纪大的，是你们时代有名的贼王胡瘸子，另一个是他徒弟黑豹。"他得意地说，"公安局要是有我这套机器可太省力了——话又说回来，如果它落到盗贼之手，警方就有大麻烦了。"

两名黑衣贼摸到卧室，一对年轻男女搂抱着睡得正香。贼的目光盯着床头柜，那儿有轻微的闪光。抽屉被轻轻拉开，里面果然躺着一朵光晕浮动的花。屏幕外的小精怪紧张地说：

"看！他们想偷七色花！"他向大家解释，"时间机器的搜索是智能型的，凡被搜到的内容肯定和七色花有关。所以嘛，你们不妨记住这两张面孔，以后他们肯定还会出现的。"

他继续摆弄着花萼，眼前的场景倏然转换。小精怪啊了一声："抱歉，时间又没调对！"屏幕上是一个透明穹顶的气势恢宏的大厅，大厅中央立着几个身着白色长袍的阿拉伯人，其中一人正手持放大镜仔细观看着，放大镜下是一个精致的水晶盒，盒内有两颗一模一样的琢磨好的巨钻，巨钻七彩闪烁，令人不敢逼视。旁边有几个中国人在陪着，同样气度不凡。小精怪好奇地说：

"哇，好大的两颗钻石！绝对价值连城！难得它俩还一模一样！它们是从哪儿来的？一千零一夜中的阿拉伯魔瓶里？还有，这几个阿拉伯人是啥来头？让我查查。"屏幕上的画面跳动一会儿，"噢，查到了，来头确实不小。你们知道迪拜的世界塔，又称哈利法塔吗？它是你们时代的最高建筑，高达828米，楼下广场的音乐喷泉都高达275米！它属于艾马尔国际控股公司。"屏幕上，一幢六瓣花形状的大楼高耸入云。喷泉随着音乐跳舞。周围激光闪烁，编织出异常绚丽的夜景。小精怪继续介绍，"为首这位是艾马尔的CEO，萨利赫先生。正像我刚才说的，他们的出现肯定也与七色花有关。请大家也记住这几张面孔。"

他又手忙脚乱地摆弄，这回闪出聚在一块儿的七个光点，赤橙黄绿青蓝紫七种颜色。小精怪长出一口气：

"总算调对了，此刻显示的是十分钟前。现在是小比例显示，这七色光点就代表那七个人。他们还聚在这个舞台上。"七个光点中的红色光点忽然离开。"这是李乐叔叔离开了！"其他六个光点随即分散，"现在他们也分开，实现自己的愿望去了。咱们先看谁的？"

有人喊："看乐哥的！我想看看台下的乐哥！"

很多人支持，场上浮动着亢奋的气息。显然，能够窥视一位著名主持人的私生活，这事够刺激。但也有人反对："把乐哥的放到最后，当成压轴戏！"

下边吵个不休，小精怪一时拿不定主意，就在这时，一个光点忽然返回，急速射向它的原始位置。小精怪奇怪地说："咦，咋有人回来了？"他仔细辨认一下，"是紫色光标，应该是七人中的吕哲哥哥！现在他已经到演播厅了！"

他迅速调整着，屏幕上紫色光点迅速扩大成吕哲的身体，他气喘吁吁地跑进演播厅，跳上舞台，手中托着那瓣紫色花；屏幕外的真实吕哲同步重复着里面的动作，屏幕内外互成镜像。

现在，屏幕外的吕哲站在舞台上。他的方位是面向大家，所以他并未注意到屏幕里也是他的形象。不等小精怪发问，他就笑道：

"我这人一向性急，既然撞上了这样的绝世礼物，我想干吗不当场使用呢。如果它不好用，大家不妨付之一笑；如果成功了，大伙儿能同步分享我的快乐。你们说好不好？"

下面是一波强劲的声浪："好！"

"小精怪，我想在这儿实现愿望，可以吗？"

"当然可以，不过——你真该慎重一点儿的。"小精怪摇摇头，颇有点儿惋惜。

"我不用考虑了，我要说了。愿望很简单：我想得到一枚比较好的钻石婚戒，送给未婚妻小陶，那是她早就盼着的礼物。"众人为他鼓掌叫好，吕哲以骑士的动作向四周鞠躬答谢。"现在，请在场的哪位戴钻戒的女士，慷慨地把钻戒借我用一下，我用时间机器复制一枚后，马上原璧奉还。喂，哪位女士肯惠借？最好克拉数大一点儿。"

小精怪吃了一惊，急忙制止："吕哲哥哥，还有各位观众，我的时间机器功能很强大，但它只能改变时间而不能改变物质，它可不是宝葫芦，不能凭空变出钻石的！"

吕哲大笑："小精怪，看来你还是个生手。你是第一次使用时间机器吧。"

"对呀。你使用过？"

"我当然没用过，但我碰巧知道一个诀窍。时间机器当然不是宝葫芦，但只要它确实能带我返回过去，而且我又握有一个钻戒作母本，我就能凭空变出钻石来。你要不信，等着瞧好了。"

小精怪被他的自信镇住了，不再拦阻，摇摇头说："真的？那我等着看。"

吕哲继续面向观众："哪位……噢，谢谢这位女士。"台下已经站起来一个女子，非常漂亮，衣着精致而素雅。她走上台子，从无名指上取下婚戒递给吕哲。吕哲看看，明显一愣，笑着问：

"请问是真钻吗？——不要误会，我虽然对首饰是外行，也觉得这粒钻石的克拉数很大，肯定很贵重。我听说名媛界有惯例，那就是：昂贵首饰只在特殊场合才戴，平常出门，是戴式样相同的赝品。"

女士微微一笑："不，这是我的婚戒，是一枚真钻。你尽管放心用吧。"

"那就多谢了。请问芳名？用代号就行，我只是想方便称呼。"

"你叫我小芳吧。"

吕哲唱了一句："村里有个姑娘叫小芳……不过你肯定不是歌中那位大辫子乡村姑娘。现在，请你把钻戒放在小精怪的手心里。小精怪，你就这样平托着。小芳，咱俩闭上眼，静待……两分钟吧，我想两分钟就够了。"他指指墙上挂着的时钟，"现在是晚上八点三十分。请小精怪为我掐时间。"

两人闭上眼，小精怪为他报着时间："三十一分。三十二分。"

吕哲睁开眼，"好了，下面我要返回过去，返回到刚才的八点三十一分。小精怪，到了这会儿，你该猜到我的办法了吧。"

小精怪恍然大悟，由衷地钦佩："知道了，你确实想得很巧！吕哲哥哥，你如果成功，那就为时间机器增加一项新功能，你太了不起了！"

"哪里哪里，过奖过奖。这并不是我的首创，是受一篇科幻小说的启发罢了。不过我很想能够事先确定，像我这样从时空中凭空变出钻石，算不算'过分'的愿望？会不会超过你说的时空弹性极限？"

小精怪难为情地说："我帮不了你，我自己也吃不准。"

"好，那我就赌一次吧，成败在此一举。"他回头对女子说，"不管我能否成功，你的原件肯定不会受损的，请你放心。噢对了，小精怪，你的时间机器一次能带几个人返回过去？"

"只要能包在光球范围之内，几个人都行。"

"那我就多带一个人吧。这位慷慨的小芳女士，你是否愿意随我到过去走一遭？算是我对你的感谢。"

女士立即脸上放光，笑着连连点头："当然！太难得了，谢谢！"

吕哲靠近女士，用右臂很有分寸地挽住她的肩膀，对左手中的紫花瓣说："花儿花儿，送我们回到两分钟前。"

光球突然出现，流动不定，然后连同两人突然消失。

巨大的演播厅里静得能听见呼吸，众人再次目睹了人的凭空消失，而且，这次大家已经确认它不是魔术而是真实，所以感受的震撼更为强烈。小精怪左手心托着那枚钻戒，有条不紊地主持着：

"吕哲哥哥真聪明，他的想法非常巧，把我这个时间旅行者都镇住了。现在，请你们仔细观看他是如何变出第二枚钻戒的，你们看不明白的地方我来解释。请看，现在屏幕上显示的是八点三十一分的景象。"

屏幕上，小精怪（两分钟前的小精怪）托着那枚钻戒，他身旁的吕哲和小芳闭着眼，一团光球突然出现在他们身边，光球渐隐，时间旅行者吕哲和小芳逐渐现身。屏幕外的小精怪向场上观众解释着：

"他们已经返回到八点三十一分了。"

返回的吕哲和小芳站在演播台的角落，凝目望着远处另一个自己。小芳震惊地低语：

"真的回到过去了！我从不敢设想能看到另一个我。"

吕哲也低声说："不要惊动他俩。一般来说，时间旅行者尽量不与另一个自身正面接触，那会大大增加时间旅行中的变数。"

"往下怎么办？"

"很简单，从小精怪手中取走钻戒就行。但此刻我也有点儿临事而惧了。"他下了决心，"不过，开弓没有回头箭，我要去了。"

058

他轻轻走近小精怪，从他手中小心取下钻戒。后者鼓励地看着他，但依旧不语不动，就像另一个世界的人。"原先的"小芳和吕哲仍旧闭着眼，看来对此毫无察觉。时间旅行者吕哲没有多停，立即拉着小芳走到一边，轻声对花瓣说：

"花儿花儿，送我们回到现在。"

屏幕上光球出现，转瞬消失，再突然出现在屏幕外的舞台上，从视觉印象看，似乎它是从屏幕上平移出来的。光球渐隐，吕哲和小芳现身，吕哲手心中平托着一枚钻戒，而小精怪手中的钻戒也照旧存在！两个时间旅行者非常激动，凝目看着两个戒指。吕哲兴奋地说：

"真的成功了！"

小芳："真的！我简直不敢相信自己的眼睛！"

场上众人由惊愕变为兴奋，也滋生出强烈的好奇，嘈杂声一片。小精怪让大家安静，解释说：

"看，凭空多出来一枚钻戒！知道它是怎么来的吗？听我给你们讲。时间轴线原来是一条射线，一直向前决不返回的，因此时间线绝不会封闭。"他在屏幕上用光笔画出一条箭头向上的直线轴，又在时间轴上注上几个时间点：8：30，8：31，8：32。"但有了时间机器后，时间线就有可能封闭。"他从8点32分处画一条曲线，向下返回到8点31分处，再过此点画一条曲线向上返回到8点32分之后。"看，这段时间线被封闭了。当他俩沿左边这条曲线返回到8点31分时，钻戒还躺在我的手心里，吕哲哥哥当然能轻松拿到，然后他沿右边这条时间线返回……有人说，这枚戒指拿走后，我手里不是没有了吗？但是，在正常的时间轴中，"他指指中间那条直线，"我一直托着钻戒，并没有人从我手中取走啊。所以它仍然完好如初。这样，封闭的时间线起到互补作用，互补的结果呢，就是时空中平白多出一枚钻戒。"

两枚钻戒躺在两个手心里，形状完全一样，同步闪烁着七彩光芒。吕哲把原件给小芳，高举剩下那枚向大家示意，兴高采烈地说：

"我成功了！小精怪的礼物确实神奇！谢谢小精怪，也谢谢小芳女士借我钻戒。现在我对她已经完璧归还，自己也落了一枚，可以赠给未婚妻了。当然啦，从理论上说，我可以用这个办法返回一百次一千次，弄他一百枚一千枚，只需每次返回比上次略早一点儿就行。但我还是见好就收吧，省得过于贪心，超过了旧时空的弹性极限，最终落个一场空。最后我要谢谢大伙儿，愿你们分享我的快乐！"

他与小精怪告别，与小芳握别，向大家挥挥手，就像刚才突然返回那样突然离去。小芳也没多停，笑着拍拍小精怪的肩膀，向大家挥手，匆匆追吕哲去了。场上突然静场。这极度的安静，就像回到了时间原点。刚才那些经历太神奇，太不可思议了，观众需要好好消化一下。过了一会儿，小精怪笑嘻嘻地说：

"我好喜欢吕哲哥哥哟，做起事来干脆爽利，为我的试验开了个好头。现在大家再也不会怀疑了吧，吕哲哥哥已经顺利实现了他的愿望——不不，刚才他忘了对花瓣说结束指令，所以他的愿望还不算最后实现，还有变化的可能。怎么样，大家想不想继续观察他？"

"愿意！"

"那我就开始了。"他一边调试机器一边自信地说，"我的操作再也不会出差错了，我已经玩熟了。"

屏幕上顺利地显出吕哲的行踪。

吕哲兴冲冲走出演播厅，一边欣赏着那枚钻戒。小芳从后边追过来，笑着喊：

"吕哲等一下！"

"小芳你也出来了？再次感谢你的慷慨，圆了我多年的梦。"

"不必客气，我得谢你呢，你让我体验了时间旅行，这可是极为难得的经历，远比一枚钻戒贵重。我想请你喝一杯，略表谢意，能否赏光？"

"什么话！要请客也该大老爷们儿请。走吧，不过事先说明，以我的钱包，只能去大排档。"

"大排档也好啊，我对它是有特殊感情的，上大学时没少吃它。"

两人坐上小芳的宝马来到一条小巷，艰难地行走着。这里熙熙攘攘、烟气腾腾，与演播厅里的梦幻华丽形成强烈的反差，完全是基色不同的两个世界。宝马好不容易停在路边，一半轮子搁在路阶之上，车身半斜着。两人走进一家简陋的大排档，一楼大厅里食客满满当当的。两人爬上陡峭的楼梯来到二楼，这里地方相对宽敞得多。两人坐定，要了饭菜和啤酒。周围食客都瞟着小芳，因为她的华贵美貌与周围明显不协调。小芳多少有些局促，自嘲了一句：

"好长时间没吃大排档，有点儿找不着感觉了。"她对吕哲伸过手，"正式介绍一下，我叫方圆，你喊我小方就得。"

吕哲与她握手："那我还喊你小芳，带草字头的小芳。"

"行啊，随你便。"

离二人不远处有两张面孔，是《傻乐汇》参与者见过，但吕哲不熟悉的——贼王和黑豹。那两人正在吃喝，贼王朝二人扫了一眼，没有太在意；黑豹则被小芳的美貌吸引，贪婪地盯着。一个小孩蹒跚地走过来，趴在贼王的腿上，傻乎乎地仰脸笑着。小孩母亲喊着："康康过来，别在爷爷那儿淘！"贼王笑眯眯地摸摸小家伙的脑袋，笑着说："没关系的，我这人特别喜欢小孩。"他想把小孩抱到腿上，小孩挣脱了，蹒跚地离开。

吕哲把钻戒放到桌子中间，感慨地说："今天太幸运了，没想到我能拥有一件时间机器。"

"确实让人艳羡。"

"这样珍贵的时间机器，我仅仅用它换来一枚钻戒，是不是有点大材小用？"

小芳笑着："小精怪说你应该多考虑几天的。"

"说来是因为我的未婚妻小陶，我们已经同居两年了。小陶对钻石婚戒十分痴迷，平日里逛商店，只要一走近钻戒货柜，眼睛就直了。她说钻石象征永久，女人只有拥有它，才能保障她收获的爱情恒久不变。可惜，大学毕业至今，我俩把所有余钱都攒着用来买房子了，一直舍不得为她买一枚像样的钻戒。"他笑着说，"你肯定看得出来，我们属于所谓的'蚁族'，这个族群像蚂蚁一样是大脑袋——高学历；像蚂蚁一样群居——住的是多家合租的单元房；也像蚂蚁一样日日辛苦，仅仅能往窝里噙回几个饭粒。"

小芳连连点头："我理解的，理解的。"她稍停片刻，"实话说吧，我要不是嫁了一个家境不错的丈夫，今天也属于蚁族。"她笑着安慰吕哲，"你一点儿用不着自卑。你是个有责任感又重感情的好丈夫。你的妻子很幸福的。"

吕哲笑道："那倒不假，除了钱包瘪一点儿，我这个丈夫没啥毛病。"他忽然想起来，"喂，打听一件事，你要不方便回答就别说——这枚钻戒值多少钱？我没啥意思，就想心中有点儿数。"

小芳稍微犹豫后答："七八万。"又补充道，"是欧元。我公爹去比利时商务旅行时，代我丈夫小山买的。"

她的声音很低，但一直注意着她的黑豹听见了，目光中立刻多了几分贪婪，低声对贼王说了几句。这边吕哲同样咋舌：

"合70万人民币！你丈夫真有钱。"

小芳摇摇头："小山是个还没出道的画家，指望他的收入，连自个儿的肚子都混不圆。其实是我公爹出的钱。"

"有个富公爹也不错啊，至少不用像我和小陶这样紧紧巴巴，同居两年也不敢结婚。"

小芳平和地说："金钱上我们确实不用烦心。"想了想她补充道，"我公公是石万山，你可能听过这个名字。"

吕哲吃惊地扬起眉毛："当然！中国房产界的大鳄，天一集团的CEO，人称当代沈万三。这个名字在胡润排行榜中是位居前列的。而且他在中国大陆富豪群中是很独特的一位，爱钻研政治经济学，喜欢航海、滑雪和登山，听说他快把各大洲的第一高峰爬遍了。"

"没错，眼下他在大洋洲，正攀登那儿的第一高峰查亚峰。"

吕哲举起钻戒看看，再次惊叹："70万！我压根儿没奢望有这么昂贵。依我当时的打算，弄个价值一两万两三万的钻戒就满足了。如果当时就知道它的价值，说不准我不敢拿它当母本哩——怕凭空弄出这么昂贵的珍宝，会超出时空弹性极限。真得谢谢你，让我发了一笔大大的横财。"他笑着自嘲，"当时是不是该多返回几次？"

小芳笑着："现在也不晚哪，你还没对这朵花瓣说结束呢。"

吕哲笑着摇头："不，我还是那句话，见好就收。我信奉中国古代哲人的观点：自然之力有尽，人们不可过度索取。像这样——靠一个邪门机器凭空变出钻石，我总是心中不踏实，觉得它来路不正，有违自然之道。所以——见好就收吧。"

小芳笑道："难得呀，这是圣贤才能抵达的境界。在今天这样一个欲望躁动、阳气过盛的商品社会中，你算得是一个异类。"

"知道我在大学里的专业吗？哲学，主攻老庄哲学。在眼下这个欲望社会里，这恐怕是最没用的专业了。四年苦读只换来一堆精致隽永但迂阔无用的老庄之言，像什么绝圣弃智、绝巧弃利、见素抱朴、道法自然、清静无为，还有什么少私寡欲、安时处顺、物我两忘、天人合一。你说说，这些玩意儿能换来钞票或钻戒吗？毕业后我一直在一家公司当个低等文秘，工资还赶不上小陶。"

小芳笑道："我在大学学的东西同样无用——魏晋文学。毕业五年，差不多全都就饭吃了。"她想想说，"说起老庄哲学，我公爹有一些独特的观点。他说，老子的《道德经》中有丰富的辩证法，但当老子在把他的哲学用于治国和处世时，他却违反了辩证法，一味强调阴柔、守静、以柔克刚、以退为进，基本忽略了阳刚和进取。"她歉然说，"我只是复述公爹的观点，希望没有冒犯你。"

吕哲半开玩笑地说："怎么会冒犯我？历史是由胜利者书写的，你公爹就是一个大大的胜利者，当今社会的弄潮儿，他的观点自然是对的。"他把玩着那枚钻戒，遐想道，"说来钻石才是自然界的异数。在所有物质中，它的硬度最高，传热性能最好，对光的折射率最大——所以磨制后才能七彩斑斓。有这么多特异的禀性，其实它的本元不过是最普通的碳元素，和煤、石墨甚至动植物体中的碳元素是一样的。科学史上有一件逸事，300多年前，那时人们还不知道钻石的本质，还以为它是什么天造异材呢。有一位科学家用放大镜把阳光聚焦到一粒钻石上，想研究它的光学特性，结果钻石轰的一下就消失了，烧没了，变成了最普通不过的二氧化碳气体。你看，普普通通的碳元素，经过火山喷发时岩浆的高压作用，就能化普通为神奇，变成珍贵的钻石，让你不得不叹服大自然的造化之工。"

小芳说："噢，对了，你倒让我想起一件事。我听说，钻石不比黄金珍珠等首饰，因为材质和加工原因，世上绝没有完全相同的两枚钻石首饰。"她取下自己那枚钻戒，放到吕哲那枚的旁边，"现在托时间机器的福，这儿有了一对孪生钻石，其中一枚既是人工复制的，又是完全天然的。它们应该是世界上唯有的一对吧。"

"真的？那咱们更该庆贺一番。光喝啤酒是不是不过瘾？再来一瓶好酒吧，今天咱们一醉方休。小芳你要什么，干红还是白酒？"

小芳豪爽地说："白酒吧，今天高兴，我也可劲儿疯一疯。"

"行，那就来一瓶'酒鬼'。哟，不行，你不能喝白酒的，你要开车。"

"没关系。真喝醉了，我让家庭司机来接我。"

"好啊，那咱们就敞开来喝。有这枚70万的钻戒垫底，我现在浑身是胆雄赳赳了。"

两人很快醉意陶陶，两枚钻戒一直放在桌子上。黑豹低声对贼王说：

"我去把那两件货切了。"

贼王犹豫一会儿，摇摇头："算了，放一马吧。"

"为啥？"

"不为啥，这俩人对我脾胃。"

黑豹对这个理由不服气，但他隐忍了，没再坚持。

家庭司机来了，但精神亢奋的小芳执意要步行，于是两人在前边走，宝马车缓缓跟在后边。天色已经很晚，眼前高楼如林，灯光如海。吕哲环指着林立的高楼说：

"想起庄子一句话：'彼亦一是非，此亦一是非。'作为一个无房者，我当然希望大楼建得越多越好；可是，听任这样的水泥丛林疯狂地吞噬耕地、绿地、树林和天空，后人该如何评说？是罪还是功？"他自嘲道，"百无一用是书生，我只会发点儿迂腐的感慨。"

小芳说："其实我公爹也说过类似的话。他说他这辈子盖了几千万间房，但却弄得一代青年住不起房子，是罪还是功？"

吕哲笑道："我不敢相信这是房产大鳄的真心话。不过即使只是作秀，也很难得了。好了，不说了，咱们该分路了。"

"欢迎你和小陶来家玩，我相信你和小山肯定能成为朋友。还有，"她笑着说，"如果你还要回到过去，而且时间之车有空位的话，不要忘了喊上我。我对时间旅行非常有瘾。"

"好的，一定。"

汽车载上小芳开走了，吕哲歪歪倒倒走进公寓。这是三家合住的一套房子，三室两厅。三个年轻人挤在客厅里看电视，都穿着很暴露的衣服，女的依在男友怀里，显然他们已经习惯了这种合租生活。另一个女孩从厕所出来，说：

"大张！厕所我用完了，你去吧。"她随之看见吕哲，赶紧过来搀扶，对一间卧室喊，"小陶！快来接你老公，醉成螃蟹了。"回头问吕哲，"今天吃谁的请？"

吕哲醉意陶陶，笑哈哈地说："今天我可是交了好运，哪天请你们两家喝酒。"

"啥好运？《傻乐汇》的幸运金锤砸到你头上了？"

"你说对了，确实是《傻乐汇》的幸运砸到我头上了。"

小陶从屋中跑出来，埋怨着把吕哲扶进屋内，放到床上，脱衣脱鞋，拿来湿毛巾擦脸，又倒来一杯浓茶。屋子很小，一张大床，一张桌子上放着打开的笔记本电脑，一个廉价的布衣柜，剩下的没有多少空间了，不过还算整洁。小陶要喂吕哲喝茶，吕哲闭眼半躺在床上，摸索着捏住小陶的手，把钻戒塞到她手心里。小陶疑惑地问：

"啥玩意儿？"她看一眼戒指，平淡地说，"假的。我知道行情，这样大的钻戒起码得十万。"

"充什么内行哟，什么十万，它值70万！是真钻，不骗你。"

小陶撇撇嘴："那你是砸金店抢银行了，还是中了七色球大奖？"

"不是七色球大奖，是七色花大奖。"他掏出那朵花瓣，"来，坐我身边，听老公慢慢道来。"

随着吕哲的解释，小陶的眼睛越睁越大。她跑过去关好房门，把喧闹声挡在门外，然后回到床边，盯着花瓣，眼光发直地思索着。良久，她痛苦地失声喊：

"你个傻蛋，既然得了这个宝贝，为啥不弄一套房子呢？"

"房子？"

"对，房子！很简单的，比你弄钻戒还容易。带着咱们已经攒的十几万，回到十年前一趟就行。这笔钱在那时足够买套像样的房子了！"

吕哲有些理亏，解释道："当时我压根儿没敢往房子上想，可能是潜意识中觉得，要一套房子的愿望太奢侈，要实现它，肯定会超出时空的弹性极限。再说，你一直盼着有一枚钻戒，在我耳边叨叨多少次了。

你说有了钻戒，才能保障咱们的爱情天长地久。"

小陶恨恨地戳着他的脑门儿，简直是恨铁不成钢："你呀你。那是嘴上说说而已，能当真？女人嘛，结婚之前都得尽力抓住一点儿春梦，抓住一点儿诗意。你不想想，要说保障爱情，钻戒哪比得上一套房子？"

吕哲黯然说："确实比不上，不过后悔也来不及了。小精怪说过，一个花瓣只能满足一个愿望。"

两人沉默良久。小陶下了决心："那就把它卖掉！哪怕只卖40万，至少够房子的首付了。"

"你真舍得？这样昂贵的钻戒，恐怕咱们这辈子再也买不起了。"

小陶当然肉痛，反复把玩着钻戒，最终咬着牙说："舍不得也要舍！舍、舍、舍！"

"那就……卖？"

"卖！"她抬起头委屈地看着吕哲，声音带着哭声，"老公，我做出这样伟大的牺牲，你可得牢牢记住啊，要记一辈子。"

吕哲笑着把她搂到怀里："我保证，不光这辈子，下辈子都会记着。反正下辈子我也不打算换老婆。"

两人来到一家华贵的珠宝店，古色古香的匾额上写着"周大福金店"。临进门时小陶有点儿怵，小声说：

"咱这个会不会是假货？人家会不会把咱俩当骗子？"

吕哲不由分说，硬把她推进去。店里珠光宝气，压得小陶很有点儿自卑，吕哲还算坦然。制服笔挺的珠宝师彬彬有礼地接待了他们，用放大镜看一眼钻戒，立即肃然起敬，抬头望望两人——这样的钻戒与两人的衣着显然不大相配。又仔细鉴赏一会儿，他说：

"是质量很好的南非白钻，安特卫普的做工。重量约为4克拉，切割达到VG级，净度VS1，色度F。据我估计，购入价应在六七十万人民币。"

两人长出一口气，眼睛放光。小陶急迫地问："我们不了解珠宝界的行规，麻烦问一声，这枚钻戒你们能回购吗？回购价钱是多少？"

"钻戒不像黄金首饰，一般不回购的，即使回购，价格也要大大缩水，大约只有原价的三分之一。"小陶很失望，店员接着说，"当然话说回来，像这样大克拉数的钻石，它的保值性能要高一些。我问问老板吧，如果回购，还要用导热仪或克拉利西重液做进一步鉴定。请两位先把珠宝证书给我。"

两人傻了，小陶说："我们没有证书，但这枚钻戒的来路完全正当！"

吕哲说："真的完全正当，我们可以让权威机构开出证明。"

珠宝师摇摇头，彬彬有礼地拒绝："恐怕不行。这样高档的钻戒，没有正规的珠宝证书，哪家店也不敢回购。你们不妨到其他珠宝店问问。"他摆出送客的架势。

在公共汽车站点，两人沮丧地坐在长凳上。汽车来了一趟又一趟，挤车的人走了一拨又一拨，两人一直默坐。天色暗了，路灯亮了。吕哲喃喃地说：

"怎么办？要不，请小芳把钻石证书拿来，还用那个办法变出一套来？这个要求有点儿过分，我真的不想再次麻烦她。"

小陶央求："再求她一次嘛，对她又没有损失。我看她是个好心人，会答应的。"

吕哲咬咬牙："好——吧，那就再求她一次。"他忽然福至心灵，兴奋地一拍大腿，"有办法了！要证书干吗，连珠宝店也不用求了，干脆卖给小芳！"

"卖给小芳？"

吕哲解释道："正是小芳告诉我的。她说钻石因为材质和加工原因——钻石不像黄金白银，只能分割不能融合的——世上绝没有完全相同的两枚钻石首饰。如果咱们把钻戒卖给小芳，她就拥有世界上唯一一对孪生钻石，可能会大大升值！这是对双方都有利的事，我想她——她公爹——肯定愿意买入，那人是房地产大鳄，有足够的财力。"

"真的？那咱们是不是能趁机卖个好价钱？"

"我说小陶同志，不要得寸进尺好不好？请牢记中国的古老格言——人心不足蛇吞象，水满则溢月盈则亏。太贪心了，说不定就会超过时空弹性极限，让你落个一场空！咱们就按五六十万，最多按原价70万卖给她，那已经是一笔横财了。"

小陶仍心有不甘："可是这个数，加上咱已经攒的，也只够半套房子啊。咱俩早就盘算过，等有了孩子，得请我妈来带，房子怎么着也得两室吧。咱们没车，房子不能太偏远。这样的房子再加上装修，差不多得200万。"她看看吕哲的脸色，连忙改口，"好，听你的听你的。咱们不贪心。先解决了房款的首付，余下的咱慢慢还月供。"

小山在开车，方圆接着吕哲的电话：

"我和小山这会儿在去机场的路上，是去接我公爹，他刚刚登过大洋洲的查亚峰……你的建议我没意见，小山肯定也没意见。你说得对，这是对双方都有利的交易。"她捂住话筒对丈夫说，"吕哲小两口儿想转让那枚复制的钻戒，这样咱家就拥有世上唯一的孪生钻石。"小山点点头，方圆对手机说："当然我们得征求公爹的意见，如果买，反正得他出钱……要不你们这会儿就来吧，打个的赶到机场。"她笑着说，"透露个小秘密，我公爹登过山后心情特别好，说不定当场就拍板了。"

电话中吕哲有些为难："怎么好意思？石先生还没到家。"

方圆笑着说："吕哲，请抛掉你祖师爷——老子——的教诲，我公爹最欣赏的不是守静退让，而是野性和进攻，是不屈不挠的劲头儿，哪怕只是为了私利。"

"好的，我和小陶这就赶过去。"

吕哲二人赶到机场，石万山已经走出通道口。他50多岁，穿着旅行装，胡子拉碴，脸晒得很黑。他的随行者正忙着从货运通道接收登山器材。道口立有他穿着登山服的真人照，站在白雪皑皑的绝顶。众多记者包围着他，争相提问，他平淡地说：

"我多次说过，真的不要把这事看得太重。世上每座高峰都有不下1000人攀登过，只是中国大陆的登山者相对少一些罢了。"

一个记者问："问一个老问题，你为什么这么喜欢登山？"

"登山是人生的浓缩，是商战的浓缩。在登山中的很多感悟其实可以用到人生和商战中。比如，完成登顶时不能陶醉于胜利的喜悦，而是要趁天气好赶快安全下山；而在下山途中，你就得谋划下次登哪座山峰。"

小山夫妇领着吕哲小陶挤过去，与父亲拥抱。石万山的老搭档刘先生走过来，笑着同他握手，并同小山他们护送石万山冲出记者的包围。

路上小山介绍了吕哲和小陶：

"爸，这是圆圆新结识的朋友，吕哲和小陶。"他低声对父亲说了几句，父亲注意地打量了两人一眼，笑着同他们握手。

小山继续低声说着孪生钻石的事。石万山眉头微蹙，听得非常认真："我在国外时听你刘伯伯说过这档子事。这么说，那个七色花时间机器是真的？"

"嗯，完全真实，圆圆是亲历者。"

石万山停住脚，看看落在后边的吕哲和小陶，果断地说：

"他俩说得没错，这是笔双赢的交易。你这就去告诉他们，咱们同意买下。交易细节稍后在宴席中定——过几天我请他们到香格里拉吃饭。"

小山诧异地扬起眉毛："是吗？爸，你从来不请陌生人吃饭的。"

石万山看看旁边的老刘，笑着说："是圆圆的朋友，我得给足面子。"

队列后边，方圆向客人介绍着："我公公旁边那个小个子老头儿是刘伯伯，他是我爸最信任的智囊，从他白手起家打天下时俩人就是搭档。我公公说他足智多谋，虑事周全，称得上房地产界的刘伯温。"

小山匆匆过来，高兴地说："爸已经同意了，具体细节稍后和你们面谈。他说，过几天请二位在香格里拉吃饭。"

小陶情不自禁地拍手："太好了，房子的首付不用愁了。谢谢石老伯！谢谢你们两口儿！"

吕哲有点儿难为情："老伯太客气了，俺俩这种小角色，哪好意思占用老伯的宝贵时间。"

方圆笑着说："别客气。既然老爸定了要请客，你们就别推托。"她对丈夫开玩笑，"我很感激的，我知道爸这么做是给我面子。"又对吕哲夫妇说，"咱们真是有缘，那次我是偶然参加了《傻乐汇》节目，没想到结识了你们两位朋友，还成就了一对孪生钻石。"

吕哲说："那是因为你的慷慨。你可以说是俺俩的幸运女神。"

小山说："我的下一幅画有素材了——幸运女神，模特儿就在身边哪，还是免费的。"

四人大笑。

石万山和刘先生坐在汽车后座，刘先生平静地说："万山，从你眼睛的异常光彩里，我知道你又要攀登一座新山峰了，就像当年你决定投身房地产行业一样。"

石万山笑着："知我者刘哥也。"

"你是想借用时间机器，做一笔和钻石有关的大生意。"

"没错。"

"至于细节我就猜不到了，你说说。"

"刘哥你先告诉我，目前世界上能够很快买到手的、最昂贵的钻石在哪儿？"

"在俄国。西伯利亚和平钻石矿发现了一枚罕见的巨型白钻，重940克拉。在它现身后，世界十大名钻已经重新排名。"

"价值多少？"

"已经送安特卫普加工成一枚圆钻，成品钻约为250克拉，据说值三亿美元，约合20亿人民币。俄方正在寻找买主。你想买下它？"

"对，我想买下它。"

刘先生沉吟着："你是打算……"

"圆圆那位朋友很不简单，在得到七色花的当天，就能想出那么巧妙的办法，弄出世上第一对孪生钻戒。可惜，他的财力有限，眼界和气魄也嫌不足，没把事情做到极致。这是老天把机会留给我了，天予不取，反受其咎！我准备买下俄国那枚巨钻，利用吕哲的办法复制一个，这样20亿就要翻一番，40亿。然后，它们就成了世界上唯有的孪生巨钻，那又该升值多少？"

刘先生摇摇头："孪生钻石是世界上从未有过的事物，所以很难预估。"

"正因为世上独此一家，它的价值就由我们说了算，全看能否成功造势了。我给一个大胆的估计——它们应该能升值十倍，400亿！比搞房地产的利润还高！我们能借此一举进军珠宝业，它是中国明天的朝阳产业。"他笑着说，"你大概对这个估价有疑虑。你是'诸葛一生唯谨慎'，我最看重你这一点。但正如老人家那句名言：战术上重视敌人，战略上藐视敌人。一个企业在战略转型时，不妨胆大一点儿。回过头想想，二十几年前，当咱们决定投身房地产业时，谁能料到中国房产的价格竟然飙升到今天的水平？何况房产还是给老百姓用的大路货，而咱们谈的孪生巨钻本身就是奢侈品，奢侈品更容易炒作。"

刘先生思索后点头："你说得对。这个计划虽然动作很大，其实不算冒险。最坏的结果也只是把20亿现金沉淀成了不动产。"

"其实这样的沉淀同样是我的目的。知道为什么吗？"

"请讲。"

"你刚才说我想攀登一座新的山峰，说得不错但不完全，我同时也在想如何安全走下已经登顶的山峰。这些年你我都一直如履薄冰，因为房产业的钱来得太容易了，看着年度财务报表，总有点儿使黑钱的感觉。古人云：其兴也勃焉其亡也忽焉。不定哪天泡沫会砰的一声炸破，只留下满手白沫。现在，咱把20亿现金沉淀到钻石上，类似于把黑钱洗白。或者换个说法：这就像封建社会高官巨商赚钱后回家乡买房置地，一个样的。"

"不，不一样的。万山，我基本同意你的计划，但不同意计划的结尾。"

"请讲。"

"把20亿变成两枚巨钻，这一步肯定是物有所值，但400亿的升值前景却是一个大气泡。你莫忘了，孪生巨钻虽然极为难得，但既然世界上有了时间机器，肯定会有人利用它弄出新的一对，甚至弄出个三胞胎四胞胎，早早晚晚罢了。所以，应该抢在这个大气泡爆破之前把孪生巨钻卖出去，把20亿现金变成你说的400亿，哪怕只变成100亿，80亿，60亿，都是一次大成功。"

石万山沉吟着："能一掷百亿来买钻石的人不多……"

"事在人为。"

"对，事在人为！你说得对，就按你的意见办，努力争取第二种结局。但即使是第一种结局也算小成功。"

刘先生笑道："成功的前提是，那个时间机器真的那么好用，像那位吕哲说的那样好用。"

在香格里拉饭店的一个豪华房间，石万山带着儿子儿媳，亲自在门口迎接吕哲小两口儿。他拉吕哲坐在自己身边，石太太把小陶拢在身边。石万山介绍了与席的太太和刘先生，吩咐侍者上菜，笑着说：

075

"听圆圆说，小吕在学校里主要研究老庄哲学？难怪你能想出这么一个凭空变出钻戒的妙法。这正符合老子的哲学观念：天下万物生于有，有生于无。"

"老伯，我听圆圆说了你对老子哲学的批判，我觉得很深刻。"

"说不上批判，几句闲话罢了。不过我一向认为，一个民族要想生存，必须既有羊性又有狼性，但自唐朝以来，中国人羊性有余而狼性不足。"他笑着把话头拉到正题上，"商界惯例是等酒酣耳热时再谈生意，我想把这个习惯变一变，今天咱们先谈完正事再吃饭。小吕小陶，感谢你俩的好提议，我同意把那枚钻戒买下。至于价钱，我先提个数，你们若不同意咱再商谈。我想拿一个整数，100万，怎么样？"

吕哲和小陶既惊又喜，吕哲连连说："我们同意。石伯伯你太慷慨了。"小陶抚掌笑着："100万，半套房子到手了！"

石万山同情地点点头："小吕说你们属于蚁族，我非常理解蚁族的难处。小吕小陶，平时骂过房地产商没有？"

两人一愣，承认也不是，否认也不是，颇为尴尬。石太太、小山和圆圆也对当家人提起这个话头感到意外，相视而笑。石万山笑道：

"肯定骂过，不过我能理解。我这辈子就干了一件大事，创建了一个房地产公司，盖了几千万套房子。按说这是积福行善的好事，但结果呢，却害得一代年轻人，甚至连累他们的父辈，都成了房奴，所以我的确该挨骂。只请你们理解一点，在中国房价的飙升狂潮中，至少我这个房地产老总不是推波助澜者。我是骑在虎背上身不由己。"

吕哲和小陶一时不知道该如何接口。石伯伯这段近似内心独白的话让他们感动，但从内心讲也不敢全信。石万山叹息一声：

"我这并不是鳄鱼的眼泪，时间长了，你们会理解的。小吕小陶，感谢你们让小山和圆圆拥有世界唯一的孪生钻戒，我想额外表示一点儿谢意。拿什么谢呢？我现在穷得只剩房子了，就拿房子来当礼物吧。"吕哲和小陶非常震惊，呆呆地看着他。"你们转让钻戒的100万不要拿来买房，留着作其他开销吧。至于房子，你们可在天一公司的楼盘中任选一套三室两厅，我无偿奉送。圆圆，饭后你陪他俩去几家楼盘转转，挑一套满意的，带精装修的。"

吕哲和小陶惊得面面相觑，小陶想说话，吕哲急忙抢先说："那怎么行！无功不受禄，石伯伯你用100万的高价买下那枚钻戒，我们已经非常、非常感激了。三室两厅住房这样贵重的礼物，我们无论如何不能接受。"

他用眼色警告小陶。小陶懂得了他的意思——天下没有白吃的午餐——但又舍不得放弃这么宝贵的送到手的礼物，只好保持沉默。石万山笑着说：

"不，不是无功受禄，我有一件大事要借助你们。"他从口袋里掏出一个精致的首饰盒，打开，取出一枚巨型圆钻。钻石在明亮的灯光下闪着七彩光芒。小陶失声惊呼：

"哟，这么大个儿的钻石！如果是真钻，一定值几百万，"她想想又加一句，"说不定值一千万！"

对这个大大低估的估值，石万山只是淡淡一笑，简单地说了一句："它是真钻，俄国产的世界名钻。至于价格——恐怕你低估了。小吕，我非常眼红圆圆的幸运，想冒昧地请你如法炮制，把这枚俄罗斯白钻也复制一枚。复制品的所有权是属于你。当然，如果你愿意把它以五亿元的价格转让给我，让我也拥有和圆圆一样的幸运，我会感激不尽。"

小陶情不自禁地发出一声呻吟。如果刚才石伯伯馈赠房产是让她震惊，这回简直要令她虚脱了，难道不经意间，他们也要一步跨入亿万富翁的行列吗？吕哲忙瞪她一眼，回头委婉地说：

"能为石伯伯做点儿事是我的荣幸。但七色花的主人小精怪曾说过，一个花瓣只能实现一个愿望。"

石万山笑道："你要做的事仍然没超出这个愿望啊，只不过是一枚超大的钻戒罢了。"

吕哲苦笑道："但这枚钻戒实在太大了！依我的直觉，凭空变出这么一枚价值连城的巨钻，肯定要超出时空弹性极限。"

"对，我知道这个规则，圆圆对我说过。但小精怪还说过，即使超出时空弹性极限，也只会造成时间机器死机。时间旅行者并无任何危险，对不对？"

"对。"

"那就好，否则我不会腆着脸请你干这件事。小吕，请你勉力试一下如何？如果这次行动失败甚至导致母本被毁，我认了，不要你们负任何责任。还有一点，不论结果如何，我赠你们的那套房子都不受影响。"他笑着说，"这正是我谈生意的原则——首先要设身处地为对方着想，保证对方的利益。"

吕哲仍然执拗地缓缓摇头，小陶急了，笑着说："石伯伯，这么大的事情，能让我和吕哲单独商量一下吗？"

"当然可以。"石万山唤来侍者吩咐一声，侍者把两人领到另外一个房间。小陶关上门，急急地说：

"吕哲你别傻！这是多好的机会，可以说是咱这辈子当亿万富翁的唯一机会，你要是白白放弃，这辈子我会骂死你！你看石伯伯开的条件多优惠，不论哪种结局，咱们都不会有任何损失。你别担心什么弹性极限，当初变出那枚价值70万的钻戒时，你不也担心过？后来啥事没有。这次兴许也是一样呢。再说，看在小芳面上，咱也不能拒绝呀。"

吕哲仍然摇头："小陶，你说的都没错，可我就是觉得不对劲，觉得发怵……"

小陶打断他："你只用告诉我，做这件事，你本人会不会有危险？"

"那倒不会。小精怪确实说过，即使花瓣主人的愿望过分，最多只会造成机器死机，一切归零。"

"那你就大胆去做！吕哲，你要再婆婆妈妈，我绝不会原谅你！"

吕哲沉思良久，屋里是沉重的死寂。最后他咬咬牙，做出了决定："好吧，我答应。"

两人回到大房间，酒菜已经上齐。石万山请大家举起酒杯："来，先干了第一杯。刘哥，你来致祝辞。"

刘先生说："庆贺小山圆圆结识了一对好朋友。百年修得同船渡，这是难得的缘分，希望你们的友谊保持终生。"

众人杯盏交错，吕哲满饮后放下杯子，干脆地说：

"石伯伯，我和小陶商量过了。我们感激地接受那套房子的馈赠。我也答应用时间机器复制出一枚巨钻。但我们会无偿赠给伯伯，不要那五亿元的转让费。"

小陶没想到丈夫会做出这样的决定，又惊又怒地瞪着吕哲。吕哲决绝地回她一眼，那意思是："听我的！回头再解释。"小陶忍了忍，保持沉默。她熟知丈夫的脾气，虽然开朗随和，但在大事上很有主见。这肯定是他熟思后的最终决定，说也没用的。吕哲继续说：

"我先把话说到前边——我有强烈的不祥预感，总觉得做这件事有违自然之道，不大可能成功，甚至会出什么纰漏。我尽力去做，至于结局如何，听凭天意吧。"

石万山赞赏地说："好！我很欣赏你的果断，就按你说的办。至于你自愿放弃的利益，我会用另外的办法补偿，这事你就甭管了。"

"谢谢石伯伯，但我们真的不需要什么补偿，有那套房子我们已经非常满足了。我答应这样做，只是想报答小芳当时的慷慨。"

石万山看看儿媳，点头说："好的，依你。"

"择日不如撞日，那我现在就要做了。"

石万山和刘先生交换一下目光，后者点点头。石说："好的，谢谢！我该怎么做？"

在吕哲的指导下，石万山离席走到空处，把巨钻放到手心里。吕哲拿出那朵紫花，也走到一个比较空旷的地方。屋里一片森然肃然的气氛。虽然此前吕哲已经成功地做过一次，但毕竟这次是枚价值连城的巨钻，这足以让此次行动具有不同的分量；而且吕哲又做了不祥的预言，让大家不能不担心。方圆忽然说：

"吕哲，我还能再随你去一次吗？"她开着玩笑，"我说过的，我对时间旅行特别有瘾。"

吕哲干脆地拒绝了："不，这次我一人去。"

方圆平静地诘问："为什么？你觉得这次有危险？"

"不是的。小精怪说过，即使是过分的愿望最多只会导致死机……"

"那就不要拒绝我。"

小山听出了方圆的担心："我陪吕哲去吧。"

方圆坚决地摇头："不，我去。我去过一次，多少有点儿经验，万一……兴许还能帮吕哲出个主意。"她径直走近吕哲，轻轻揽住他的肩膀。吕哲不想让她去，但看来已经无法推托。他看看小陶，想征得小陶的同意至少是默许。但小陶此刻完全沉浸在损失五亿元的痛苦中，精神恍惚，根本没在意他们在说什么。吕哲不免有些失落，摇摇头，轻叹一声，不再拒绝小芳。

"好，咱们闭上眼。"两人像上次那样闭上眼睛等了一会儿，然后吕哲对花瓣说："可以了，出发吧。花儿花儿，请回到两分钟前。"

光球出现并消失，连同里面的吕哲和小芳。在场人都不由得屏住呼吸，紧张地等着。屋内一片死寂，紧张得就要爆炸。连处在恍惚中的小陶也感觉到了，困惑地想问什么——

在《傻乐汇》现场，小精怪指着屏幕对大伙儿说："看，吕哲哥哥再次返回过去了。"但他的解说明显没有前次的热情。他顿了一下，有点儿勉强地为吕哲辩解，"吕哲哥哥答应去干这事，一点儿也不是因为贪心，只是抹不开面子罢了。"他低声咕哝着，"哼，那个石伯伯真是厚脸皮。"

场上观众也没有了前次的热情，场中涌动着不满的暗流。短发小伙子站起来问："吕哲去复制第二枚钻石，算不算违反了'只能实现一个愿望'的规矩？"

小精怪勉强地说："不算吧，这次仍可算作一个钻戒，不过是超大个儿的。"

屏幕上，返回过去的吕哲和方圆出现在宴会厅的角落。手托巨钻的石万山看到了他们，目光露出惊喜，但没有说话，只轻轻地点点头。

"原来的"吕哲和方圆仍然闭着眼，没有觉察到时间旅行者的到来。

"后来的"吕哲先不去取钻石，轻轻叹息一声，低声对方圆说："小芳，谢谢你。"

"谢什么呀。"

"谢谢你甘愿陪我冒险。我知道你内心深处的想法，并不是要帮我想办法应付危机——时间机器真要出故障，谁都没办法的——而是想在万一发生不幸时陪我赴难，让石家减轻道义上的责任。"

方圆没有反驳，低声说："出发前我看出你心事很重，不过我不大相信你的预感。毕竟你已经成功过一次，这次只是钻石的个头儿大一些。"

吕哲摇摇头："只是一种直觉罢了，我也无法厘清。用时间机器复制物质是技术上合理，哲理上不合理。如果仅仅复制一枚小钻戒，可以看作是打一个擦边球，上天也许会懒得理它；但现在是复制一件稀世珍品，我觉得会惹恼上天的。"他摇摇头，"只是我的胡思乱想罢了，也许一切都顺利呢。现在我要开始干了。"

他走过去，向手托巨钻的石万山点头致意，轻轻从他手中取走钻石，然后走回小芳身边，揽住她的肩膀，对花瓣说：

"花儿花儿，带我回到现在。"

两人对面相视，平静中蕴着极度的紧张，但光球顺利出现了。

宴会厅中，光球返回，随即隐去，吕哲和小芳现身。两人脸上是紧张过后的喜悦，吕哲手中托着一枚巨钻。他把这枚巨钻放到石万山的手里，两枚一模一样的巨钻熠熠发光。

长久的静场。成功来得太轻易了，众人甚至从心理上不能接受。很久才爆出兴奋的欢呼。小山把妻子揽到怀里，兴奋地说：

"哪有什么弹性极限，吕哲你真会吓人！"

石万山和刘先生外表平静，但目光深处也是同样的兴奋。石万山过来拍拍吕哲的肩膀：

"小吕，谢谢你，让我此生能拥有一对孪生巨钻。"他突然提出一个建议，"你看，一切顺利。如果你还想再返回一次，为你自己取一枚，我很乐意提供帮助。"

小陶眼中立时闪出异光，恳求地看着吕哲。吕哲稍稍犹豫，苦笑着说："面对这样的诱惑要说谁一点儿不动心，那是睁眼说瞎话。但我不想食言。"小陶一下子泪流满面，吕哲搂住她，继续对大家说——实际主要是对小陶说的，"我不是故作高尚。我这样做只是听从我的直觉。尽管这枚巨钻已经成功复制，但我的直觉中仍有一个不祥的声音在砰砰响着。我决心远离它。"

他为小陶擦泪。小陶苦涩地摇摇头，靠在丈夫怀里，这表示她彻底死心了，认命了。石万山说：

"人各有志，我尊重你的选择，也十分敬重你，这个世上能拒绝这样诱惑的人真的不多。"他转身向刘先生，"至于咱们，已经染上浑身铜臭，走上这条追金逐银的不归路，只能继续前行了。刘哥，请立即开始第二阶段的工作——全力为这对世上唯有的孪生巨钻在全世界造势。"

刘先生点点头，简单地说："全都筹划好了。"

石小山夫妇带吕哲夫妇去挑房子，小山开车，吕哲坐右位，后排的方圆和小陶亲密地偎着。方圆说：

"喂，你们二位，走前我公公特意交代，不让你俩选三室两厅了，你们可以在天一公司所有楼盘中任选一套高档别墅。小吕，我劝你不要辜负了我公公的心意。"

小山回头笑着说："对，不要白不要，老爷子不差钱。"

吕哲摇摇头："我们不是住别墅的人，物业费都付不起。能有一套三室两厅就已经是超值享受了。"

方圆很惋惜："小陶你劝劝他。"

小陶悻悻地说："他能听我的？我家的门风是，小事听女人的，大事男人当家。"

吕哲笑着说："小陶我是为你好。咱家又雇不起用人，几百平方米的别墅你一人去打扫？我怕累坏你。"

小陶不服气："我傻呀，不会把别墅卖掉再换一套三室两厅？额外能落一千万呢。"她看看丈夫，气嘟嘟地说，"好啦，说得好听，听你的。"

三室两厅的房间装修一新，还没摆家具。房子面积很大，客厅尤其宽敞，比起原先的蜗牛壳绝对是天上地下。小陶赤着脚在锃亮的新地板上来回奔跑，忘情地喊：

"咱们终于有房子了！三室两厅，外加100万的存款，咱们太幸运了！吕哲我不骂你了，虽然你白白扔掉了五个亿，但我想开了，认命了。老话说得对，平安是福，能有这套房子我已经满意了。"

吕哲同样兴奋，但比爱人要沉静一些，笑着说："功劳归于我的幸运女神。不是你整天在我耳边叨咕着钻戒钻戒，咱们也不会有今天。"

小陶抱着他的脖子打转撒娇："不，我不贪功，这件事完全是你的功劳。你是我的幸运阿宝，这辈子我要把你供在神龛上，可劲儿疼你。"

"搬家燎灶时一定请小芳夫妇来。咱们的幸运多亏了她。"

"好的，我去请。不过我警告你，和她来往不许过于密切。"

吕哲笑问："为什么？"

"她太漂亮，心地又好。"

"咦，这就奇了怪了。怎么心地好反倒不能来往？"

"这样的女人亲和力太强，有潜在的危险性，我得防患于未然。"她想起了前几天的"宿怨"，"哼，第一次时间旅行时我不在场，你不带我去没说的；第二次你还是只带她一人，把自己老婆撂在一边。在你心目中，她是不是摆在第一位？"

"你这婆娘讲理不讲理？她是担心那趟时间旅行有危险，特意陪我一同去。她视死如归，称得上女中丈夫。可你呢，当时只顾心疼那五个亿，根本不关心丈夫的死活。"

小陶很理亏，难为情地说："我那时只顾心尖尖疼，疼得半休克了，不是不关心你……不管咋说，反正你不能对她过于亲近。"

吕哲只是摇头："难怪人说饱暖思淫欲，这不，刚有一套房子，你就开始胡思乱想了。放心吧，你男人连五个亿的诱惑都不动心，还能有什么让他动心呢。"他忽然喊道，"哟，我忘了一件大事，小精怪嘱咐过的，必须对时间机器说出结束语，愿望才算真正实现！"

小陶非常紧张，环视着刚到手的新房："你是说，已经实现的愿望可能还会黄？那你赶紧说结束语吧，快点儿说！"

吕哲取出那朵花后又犹豫了："咱们还没乐够哩，等疯过这两天，静下心来，再来结束这件事。"

在《傻乐汇》现场的屏幕上，吕哲和小陶在新房里疯，观众席也洋溢着兴奋和轻松。小精怪更是骄傲，满脸放光顾盼自得的样子，显得比当事人还高兴。大家已经抛掉了不久前的不满或不快，毕竟吕哲再次复制巨钻的行为只是抹不开面子，并非源自他本人的贪婪。现在他们得到了漂亮的住房，虽然昂贵但仍属于"平民性"的财产，符合大家"好人有好报"的心理预期，所以都为他俩高兴。

屏幕上，吕哲抱着小陶说："有了房子，咱们敢要孩子了。"

"对，早该要了。"

"择日不如撞日，要不，今天就播种？"

小陶看看空荡荡的地板："就在这儿？"

吕哲吻着小陶："嗯，就这儿！"

小陶没有明确回答，但动作上开始迎合，眼神也开始迷离。吕哲松开她，过去拉上窗帘，脱下衣服铺在地板上，开始为小陶脱衣服。衣服一件件掉落地上，观众们开始觉得难为情，不知道该不该闭上眼睛。一位大妈站起来，笑着说：

"小精怪你该换台啦……"

没等她说完，屏幕忽然黑屏。小精怪高兴地嚷了一声，自得地说："看，我说过的，绿保软件自动启动了！"

场上笑作一团，欢乐气氛达到了顶点。小精怪忽然说了一声：

"咦，是这俩贼！他们又露面了！"

屏幕上显示出一个晦暗的房间，两个身穿黑衣的人在看报。一个是50岁左右的干瘦老头儿，另一人30岁左右，体形彪悍。两人面前堆着好多报纸，各报头版都有显著的通栏标题：

"价值连城的世纪巨钻！"

"世界上唯有的孪生巨钻！"

"世纪大展！"

小精怪问大家："大家记得不？这两个贼曾在屏幕上露过面。我那时就说，他们的出现肯定和七色花有关。"

在那个光线晦暗的房间里，黑豹亢奋地说："师傅，这可是一票空前绝后的大生意！要能得手，下辈子都不愁吃喝啦！还有，'天下第一贼'的名头就非咱莫属了，咱爷俩儿一定青史留名！"

贼王哼了一声："只怕是狗咬刺猬无处下嘴。这样的天价珍宝，保卫工作肯定做得滴水不漏。你去买两张参观券，咱们先踩踩点。"他指指报上的一张大照片，那是一幢玻璃穹顶的大展馆。

黑豹："我偷两张算了，3000元一张呢，这些房地产商真黑！"

这座玻璃穹顶的大展馆非常气派，阳光明亮，周围的盆栽植物浓绿欲滴，高达穹顶。大厅中央是一个银色的圆台。台上是扁圆柱形的水晶盒。盒中躺着的，自然就是那对孪生巨钻了。刘先生领着石万山视察，一边介绍着：

"我们特意选了这样的透明穹顶作为展厅，因为欣赏钻石的最好环境是在自然光线下。装钻石的盒子是选用透光性最好的天然水晶制成，又经过强化处理，可以防爆防砸。"他从工作人员手中接过一个铁锤，用力砸向盒子。砰的一声，铁锤被反弹回去，水晶盒安然无恙。"钻石放入后，盒盖已经固化，水晶盒本身又固定在基座上，无法移动。要想把里面的钻石取出来，只能使用激光切割。这是最笨但是最安全的'蛮力守护法'。至于其他的防盗手段如红外报警、声音报警等应有尽有。我可以立下军令状，除非是黑帮势力武力强攻，否则它绝对安全。"

石万山笑着拍他的肩膀："刘哥，你办事我放心。"

水晶盒边是一个镀金托架，上边放着一个很大的金柄放大镜。刘先生取下交给石万山，石万山用它对准盒里的钻石，钻石纤毫毕现，光彩闪烁。刘先生说：

"为了控制参观人数，决定把票价定为3000元一张。这个票价是偏高一点儿，但购票者并不吃亏，我们规定，凡持参观券者，若于两年内购买天一公司商品房，房价在已有的优惠上再优惠两个点。那就至少相当于三四万元了，远远超过票价。参观者本人若不购房，也可把参观券转卖给购房者。我想，如此慷慨的优惠应该能堵住外人的批评。"

石万山笑着："我们也不吃亏呀，这两个点的优惠相当于省了促销费，省了给售楼小姐的提成，而且效果更好。"

刘先生笑道："对，这正是咱们公司在商战中的宗旨——追求双赢。"

"刘哥我给你通报一个好消息：国外已经有人看中这对巨钻了，近期要来参观和洽购。是一位阿拉伯富豪，迪拜世界塔的主人，艾马尔房地产集团的CEO。"

"咱们的同行啊。"

"据说他购买这对巨钻是用作世界塔的镇塔之宝，借此拉抬世界塔的行情，冲一冲这两年的晦气。你知道的，那个大气泡前些时间差一点儿就爆了。"

刘先生笑着说："这同样是一次大手笔的炒作。"

参观大厅里人数不多，所有参观者都衣冠楚楚，连贼王和黑豹今天也穿得人模狗样。他俩表面上是看钻石，实际在用机警的目光审视防盗设备。贼王用放大镜看钻石时，偷偷审视水晶盒盖有没有缝隙，还不动声色地用手推推水晶盒，试试它与基座的联结。审视后，两人失望地交换眼色。

两人离开展品，在无人处密语。黑豹担心地问：

"师傅你有没有办法？你一定有法子的，没有你老人家攻不开的堡垒。"

贼王悻悻地说："这回不行啦。这次的守方实在赖皮，竟然使用最笨的蛮力守护法，没有一点儿技术含量——但这也让一切偷窃技巧失去用武之地。不行，这儿简直是一个没缝的铁蛋，实在没办法下手。"

黑豹不甘心："咱就眼巴巴放过这块肥肉？"

贼王哼了一声，平淡地说："干吗在这棵树上吊死？"

"师傅你有主意了？"

"偷不到这对孪生巨钻，咱们去偷吕哲手里那朵花嘛。只要把它弄到手，就有办法可想，比如，返回几天前，赶在巨钻还没放入水晶盒之前下手。"

"对！吕哲那小子家里肯定不会有这样严密的保护。我还知道他住在哪儿——在天一老板赠的那套住房里。"

"做好准备，今晚就去。"

展馆的贵宾室里，几个阿拉伯人坐在沙发上，为首的萨利赫年纪不大，目光敏锐，鹰眼钩鼻，眼窝深陷。石万山和刘先生亲自接待。石万山说：

"你们都是内行，观赏钻石最好是在明亮的阳光下。可惜今天天公不作美，"他指指穹顶，空中是晦暗的浓云。"但请你们不要着急，耐下心来稍等片刻，我保证十点之后这儿是艳阳普照。"

一位显然是中国人的翻译为客人翻译。客人们对主人的夸口很感兴趣，萨利赫笑着说：

"主人要为我们表演魔法吗？我们会耐心地拭目以待。"

恰在这时，穹顶上的浓云开始退去，速度很快，转眼间一轮红日高悬天顶，强烈的阳光洒进室内。几个阿拉伯客人大为亢奋，萨利赫夸张地耸耸肩，说了几句话，翻译笑着翻译道：

"萨利赫先生在问，石先生是不是握有《一千零一夜》中的阿拉丁神灯，可以驱云消雨？难怪阿拉伯世界眼下流行一则新格言——先知说：有什么人力无法解决的困难，就到中国去吧。"

石万山笑道："过奖。小事一件，只是花了几十枚驱云弹的费用，动用了一点儿社会关系，我们谨以此表明东道主对远方贵客的诚意。现在请诸位去观赏钻石吧——在如此明亮的阳光下。"

他们来到大厅中央，萨利赫先生取下放大镜，仔细观看水晶盒里的孪生巨钻（这部分画面与小精怪曾在屏幕上展示的画面相同）。他看了很久，然后把放大镜传给下一位。这人是随团的珠宝专家，仔细审视后向萨利赫赞赏地点头。放大镜又传给其他人，轮流观看着。馆内也有中国参观者，其中包括贼王和黑豹，但此刻都识相地避开。阿拉伯人还未看完时，萨利赫先生已经揽着石万山的肩膀返回贵宾室，翻译和刘先生跟在后边。萨利赫爽快地说了几句，翻译说：

"萨利赫先生说，他对这对孪生巨钻非常满意，决定购买。他还说，将把它们作为哈利法塔的镇塔之宝。"

石万山与刘先生相视一笑："告诉先生，我非常佩服他的果断。这样的大手笔大气魄，不愧为艾马尔的掌舵人。"

翻译说："萨利赫先生说他也十分敬佩石先生，用中国话说是惺惺相惜。还说，天一集团和艾马尔，应该算是傲立于世界房地产界的东西双雄吧。"他的翻译似乎卡了壳，用阿拉伯语同萨利赫商量一会儿才继续翻译，"他刚刚说的是曹操夸刘备的一句话——今天下英雄，惟使君与操耳！"他佩服地咕哝道，"这个阿拉伯人，岁数不大，肚里的中国典故真不少！"

石万山在表情上稍有一顿，笑着说："萨利赫先生太客气了。他才是真正的商界英雄。常言道惊涛骇浪方显英雄本色，在那次几乎冲溃哈利法塔的金融风暴中，先生最终能力挽狂澜，真正难得。我是不配与他并列的。"

翻译稍顿，笑着说："石先生，你的话中好像藏有一枚小小的钉子，你要我原文翻译吗？"

石万山不动声色地说："请翻译吧。"

翻译正要翻，萨利赫忽然直接用汉语回答了："不，在我心目中石先生才是真英雄。你维持了中国房地产不败的神话，让一个超大的气泡近30年不破！你是现实版的东方不败。"

他的汉语有点儿洋腔洋调，但相当流利。石万山和刘先生一愣，翻译也有些窘迫。石万山很机敏，大笑道："谢谢！萨利赫先生才是深藏不露的武林高手呢，我没想到你是一个中国通。"

萨利赫撇开翻译直接用汉语说："过奖过奖，家父目光如炬，早早命我学汉语，而且我一点儿不后悔这个决定。我学了很多有用的中国格言俗语，它们对我的事业大有裨益。比如，抢挖第一桶金，天予不取反受其咎，与天斗其乐无穷，人有多大胆地有多大产——最后这句俗语我没引用错吧？"

"没错，完全正确。"

"石先生，咱们言归正传，谈价钱吧。我事先打听到，孪生钻戒中那枚母本的购入价大致是20亿元人民币。"

"没错，但两枚的价格可不是简单乘以2。你当然知道，它们是世界上唯有的一对孪生巨钻。"

"我知道这一点——截至目前为止。"他微微一笑，"既然世界上已经有了时间机器，谁敢说，明天不会再出来一对，甚至出来个三胞胎四胞胎呢？"他笑着事先截住石的辩解，"不，不，我并不是否定这一对的价值，它是第一桶金嘛。我只是想说明，尽早完成这笔交易，对我们双方都有利。"

石万山也干脆地说："和您这样的爽快人做生意真是一种享受。请你开价吧。"

萨利赫走过来，握住石的手，两人像中国的牛经纪一样，在袖筒里讨价还价。最后石万山爽快地说：

"行！就以这个价钱成交。"

"条件是，双方对成交金额绝对保密。"萨利赫微微一笑，"咱们不妨放风说是300亿400亿。我想这对双方的企业形象都有好处。"

石万山对他的第二句话不置可否，笑着说："我会对成交金额绝对保密，而且不管你放什么样的风，我绝不会公开否认。"

"很好，继续进行吧，我带有协议草稿，中文和阿拉伯文各一份，请石先生过目。协议签字后我方就转账。我想在明天乘飞机离开贵国时，手提箱中就有这对巨钻。"

"好！先生真正爽快。"

石万山喊过刘先生，刘接过协议仔细看过，说："按照惯例，加一条不可抗力条款吧，虽然这桩交易中肯定用不上这一条。"

萨利赫爽快地表示同意，双方用手写方式增加了不可抗力条款。两人刷刷地签字，随后萨利赫安排手下用手提电脑转账。电脑上的阿拉伯数字急剧上升。

在大厅中央，水晶盒里躺着两枚稀世巨钻。阿拉伯人都看完并离开了，放大镜没有放回托架，而是随便平放在水晶盒上。

他们知道双方老板正在秘密商谈，所以没有去贵宾室，而是站在水晶盒不远处闲聊。中国参观者仍守在远处，耐心地等他们离开。正午的阳光透过放大镜，汇聚成白亮的光束，在水晶盒底缓缓移动，此刻落在一枚巨钻上，转化为灿烂的七彩光。

天一公司的财务人员验证货款确已到账，对石总点点头。石万山满意地对客人说：

"现在请随我到大厅，向你们交付那对钻石。我安排人用激光工具割开水晶盒，以便你们对钻石作最终认定。"

工人推着切割工具车向大厅中央走去。这边的一行人跟在后边，边走边轻松友好地交谈。他们已经走近水晶盒，忽然水晶盒内爆出一道强光，一团火焰砰地炸开。所有人惊叫一声，正要上前切割的工人更是吓呆了。工作人员为安全起见，急忙护住石总和客人。

盒中一闪之后就没了动静，只有若有若无的青烟。惊定之后，一个工作人员走上前去观看。他对看到的结果十分震惊，揉揉眼再次细看，然后回头呆瞪着老板，吃吃地说：

"石总，一枚巨钻……没了！烧毁了，一定是因为……它！"

他手指抖颤着，指着水晶盒上平放的放大镜，此刻它仍把一束白光聚到盒底，那儿应该有一枚钻石的，此刻空无一物。透过盒内青烟可以看到，盒底另一侧只剩下一枚钻石。石总和萨利赫目瞪口呆，其他阿拉伯人还不知道是怎么回事，急步跑过来，七嘴八舌地问着。翻译满头是汗地解释：

"都怪你们，用完放大镜后随手平放在盒上，它正好把阳光聚焦在一枚钻石上，把它烧没了，变成了二氧化碳！要知道，钻石的本元就是碳元素！"

萨利赫惊定之后脸色转为狂怒。一向镇静的石刘二人也呆了，看看穹顶的太阳，看看水晶盒，再痛苦地对视——他俩实在想不到，这一系列精心安排的措施：透明穹顶、水晶盒子、大尺寸放大镜、人工驱云等，最后汇总成这样一个结果。不过刘先生反应很快，立即对石万山和萨利赫说：

"没得关系。只要有这枚母本在，还能变出一个孪生兄弟。"

石恍然大悟，立即释然："对！萨利赫先生不必担心，我们还会给你同样的孪生巨钻，你们只需多等一天。请你们去饭店耐心守候，或者我让手下安排一次短期的游玩。"

客人们神情不豫，用阿拉伯语低声商量一会儿，勉强地离开了，翻译随他们而去。石万山说："刘哥，咱们得马上联系吕哲！"

刘先生低声说："但愿——吕哲还没对那朵花瓣说结束语。"

两人对视，目光中忧虑重重。石万山用手机联系吕哲，电话很快接通，吕哲的声音夹着风声：

"是石老伯？等一下，我把车停下。石老伯，我们在山区，信号不好……对，我还没有说结束语……"

电话这边的两人如释重负。

吕哲开着一辆QQ，车顶绑着便携式帐篷、钓鱼竿等物品，小陶坐右座。他们此刻是在山道上，吕哲停下车，一边下车一边打着手机：

"什么？把那枚巨钻再复制一次？"他从耳边取下手机，看看小陶，表情十分不快。思索一会儿，他勉强说，"好吧，我信得过石老伯，我相信复制的那枚巨钻确实意外焚毁了。那我就勉为其难，再用一次时间机器吧。"他略略盘算，"我们这就往回赶，到家肯定很晚了。我明天一早就去你那儿……不，你不用派人接我们，那也省不了时间……不用谢，也不用客气。但是石老伯，不论结果如何，这是最后一次了。"

最后一句他加重了语气。电话那边，石万山难为情地说："当然，我肯定没脸再烦你们。小吕小陶，大恩不言谢，拜托了！"

吕哲摁断手机，对小陶解释："那对巨钻已经卖给阿拉伯人，货款已经到账，但恰在这时发生了谁也想不到的意外——展厅配的放大镜聚焦了阳光，正好落到一枚钻戒上，把它烧毁了。"

小陶张大嘴巴："这么巧？这么倒霉？"

"应该是真事吧，我相信石老伯的为人。"

"那……你答应再为他复制一枚？"

吕哲阴郁地说："只好再干一次。小芳和她一家都是好人，我不想让石老伯把脸丢到国外。"

小陶不情愿地咕哝："早知今天，当时就该复制两次，说不定咱们还能落一枚呢。"

吕哲苦涩地说："难说。也许这次的所谓意外，恰恰是因为咱们干的事超过了时空弹性极限。于是上天躲在暗处施行了干涉，不显山不露水的干涉。如果真是这样，咱们就是再干一次，恐怕照样不能成功。但不管结果如何，咱们再试一次吧，反正我已经事先把话说绝，这绝对是最后一次。"

两人上车，在山路上艰难地倒车，向来路飞驰而去。

深夜，贼王和黑豹穿上夜行衣。黑豹从墙洞里拿出一把手枪：

"师傅，今天这票生意关系重大，把家伙带上吧。"

贼王略略踌躇后点头："行，你带上吧。不过我要再说一遍，不到保命的时刻绝不能用它。咱们是贼，不是杀人放火的强盗。各行当有各行当的规矩，是各行当的祖师爷定下的，也是老天爷定下的。"

黑豹对这番教诲不以为然，笑着把手枪掖到腰里："知道啦，我听师傅的。"

深夜，贼王和黑豹从楼顶沿长绳坠下，用专业工具打开玻璃窗（以上重复小精怪屏幕上曾展示过的画面）。他们蹑摸进屋里，手持手枪，在各屋查看。屋里静寂无人。黑豹疑惑地说：

"这会儿是凌晨两点，这小两口儿跑去哪儿了？总不成是到隋唐五代旅游去了？"

正在这时，远处一辆汽车亮着大灯开过来，停在楼下。贼王趴在窗户往下看，见一男一女下了车，拎着大包小包进了楼门。贼王向黑豹示意，两人藏在沙发后偷偷看着，黑豹警惕地端着手枪。楼道上响起踢踢踏踏的脚步声，开锁声。两人进屋后开灯，把大包小包随便撂在地上。小陶疲乏地说：

"赶紧洗洗，睡觉。"

吕哲的声音更疲惫："今天开车跑了七八百公里，实在累坏了，我不洗了。"

"那我也不洗了。"

两人来到卧室，把那朵花放到床头柜抽屉里，匆匆脱衣睡觉。片刻工夫后两人就鼾声大作。

深夜，在石万山的卧室，电话突然响了。石万山拿起电话，不想惊动睡梦中的太太，低声说：

"刘哥，什么事？"

刘先生声音低沉地说："老石，我这会儿感觉很不好。总觉得必须现在就去找吕哲，把那件事落实。夜长梦多，等到明天恐怕就晚了。"他苦笑道，"我的感觉没有什么理由，但非常强烈。"

石万山不大相信这种神神道道的预感，委婉地说："现在是凌晨两点……"

刘先生打断他："我知道你出面不合适，让我去吧，我带上钻石，让圆圆陪我去。"

"好吧，我让司机送圆圆去你家。"

"不，我直接去展厅等她。"

在那座展厅里，工人用激光切割水晶盒，刘先生目光阴沉，紧盯着里面剩下的那枚钻石，激光映得他面色惨白。盒子割开了，刘先生小心地躲开切茬，取出剩下那枚巨钻，又留恋地摸摸原来放着第二枚巨钻的地方。他走出大厅，方圆也来了，两人交谈着上了车。

吕哲小陶睡熟了，藏在客厅的贼王和黑豹悄悄进来，俯在两人的头顶观看。吕哲翻过身，两个贼急忙立势以待，但吕哲又沉入梦乡。

床头柜中发出微光，黑豹轻轻拉开抽屉，里面正是那朵紫花。黑豹大喜，取出紫花后向师傅做手势，两人悄悄退到阳台上。

贼王："就是这玩意儿？"

"没错，肯定是它。师傅，今晚真风顺！祖师爷保佑啊。"

"你会用？"

"小精怪说它是傻瓜型的，好用得很。"

贼王不大相信："那咱先试试，小心无大差。"

"那就回到一小时前吧，那阵儿这屋里没一个人。"

他说了口令，紫花短促地闪了一下，但没有后续反应。黑豹很困惑，特意踅摸进屋看看："师傅，咱们还是在现在，那小两口儿在屋内睡着哩。可我说的口令不错呀，莫非——每朵花只听主人的命令？"

贼王思忖良久，咬咬牙："既是这样，没说的，只好把这小两口儿弄走了。娘的，当贼的干绑票，咱也坏了行规。黑豹你给我听好了，不管这事干成干不成，咱们不撕票。"

黑豹嬉笑着说："行，老爷子，咱们不撕票——吓吓总可以吧。"

吕哲和小陶仍在熟睡，此刻吕哲正在梦乡里开着车在山道上飞驰，小陶偎着他。小精怪从空中悠悠飘来，笑嘻嘻地指着前边：

你要哪一套，快说出你的愿望！

前边连绵不断的山岭原来都是一幢幢剖开的房子，能看到屋内的设施和住户。密密麻麻的房子如同蚁巢，而不停蠕动着的住户就像蚁群。现在到了一幢，这是他们原来那套拥挤的蚁居，几个室友仍像往常那样来来往往，穿着很暴露的衣服，不知道他们已经被"对外展示"。吕哲踩了刹车，想和他们打招呼，但已经来不及了，汽车径直开过去。再前边是石万山赠送的那套三室两厅，装修已毕但还没有摆家具。吕哲打算停车，小陶指着前边，央求他：

"不不，要那套别墅，石老伯应许过的！"

那是一幢非常豪华的别墅。梦中的吕哲犹豫着，但搁不住小陶的再三央求，只好开过去。小陶跳下车，欢呼着进了门，门在她身后关上。

吕哲迟疑地拉开门，一位美女在门后等他，不是小陶而是小芳，穿着暴露的丝绸睡衣，深深的乳沟中悬挂着那枚巨钻，脸上浮着梦游般的微笑。她迎上来，搂紧吕哲，给了一个甜蜜的吻。吕哲忘情地回吻，时间在热吻中静止。过一会儿他忽然猛醒：

"不对呀，我老婆不是小芳，是小陶！"

梦境倏然变换，怀中人变成了小陶，住所也变回刚才的三室两厅。小陶仍在央求，隔窗指着前边那套别墅。忽然响起敲门声。屋门在刹那间变得透明，显出紧追而来的小芳，她穿着睡衣，神情幽怨，胸前的巨钻放射着强烈的光芒。小精怪也忽然现身，立在吕哲身边，面无表情地说：

吕哲哥哥，你究竟想要哪个做妻子？请说出你的愿望。

门外的小芳连同那枚巨钻是一个强烈的诱惑。身边的小陶又在使劲推他，指着前面的豪宅。身处夹攻中的吕哲在矛盾中煎熬，最后咬咬牙，取出紫花说：

我要就此止步了。愿望实现，谢谢。

贼王和黑豹已经返回吕哲的卧室，半俯着身体，手枪指着床上的小两口儿。两人睡得很熟，贼王示意黑豹取出手绢和麻醉剂。黑豹正要敲碎玻璃瓶，忽然吕哲喃喃地说：

"愿望实现，谢谢。"

贼王手中的紫花忽然放出强光，一闪之后倏然熄灭。贼王和黑豹十分吃惊，一时不知道该如何做。小陶似乎受到惊动，喃喃着翻身，把胳膊搭在吕哲身上。恰在这时响起敲门声，还有甜美的女声：

"吕哲小陶，我是方圆。请开门。"

贼王和黑豹反应敏捷，立即伏下身，蛇一样钻到床下。小陶醒了，用力推吕哲：

"醒醒，我听见是小芳的声音。咋深更半夜跑来了，多半是为了那枚钻石。"

吕哲迷迷瞪瞪跳下床，穿着短裤打开门。门外果然是小芳，手中小心地托着那枚巨钻。她身后站着刘先生。吕哲揉揉眼，眼前的小芳忽然变成穿睡衣的性感形象，他不由面红耳赤，窘迫地请两人到客厅，自己退回卧室。少顷，小两口儿穿好衣服来到客厅，小芳难为情地说：

"真不好意思，深更半夜打扰你们。刘伯伯等不及天明，非要这时候赶来。"

吕哲已经走出窘迫，恢复了往日的豁达，笑着说："别客气，我家大门随时为朋友敞开。"他看看小芳手中的钻石，"是不是现在就复制？"

刘先生替小芳回答："对，买主催得很紧，麻烦你了。"

卧室中，黑豹从床下钻出来，透过门缝偷听。那边刘先生正说着什么，黑豹听了一会儿，回头吃惊地低声说：

"师傅，他们马上就要用那朵花！"

贼王略为思索："快，先把花放回原处！"

黑豹赶紧把花放回原处，仍缩到床下。小陶几乎同时走进来。她取出花，惊慌地咦了一声："吕哲，这花怎么不对劲！"她小跑回客厅，声音从门外传来，"它像是死了，没有灵气了！"

两个贼赶紧趴到门上偷听。吕哲的声音传来："真的，它没有往常的光晕了！来，我赶紧试试。花儿花儿，送我回到十分钟前。"

卧室里的贼王大惊："十分钟前？那是要回到这间卧室，咱们快躲起来！"

两人连忙钻到床下，到这时贼王省悟过来："十分钟前！那他撞上的是十分钟前的咱俩，咱现在再躲也没用啊！"

"师傅那咋办？"

"没办法。只有等吧。"

客厅里，吕哲说完口令后没有任何动静。他不死心，重复一次，仍然毫无动静。旁边三人都极度紧张地看着他，吕哲苦苦思索着，忽然脸上变色：

"我知道原因了！"其他三人眼巴巴的看着他。"你们来时我正在做梦，梦见……"

他看看小芳，面红耳赤，一时噤声。小陶急急地追问：

"梦见啥了？梦见啥了？"

小芳和刘先生也紧盯着他，吕哲只好说下去："梦见我在这套三室两厅里，小陶不满意，逼我换一套别墅。我只好弄出一套别墅，进了门，里面的女主人却不是小陶。"

小陶敏感地看一眼小芳，恼怒地问："肯定比我漂亮，对不对？说不定还揣着一枚巨钻当嫁妆哩。"

吕哲此时只能破罐子破摔了："没错，比你漂亮也比你富有，胸前还悬挂着一枚巨钻。"说到这儿，吕哲恢复了平时的嬉笑自如，"试想面对如此强大的诱惑，世上有哪个男人能抵挡？但你家吕哲是何许人也？！我屏住心神，赶紧退回原来的屋子，搂住糟糠之妻。为了自断后路，我立即对花瓣说了一声：愿望实现，谢谢。"

小陶说："没错！小芳敲门时，我好像听见你在说梦话。对，说的就是这句。"

"我是在梦中把结束话说出口了，而这个傻机器分不清梦话还是真话，就这么结束了使命。"

小陶想了想，相信了丈夫的话："对，应该是这样。你说完梦话时，我好像还看见一道闪光，那肯定是花瓣的回光返照。"

刘先生脸如死灰，同小芳面面相觑。

卧室里，黑豹气急败坏地说："可不是真的！师傅你记得不，就是他说了那句梦话后，花瓣猛地闪亮一下，然后就死了！"

贼王示意他噤声，然后无奈地摇头。

吕哲走出了尴尬，更重要的是他的梦话歪打正着，正好让他避开了他不愿干的事，因而卸下了心灵的重负。他歉然地看着小芳和刘先生，但表情中更多的是轻松。小陶相信了丈夫的话，虽然免不了吃醋，最终还是想开了，嫣然一笑，趴在吕哲脸上猛亲一下：

"虽然你在梦中有过花心，好在能幡然悔悟，属于犯罪自动中止。本法官决定不予追究了。"

她紧紧挽着丈夫，颇为得意地看着小芳。小芳心中也如明镜一般——吕哲的梦中情人多半是自己。但她大度地一笑，过来挽住小陶的肩膀：

"祝贺你小陶。能有这样一个忠诚老公，今生夫复何求？假如我是吕哲梦中那个失败的女人，也会大方地承认失败，真心祝贺你。你说是不是，吕哲？"她戏谑地看着吕哲。

吕哲虽然免不了尴尬，仍豁达地笑着点头。小芳回头对刘说：

"刘伯伯，你看……"

刘先生长叹一声："时也，命也。"

他没有与主人告辞，断然离去。小芳歉然向主人点头，急急地追出去。

小两口儿送走客人，相对摇头，回屋重新睡觉。小陶爱情勃发，用力搂着丈夫：

"吕哲我好感动！虽然你有过一点儿花心，但你能自行中止犯罪，已经很难得了，我得好好犒劳你。"

两人在床上激情地折腾，小陶忽然自语道："我真的想开了，不再想那套失去的别墅，不想那五个亿，不想那枚巨钻了。"

吕哲笑她："真的不想？"

"真的不想它了。"她实话实说，"说不想是假的，但为了得到那

103

些，说不定就会失去你，最后落个人财两空呢。"她忽然问："喂，你梦中情人是不是小芳？你给我坦白，我绝对保密。"她磨叽着，"好老公告诉我嘛，行不行？我保证不和你生气，也不对小芳说破，一辈子都不说破。"

吕哲两眼望天："做人要厚道。"

床下两人听着上面的翻腾和昵语，却不敢稍有响动，简直是如卧针毡。停一会儿，床上安静了，响起了鼻息声。黑豹苦笑着向贼王指指自己的小腹，示意尿憋得急。贼王示意他再忍一会儿。黑豹苦着脸又忍一会儿，床上的鼾声平稳了，两人才悄悄从床下退出，再退出房间。黑豹忽然停住，看着脚下，那儿正淅淅沥沥。他苦笑着，不过尴尬中也杂着终于能一泻千里的快感。

两人来到阳台，准备向上攀登，黑豹愠怒地说：

"就这么走了？我不甘心！"

贼王瞪他一眼，低声说："小不忍则乱大谋。紫色花死了，还有其他六瓣呢。"

黑豹亢奋起来："对，还有另外六瓣呢，咱们找那几瓣去！"

两人正要离开，贼王说："慢！你在这儿等着。"他从窗户返回屋里，黑豹不知道他要干什么，疑惑地等着。很快贼王返回，手里拿着一支挠痒的老头乐，说："老规矩，贼不走空。"

他把老头乐插到身后，攀绳而上，黑豹随后跟着。

仍在展厅的贵宾室里，萨利赫怒气冲冲地说着，滔滔不绝，这回他不说汉语了，翻译快速翻译着：

"萨利赫先生说他非常生气，甚至说了些粗话，这些我就不翻译了，只翻主要的。他说按照合约，贵方应双倍赔偿他的损失。"

刘先生冷冷地说："麻烦他重读一遍合约，那上面有不可抗力条款。眼下的情况当然属不可抗力。"

萨利赫又愤怒地说了一通，翻译说："他说钻石被毁并非不可抗力，他说不要忘了，昨天的云层是你们用人力驱走的，太阳是你们用人力唤来的！"

这是公然耍赖了，但这个理由并非完全不合逻辑。刘先生为之一时气结。石万山厌倦地说：

"算了，刘哥你甭和他争辩了，没意思。翻译你告诉他，造成现在的局面，都怪他的手下用完放大镜后不放回托架，而是放到水晶盒上。当然，从法律上讲，这只能怪主办方在技术上考虑不周，怨不得参观者。但我是一个很迷信的人。在我心目中，技术原因只是表面的，深层原因是某人把晦气带到了中国，带给了我们。那些晦气早就跟定他了，前些时候几乎毁了哈利法塔，他如此迫切想弄到孪生巨钻，为的就是冲走晦气。如今眼看到手的镇塔之宝又飞了，看来他的晦气一时半刻还难以驱走呢。"

这番"道理"同样近乎耍赖，也相当刻薄，不是外交场上的语言。但那位中国人翻译显然在感情上更倾向于同胞而不是他的雇主，他痛快淋漓地翻译着，频频做着有力的手势，指着大厅中央已经残破的水晶盒子。他的阐述肯定非常有说服力，萨利赫的脸色由狂怒渐转成气结，又渐转为无奈。石万山适时地说：

"请他不要闹啦，再闹对双方的公众形象都没有好处，反正那枚失去的钻石是不能复生了。我把他的货款如数归还，请他打道回府吧。"

最终萨利赫的脸色转为霁颜，走过来，同石万山握手言和。双方都变回绅士，彬彬有礼地拥别。

阿拉伯人走了，石万山、刘先生、方圆三人立在基座前，黯然看着水晶盒的残片。方圆手中托着那枚巨钻，轻声问：

"爸爸，往下该怎么办？"

刘先生说："事情并非完全绝望。还有其他六朵花瓣。"他的口吻完全是就事论事，不带一点儿热情。

石万山摇摇头，决然说："天意不可违！到此为止吧。至于这枚巨钻——干脆捐给国家吧，捎给故宫珍宝馆。"

刘先生叹息一声，简单地说了一句："我料到你会到此止步的。"

方圆目光闪动，真诚地说："爸爸，今天我可以说，我真心敬佩你。"

石万山苦笑："那你的敬意也太昂贵啦，尽管我很乐意听，还是希望仅听一次。"

刘先生突兀地说："老石，我已经60岁，决定退出江湖了。"他黯然说，"三十年来我为公司出谋划策，屡有成功而未有大错，我也一直以此为傲。可惜……"他摇摇头，没有把话说完。

石万山不快地说："刘哥你怎么啦？追究责任也只能算到我头上。我既是决策者，主意也是我最先提的。"

刘先生挥挥手，表示那不是根本原因，简单地说了几个字："我意已决。"

石万山想了想，说："也好，你就离开这片铜臭之地，回去享清福吧。我紧赶着把后事安排一下，也打算退下来了。"他摇摇头，"可惜我那小子坚决不接我的班。人各有志，我不想勉强他。"

方圆嫣然一笑："爸爸，你是个思想开明的好爸爸。"

石万山突然说："其实我心里已经有了一个接班人的苗子，至少是当副总的苗子。"刘先生和方圆疑惑地看着他，"这人我认识不久，了解还不深，但至少可以肯定，他有足够的毅力来拒绝诱惑，可以在咱们公司扮演踩刹车的角色。"

方圆轻声问："吕哲？"

石万山没有直接回答，对老刘说："记得不？几天前我曾说过这人的眼界和气魄稍嫌不足，没把事情做到极致。看来是我错了，他这种拒绝诱惑的眼界和气度才是处世的极致。我自叹不如。"

两年后。

吕哲夫妇开着QQ来到超市，抱着婴儿下车。对面，方圆夫妇从超市中出来，推着婴儿车。双方相遇后热情地寒暄，逗弄着对方的孩子。方圆和丈夫手上各有一枚钻戒在熠熠发光，显然就是那对单价70万的孪生钻石。吕哲夫妇也戴着婚戒，吕哲是白金戒，小陶是钻戒，质量都不错，当然比那对孪生钻石要差多了。

方圆说："洋洋满周岁了吧？"

小陶说："对，前天过的生日。你家格格应该是十天以后，对不对？"

"十一天后。洋洋抓周没？抓的啥？"

"抓了一把小计算器，抓住后半天都不丢手！我看长大是经商的料，比他爹强。"

小山说："吕哲，别忘了咱们定下的娃娃亲！"

吕哲笑道："俺俩肯定不会忘啊，就怕洋洋长大后高攀不上石家公主。"

小山说："哼，你小子是正话反说吧。格格她爸只是个落魄穷画家，洋洋他爸可是天一公司未来的副总。"

吕哲说："小山你就饶了我吧，别寒碜我了。我绝对清楚自己碗里有多少水，所以才不敢答应你爸的盛情相邀。"

方圆真心地说："我和小山很佩服你。不是每个人都能像你那样拒绝诱惑。"

小山笑着说："你要做好心理准备，我爸认准的人，可不会轻易放弃。"

双方告别。方圆夫妇开车走了，吕哲还在入神地望着那边。小陶用手在他眼前挥了挥，讥刺地说："喂，眼珠子掉出来了！看什么，再漂亮也是人家的老婆。"

吕哲收回眼神，怅然道："小陶，有时候想想那幢差点儿到手的别墅，想想那笔差点儿到手的五亿巨款，难免有点儿惋惜。"

小陶似笑非笑地说："更惋惜没到手的别墅女主人，是不是？"

吕哲付之一笑："心理学家说，女人时不时吃点儿小干醋，那是爱情充沛的外部标志，就如青春痘是青春蓬勃的外部标志。所以——感谢你对我的充沛爱情。"

"哼，厚脸皮。"

他俩进入超市时，贼王和黑豹迎面过来，贼王边走边用老头乐挠背。吕哲夫妇不认识他们，但贼王自来熟地过来搭讪：

"多漂亮的小家伙。过没过周岁？"

小陶高兴地说："对，刚过周岁。"

"看他那双黑眼珠，虎生生的，多有神！"他笑着对两人说，"我能不能抱抱？我这人一向喜欢小孩子。"

贼王抱一会儿洋洋，然后俩人走了。小陶忽然咦了一声："吕哲，这把老头乐不是一直找不到吗，咋在儿子手里？"

孩子胖乎乎的小手里确实攥着一把老头乐。吕哲也纳闷儿：

"我不知道。刚才和小芳闲聊时，洋洋还是空手啊。"

这些场景缩到屏幕内。屏幕外，小精怪得意地说："看，第一个幸运者的愿望已经顺利实现了。吕哲哥哥如愿得到一枚钻戒，又用它换来一幢三室两厅，外加100万存款，还有可能当上天一公司的副总。我真替他高兴。"

短发小伙子笑着喊："还差点儿得到一次艳遇！"

众人哄笑。小精怪不满地说："不许胡说，吕哲哥哥和小芳姐姐之间那是健康的友情，不像你，一张嘴就没好话！"

"好，我不胡说了。往下咋进行？"

"下边还有六朵花瓣的六个故事，你们还想不想继续看下去？"

"当然想！"

小精怪沉吟着："我的周末强化班铁定要耽误啦，就不说它了。喂，"他问工作人员，"能不能给大家发点儿饮料？还得事先准备夜宵，时间肯定拖很久的，说不定要熬通宵。"

自打李乐走后，《傻乐汇》的工作人员正闲得没事干，这时立即兴奋地说："行！不过夜宵只能提供盒饭。"

大伙高兴地说："盒饭就行！谢谢你们啦，先发饮料吧。"

饮料很快发到大伙儿手中。小精怪边喝边说："下边看谁的？"

"看乐哥！""不，乐哥放到最后！"

短发小伙子说："别争了。赤橙黄绿青蓝紫，这次序是老天定的。现在紫花最先完成使命，咱们就自后向前，接着看蓝的吧。小精怪，拿蓝花的是谁？"

小精怪在机器里查了一下："是那个年纪最大的伯伯——还是该叫爷爷？他叫任中坚。"

"好的，就看他的故事！"

屏幕上，蓝色光标游动着，逐渐放大，变为任中坚。他正往家走，身后跟着两个诡秘的身影，那是贼王和黑豹。

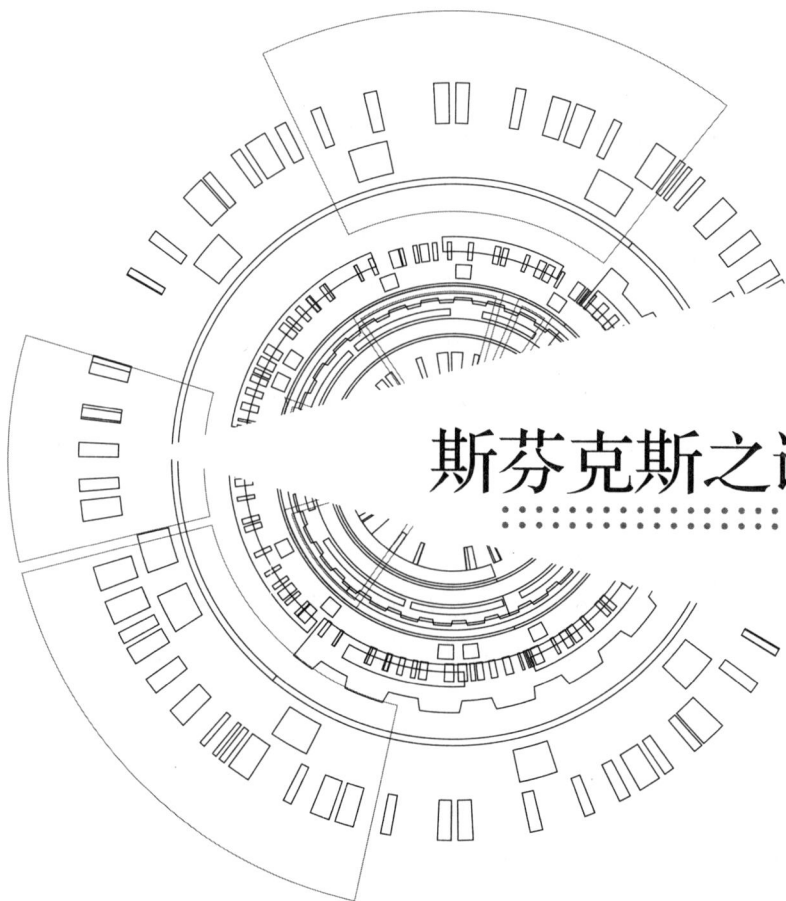

斯芬克斯之谜

这一切都是从那个下午开始的。在青岛海滨，当那个两岁的小男孩扑到邱风怀里时。

邱风已同萧水寒结婚六年了，按照婚前的约定，他们将终生不要孩子，所以两个已婚的单身贵族过得十分潇洒。休假期间，他们满世界去快乐。不过，时间长了，邱风体内的黄体酮开始作怪，女人与生俱来的母性开始哭泣。她常常把朋友的孩子借回家，把母爱痛快淋漓地倾泻那么一天，临送走时还恋恋不舍。这时她会哀怨地看看丈夫，她希望丈夫的决定能松动一下。不过丈夫总是毫无觉察（至少从表面上如此），微笑着把孩子送走，关上房门。

偶尔她会在心里怨恨丈夫，怨恨他用什么"前生"的誓言来毁坏今生的乐趣。不过一般说来，她能克制自己做母亲的愿望，来信守对丈夫的承诺。

那年夏天，他们乘飞机到青岛避暑。下午，海浪轻轻拍打着岸边多孔的礁石，白色的游船从地平线上探出头，随海风送来时有时无的音乐。邱风穿着一件红色比基尼泳衣，快乐地趴在沙窝里，两只腿踢腾着，小麦色的裸背上沾满白色的沙子。丈夫则抱膝坐在沙滩上，眯着眼睛眺望海天连接处，微带伤感，久久沉思不语。这是他在野外游玩时常有的表情，他与大自然常有某种默契。这时，一个两岁的孩子摇摇晃晃闯入他们的圈子，男孩子虎头虎脑，胳膊像藕节一样白嫩，一脸甜笑，毫不认生。邱风很喜欢他，抱起来逗他玩，两人嘎嘎嘎地乐了一阵子，在沙窝里翻滚厮闹，男孩的父母则远远地笑看这一幕。忽然那件事就发生了。男孩无意中把她的乳罩拉脱，露出洁白坚挺的乳房，小家伙立时两眼发亮，扑过去两手紧紧攥住，喃喃地说：

"奶奶，吃奶奶。"

一种极度的快感之波从她的乳头神经向体内迸射，她抬头看着丈夫，毫无先兆的，她的泪水唰唰地流下来，来势十分凶猛。她就这么泪眼模糊地看着丈夫，一言不发，倒把孩子吓哭了。

萧水寒不动声色地抱起孩子，送回给他的父母，回来后细心地把妻子的乳罩系好。他搂着妻子的肩膀，慢慢把话题扯开。

此后的半个月丈夫闭口不谈此事，邱风也慢慢抚平心头的伤口。五个月前的一个晚上，邱风笑嘻嘻地钻进丈夫的怀里，丈夫忽然平静地说：

"我改变主意了，我们要个孩子。"

邱风被惊呆，坐起来，两眼直直地望着丈夫，不敢相信自己的耳朵。丈夫微笑点头。

等邱风对此确认无疑时，大滴的泪珠从眼角溢出来，她钻进丈夫的怀里，哽声道：

"水寒，你不必为我毁誓，我那是一时的软弱，现在已经想开了。再说，我们可以抱养一个。"

丈夫爽朗地笑了："不，是我自己改变了主意，我何必用前生的什么誓言来囚禁自己呢。"

他告诉妻子，为了开始新的生活，也为了忘掉那个梦魂不散的前生，他已决定放弃天元生物工程公司，同妻子去澳大利亚某个岛屿定居。他问妻子是否同意。邱风这才知道，丈夫为此下了如何的决断，做了多大的牺牲。她满脸是笑，满脸是泪，说不出话，只是一个劲地点头。她钻进丈夫宽阔的怀里，用手指轻轻地数着他的肋骨和脊柱的骨节，时不时抬起头再来一个长吻。慢慢她疲乏了，昵语中渐带睡意。后来她伏在丈夫的胸膛上睡着了，睡得十分安心。

萧水寒从妻子颈下悄悄抽出手臂，轻轻披衣下床，走到凉台上。他们的别墅建在半山腰，凉台极为宽阔，夜风无拘无束地在凉台上玩闹，鼓胀着他的睡衣。向下望去，错综交叉的公路灯光像无声抖动的光绳，远处的霓虹灯光缩成模糊的光团。夏夜的天空深邃幽蓝，弦月如钩，繁星如豆。他想，这些星星有的距地球数十亿光年之遥，当它们离开自己的星球开始这趟远足时，地球的生命可能刚刚诞生。所以，星光实际是亿万岁老人的叹息。比起浩渺的宇宙，人生何等短暂。

他破例点着一支香烟，烟头在夜风中明灭不定，映着他阴郁的面孔。那件事他还瞒着少不更事的妻子，可是，他还能瞒多久呢。

邱风是一个娇小漂亮的姑娘，皮肤白皙细腻，翘鼻头，短发，一副洋娃娃面孔。七年前，19岁的邱风进天元公司当打字员。不久她就发疯地爱上了45岁的老板萧水寒。这倒是不必害羞的，这位董事长兼总经理简直是一个理想的白马王子。他未婚，容貌虽不漂亮，倒是十分的"男人"，脸上棱角分明，宽下巴，浓眉，身材颀长，肩膀很阔，从身材看远比45岁年轻。他谦逊和蔼，一派长者之风，又很幽默风趣，闲暇时常随口抖几个机智的笑话，令人喷饭。至于他的才识就更不用说了，他白手创建的天元生物工程公司简直是传奇的，产品使人眼花缭乱。比如按生物基因生产的生物工程材料，它们能根据改编过的指令自动成材，长成（比如）十米长的象牙圆柱。还有模仿恒温动物的生物空调等等，而且很多产品的主设计师正是这位董事长本人。

邱风知道自己的爱情是无望的。萧有不少追求者，其中不乏国色天香的美人，她们的美貌冷艳使自我感觉尚佳的邱风十分泄气。也有不少才女，邱风常在电视上和电脑网络上看到她们的名字。萧水寒偶尔会同其中一位共度周末。

不过娇小的邱风照样勇敢地把爱情之箭射出去，虽然这里面含着只问奋斗不问结果的悲壮。萧博士对她很大度，很亲切，从来不让小姑娘在他面前自惭形秽，但也从未使她对成功抱什么奢望。他似乎是奥林匹斯山上走下来的神祇，不会和任何一位凡间女子缔结此生之盟。

如果不是那么一次机遇。

一个夏天的傍晚，阵雨刚过，邱风下班回家时发现汽车打不着火——她对机械上的事向来是糊里糊涂的——便站在公司门口等出租车。一辆长车身的黑色H300氢动力汽车无声无息地滑到她身后停下，萧水寒降下车窗，微笑着说：

"上车吧，我送你回家。"

他走出汽车，为邱风打开右边的车门，又问清她的地址，便驾车驶上高速公路。邱风很庆幸自己的好运，她痴痴地、悄悄地观察着萧的侧影，看着他坚毅的面部线条。她平时的伶牙俐齿今天竟然变成拙口笨舌，连一句感谢都说不出口。倒是萧水寒随便闲聊着，把她从窘迫中解救出来。

雨后的空气十分清新，风中夹着细蒙蒙的雨丝。汽车驶上长江大桥时，邱风忽然尖叫一声：

"停车，快停车！"

萧水寒迅速踩下刹车，高速行驶的汽车吱吱嘎嘎地刹住，在地上拖出一长串胎痕。邱风的脑袋撞在挡风玻璃上，她顾不上疼痛，拉开车门跳下车，兴奋地尖叫着：

"彩虹！"

一道半圆形的彩虹悬在天际，那是阿波罗的神弓，赤橙黄绿青蓝紫依次排列，彩虹的边沿与同样晶莹的蔚蓝天空混在一起，下端隐没在苍山之后。邱风兴高采烈地拍着手，靠在栏杆上，痴迷地看着它。萧水寒也走下汽车，静静地微笑着。

来往车辆中的乘客也都注意到彩虹，他们大都放慢车速，在车内指点着，疾驶而过。

背后的太阳渐渐沉落，彩虹慢慢消失，萧水寒一直耐心地等着。等汽车重新开动后，邱风才觉得不安，她不该让老板为她耽误这么久，而且，自己的举止太幼稚，太不成熟，他会笑话自己的。

"对不起，耽误你这么久。"她不安地说，"可是我真的太喜欢彩虹了。我从生下来到今天只见过两次，太美啦！"她眉开眼笑地说。

萧水寒侧脸看看忘形的邱风，笑着说："我也很喜欢，尤其是小时候。有一次，放学时看见彩虹，我想弄明白彩虹的下半个圆究竟有多大，就猛劲儿往山上爬，爬到山顶也没看到下半个彩虹，倒把书包弄丢了，回家还挨了一顿揍——那像是百年以前的事了。"他喟然叹道。

邱风看看他，咯咯地笑道："呦，听你口气像是活了一二百岁似的，其实你没比我大多少，真的，你最多像35岁的人。"她使劲地强调道。

萧水寒摇摇头，顺着自己的思路说下去：

"那时我和你一样喜欢大自然，我喜欢绯红的晚霞，淡紫色的远山，鹅黄色的小草，火红的榴花，还有洁白的雪，金色的麦浪，深蓝的大海。后来，我第一次读到苏东坡的名句'惟江上之清风，与山间之明月，耳得之而为声，目遇之而成色，取之无禁，用之不竭是造物者之无尽藏也'，那时我一下子领会了文章的意境，不禁手舞足蹈，就像你刚才一样忘形。"

邱风脸庞红红地笑了。

"可是不久我就从物理课上学到，这一切神奇绚烂的色彩，其本质不过是光波的不同频率，毫无神奇可言。告诉你，我那时非常失望。我宁愿生活在苏东坡的时代，用自己的眼睛去感受七彩世界，不愿用逻辑思维把它裂解成冰冷的物理定律。"

他轻轻地笑起来，接着说道："不过我最终还是牺牲了激情，走上科学研究之路。记得20世纪末的一位科幻作家阿瑟·克拉克提出过一条定律：任何充分发展的技术无疑是魔术。其实我更喜欢它的逆定律：世上的任何神奇魔法，说穿了，不过是一种充分发展的技术，人们终将掌握它。我不该对你说这些乏味的话，"他开玩笑地说，"少女的绚烂激情是最宝贵的，我不该泼冷水。"

邱风生气地说："我不是少女，我已经是女人了！"

萧水寒哈哈笑着，在邱风家门口停下车，打开车门，扶邱风出来，然后把邱风的小手长久地握在手里。

"今天我很高兴，谢谢你拉我回到那种透明的心境，又领略到大自然的美丽。真的谢谢你。"他诚恳地说。停一会儿，他轻声问道：

"明天晚上，能否与我共进晚餐？"

邱风不想假装矜持，痛快答道："我非常乐意！"

萧水寒爽朗地笑了，动作轻捷地钻进汽车。

第二天是周末，晚上，萧水寒带她来到龙凤大厦的顶楼花园。夜色深沉，透明的凉棚上方繁星如豆，凉棚四周垂挂的人工雨帘细细密密，乐声轻柔似有似无。今晚除了他们之外没有其他顾客，邱风不知道这是萧水寒特意安排的，只是好奇地打量着四周豪华的装饰。

侍者端来饮料后便远远避开，垂手而立。萧水寒隔着茶几把邱风的柔荑握在手中，含笑凝视着她，看得她脸庞发烧。然后，他轻声说出了一个令邱风吃惊的决定：

"今晚我想向你求婚，你能答应吗？"

邱风惊喜交加，这是她朝思暮想的事。但胜利来得太轻易，以致她不敢相信。惊魂稍定后，她忘形地喊道："你怎么选中我呢？"她不平地说："在你身边的天鹅群中，我只是一只土黄色的小麻雀呀。"

萧水寒笑了："我喜欢小麻雀。"

"可是我没有多少知识，我只是一个打字员，你和我会没有共同语言的。"

萧水寒又笑了，但眼神中有几丝忧伤："我在科学迷宫里的探索太辛苦了，希望有一个不懂科学的女人使我轻松。"

"那……"邱风还在寻找不同意的理由，萧水寒笑道：

"如果邱小姐不愿屈就，就不要寻找理由了，我收回我的求婚。"

邱风干脆地说："那可不行！我好不容易才抓获的战利品，哪能让给别人？"

萧水寒快意地笑了，他收起笑容，郑重地说："那么，如果邱小姐不介意我的年迈——我的年龄已完全可以做你的长辈了——希望你能答应我的求婚。"

"我当然答应！我才不嫌你年迈呢。告诉你一个秘密，我的父亲去世很早，所以我的恋父情结一直没有寄主，如果找个丈夫又捎带个老爸，那才叫便宜呢。"她眉开眼笑地说。

萧水寒又是一阵朗声大笑，笑声散入夜空。邱风认真地说：

"不过你根本不像45岁的人。你的身体只像30岁的青年，真的。"

"谢谢你的夸奖。"萧水寒微笑着，渐渐转入沉思，他的目光稍显迷茫和忧伤。此后，在婚后的共同生活中，邱风发现，丈夫常常周期性地出现这种忧伤，他似乎有一个驱之不去的梦魇。萧水寒说：

"不过，在你决定进入我的生活之前，我必须认真地明明白白地告诉你一件事：我的妻子不得不做出一种牺牲。"

"我答应！"

萧水寒伤感地笑了："我还没把话说完呢。告诉你，我是一个不祥的人，也许我是一个妄想狂患者，有时，我会不自主地回忆起我的前生，甚至前生的前生，对前生的回忆是我驱之不去的梦魇。梦境很逼真，而且……某些梦境太符合真实了，以至于我，一个生物科学家真的相信它。"

邱风听得瞪圆眼睛，她觉得身上有了寒意。

"所以，我知道自己的行为透着古怪，平时，我把它严严地伪装了，你们看到的只是一个带着光环的虚像。不过，当我合上家庭的帷幕，取下假面后，这些古怪可能就要显露。若想成为我的妻子，应对此有所准备，应学会对它视而不见，不要刨根问底。"

邱风心疼地看着他沉重的目光，她这才知道，原来女人心目中的至神至圣也会有沉重的忧思。她决心像小母亲一样爱抚他，温暖他的心。

"还有，与我结婚的人，终生不得生育……"

邱风急急地打断他："为什么？"

他苦笑道："这正是我的前生遗留给此生的，是一个重誓——我的亲生子女将使我遭受天谴，我将自此结束自己的生命。至于为什么，我不知道，但这绝不是虚幻的，不是可以一笑置之的，我无时无刻不感受到它的巫力，也决定要恪守它。因此，"他沉重地说，"你能否为我牺牲做母亲的权利？"

邱风内心翻江倒海，沉思很久，才含泪说道：

"记得我读过一本小说，说母爱没有什么神秘，那是黄体酮在作怪，人身上有了那玩意儿，就会做出种种慈眉善目的怪样子。看后我气极了，奇怪怎么有人能想出这种混账话。很可能，我身上的黄体酮就特别多，月经初潮那年，我就萌生了做母亲的隐秘愿望，我老是想入非非，幻想有一个白胖小孩伏在我怀里吮吸。这些话我从来不敢对女伴讲，怕她们嘲笑我。你是我倾诉内心世界的第一人。"沉默良久，她断然说道：

"不过，我愿意为你做出这种牺牲！"

萧水寒感动地把她搂入怀中。那晚他们没有再说话，他们相偎相依，听着雨帘叮咚，《春江花月夜》的古琴声如水波荡漾，月华泻地。他们在静默中缔结了此生之盟。

婚后生活十分美满。萧水寒真的既像慈祥的老爸爸，又像热烈的情人。婚前提及的前生之梦并没有影响他们的生活，邱风仅觉察到丈夫偶尔会陷入伤感，那时，他会一动不动地背手而立，凝视客厅中一张古槐图。他曾透露过一句，说这株古槐便是前生的一个象征。

邱风遵守婚前的约定，对此装作视而不见。不过，每到这些天里，她就从一个淘气的女娃娃变成慈爱的小母亲，把丈夫放进爱的摇篮里，为他唱着遥远的催眠曲。

邱凤腹中的婴儿有五个月时，萧水寒向董事会宣布，他决定退隐林下，把自己的一半股权转给妻子（但妻子终生不在董事会中任职），一半股权按照贡献大小，分给那些与他共同创业的生物学家。这个决定显然是晴天霹雳，董事会十分震惊，一片反对声，但萧水寒的态度十分坚决。几天以后，他们被迫接受这个决定，并推选出新的董事长何一兵。

何一兵是十五年前加入天元的青年生物学家，也是他脱落行迹的好友。会后，董事们陆续散去，何一兵留下来，闷坐着，以手扶额，心情沉重。萧水寒走过去拍拍他的肩膀，何一兵抬起头，闷声说：

"我真不理解你的古怪决定，你一定是疯了。"

萧水寒平静地微笑道："万物都遵循新陈代谢的规律，人脑在30岁达到生理巅峰，以后每天要死掉十万个脑细胞，人体细胞在分裂约50代后，就会遵循造物主的密令自动停止分裂，走向衰亡。你是否需要我帮你复习这些知识？"

何一兵气恼地骂道："见你的鬼！你还不足50岁呀，正是智力的成熟巅峰。再看看你的身体，陌生人绝不会认为你超过35岁！"他哀求道："为了天元，是否再考虑一下你的决定？老实说，我们几个自认算不上弱者，但像你这样的全才，既有渊博的知识，又有灵动的才情，世上不容易找到的。行不行？"

萧水寒目中掠过一丝伤感："我老啦，已经没有灵动的才情啦。"

何一兵烦躁地骂道："真不知道你是什么鬼迷了心！"他心情郁闷，总觉得萧水寒这种毫无理由的突然退隐有什么沉重的隐情，他心中隐隐有不祥之感。最后，他站起身苦笑道：

"看来你是劝不回来了。祝你旅途顺风。万一有什么三长两短，你应该记住，我的友情是值得信赖的。"

萧水寒笑着，同何一兵拥抱告别，嘱咐他把自己赠给公司同仁的雕像抓紧安装好，走前他要去看看。

几天后的拂晓，何一兵等七八个密友在斯芬克斯雕像前为他送行，萧氏夫妇准备在国内游览几个地方后再出国。

人面狮身的斯芬克斯雕像坐落在公司大楼下，通体四米有余，晶莹洁白，光滑柔润。它的材料是天元公司生产的，是象牙生长基因按人工编写的造型密码"天然"生成的，全身毫无瑕疵。狮身造型未取明清以来那种凝重的风格，而是师法汉朝的辟邪、天禄石刻，腰身如非洲猎豹一样细长，体态矫健飘逸。女人头像部分写意简练，一头长发向后飘拂，散落在狮身上，她口角微挑，笑容带着蒙娜丽莎的神秘。从看她的第一眼，邱风就被迷住了，她绕着狮身，从头到尾轻轻抚摸着，啧啧惊叹着，眼神如天光一样流盼不定。

"太美啦！"她由衷地说。

萧水寒很高兴，笑问邱风："还记得斯芬克斯之谜吗？"

"当然。这是一个希腊神话。狮身人面怪斯芬克斯向每一个行人提出同一个谜语，凡是猜不到的就被他吃掉。后来一个勇敢聪明的青年俄狄蒲斯猜到了，怪物羞愧自杀。这个谜语是：早上走路四条腿，中午走路两条腿，晚上走路三条腿。谜底是人。"

萧水寒叹道："我很佩服古希腊人的思辨，科学家们常从希腊神话中得到哲学的启迪。这个斯芬克斯之谜正是永久的宇宙之谜，是人生的朝去暮来，生死交替。"他对何一兵说，"请费心照料好这座雕像，也许我的人生之谜就在此中。"

何一兵疑惑地看着他，沉重地点头。秋风萧瑟，梧桐叶在地上打旋，空中一声雁唳，十几只大雁正奋力鼓翅，按照迁徙兴奋期中造物主的指引向南飞去。萧水寒同朋友们一一拥别，然后他小心搀扶着怀孕的妻子，坐进H300汽车。斯芬克斯昂首远眺，目送汽车在地平线处消失。

邓飞从早上就坐在这棵柳树下钓鱼，直到中午还毫无收获。他瞑目靠在树干上，柳丝轻拂着他的睡意。他梦见年轻的爸爸领着五岁的自己去钓鱼，归途中他困了，伏在爸爸背上睡得又香又甜，梦中印象最深的是爸爸宽厚的脊背和坚硬的肌腱。父辈的强大使"那个"小孩睡得十分安心……梦中倏然换一个场景，衰老的父亲躺在白瓷浴盆里，忧伤深情地看着他，他正替父亲洗澡，父亲瘦骨嶙峋，皮肤枯黄松弛，眼白浑浊，一蓬黑草中的生命之根无力地仰在水面上。那是邓家生命之溪的源头啊，他至今记得父亲松弛的皮肤在自己手下滑动的感觉，和自己的无奈和悲哀。

手机的铃声把他唤回现实，不过一时还走不出梦境的怅然。人生如梦，转眼间自己也是66岁的老人了。

去年他从公安局局长的位子上退休，感觉自己在一天之内就衰老了，健忘，爱回忆往事。妻子早就为他的退休作了准备，买了昂贵的碳纤维杆配凝胶纺丝的日本鱼竿，现在他把大部分时间都花在垂钓上。不过说实话，他至今没有学会把目光盯在鱼浮子上，他只是想有一片清净去梳理自己的一生。

是现任局长龙波清的电话。他问老局长退休后过得可安逸，垂钓技术如何，还嬉笑着问老局长，用不用到市场上买几斤鱼去充自己的战果。邓飞不耐烦地说：

"少扯淡，有正经事快说，别惊了我的鱼。"

龙局长笑道："为了充实老局长的退休生活，使你继续发挥余热，我为你揽了一件任务，我想你一定感兴趣的。"他的声音变得严肃起来，"告诉你，咱们设的那根'海竿'的浮子已经动啦。晚上我到你家里谈吧。"

挂了电话，邓飞发现水面上的浮子在轻轻抽动，他忙小心地拉紧钓丝，觉得手上分量不轻。水中鱼儿开始挣扎逃走，他赶紧放线，大概经过半个小时的溜鱼，他总算把一条三四斤重的鲤鱼拉上岸。看着鱼在草地上弹动，他笑着说，这看来是一个好兆头。

那根"海竿"已经设置27年了，邓飞那时39岁，是刑侦处一名科长。有一天他接待一个远道而来的客人，他叫刘诗云，复旦大学生物系的权威，七十多岁，银发银须，身体十分衰弱，走路颤颤巍巍。他是专程来武汉的。

"来不来这儿我犹豫很久，我不愿因自己的判断错误影响一个极富天分的年轻人。我的根据太不充分。"刘老沉重地说，递过来一本生物学报，让他看首篇文章。标题是《量子力学的不确定性原理与DNA信息的传递》，作者萧水寒。邓飞看过文章的第一印象是，世上竟有人能写出、能看懂如此诘屈的文章，实在令人赞叹。直到现在，尽管自那根海竿设置之后，他也曾努力博取生物学知识，算得上半个专家了，但那篇文章对他来说仍相当艰深。当时刘老告诉了他文章的大意，说是论述

DNA微观构造的精确稳固的信息传递，向量子力学的不确定性原理提出了挑战。

"这是一篇深刻的论文，如果它确实出自二十岁青年之手，那他无疑才华横溢，是生物学界的未来。但我有一点驱之不去的怀疑。"

刘老沉默了一会儿，继续往下说：

"我曾有一个学生孙思远，生前是蓬莱生命研究所所长。实际上，我们的师生关系是挂名的，他的学术成就早就超过我，生物学界认为他是李元龙——生物学界的教父——的隔世传人。不幸的是，五年前他去阿根廷探亲时，竟然离奇地失踪，那年他刚刚50岁。一个杰出科学家的失踪曾惊动了国内、国际警方，但调查迄今毫无结果。"

邓飞也回忆起这桩案子，但不知道它与手头这篇文章有什么关系。刘老说：

"孙思远生前曾和我有一次闲聊，可以说，这篇文章的轮廓，在那次闲聊中已经勾画出来了，两者完全吻合。当然，单是这种吻合说明不了什么问题，科学史上有不少事例，不同科学家同时取得某一突破，像焦耳和楞次，达尔文和华莱士等等。但有一件事使我很不放心。"

他看着邓飞，加重语气说道：

"我与孙思远共事多年，对他的行文风格已经十分谙熟，他的思维极其简捷明快，行文冷静简约，与李元龙的文风很相似，其内在力量是别人无法模仿的。奇怪的是，青年萧水寒的文风却与他十分相似。"

那天晚上，邓飞向刘老要了几篇孙思远的文章，强迫自己看下去。第二天会面时，他小心地告诉刘老，他看不出刘老所描绘的绝对的一致性。刘老苦笑着说：

"我绝不是贬低你，你在自己的专业中一定是出类拔萃的专家，但在判断论文风格时，请你相信一个老教授的结论，这一点不必怀疑。"

邓飞问道："那么，按你的推断，萧文是剽窃孙思远的成果？——而且恐怕不仅仅是剽窃，很可能他与孙思远的离奇失踪有某些关联？"

刘老点点头，阴郁地说："我多少做了一些调查，萧水寒是3年前从国外回来的，独力创办了天元生物工程公司。在此之前，他在生物学界籍籍无名，也没有任何学历。你看，简直是天上掉下来的生物学家，这不合常情。"

但除此之外，刘教授不能提供任何有价值的线索。临走时，老人再次谆谆告诫：

"我知道自己的怀疑太无根据，我是思想斗争很久才下决心来这儿的，希望此事能水落石出，使我的灵魂能安心去见孙思远先生。他的过早去世是生物学界多么沉重的损失啊。如果他是被害，我们绝不能让凶手逍遥法外。不过你们一定要慎重，不能因为我的判断错误影响一个青年天才的一生。"

他的话透露出他的矛盾心境。邓飞也被他的沉重感染，笑道："这点你尽可放心，'文化大革命'已经过去一百多年啦。"

刘老对故友的责任感使邓飞很感动。但一开始，邓飞并不打算采取什么行动，单凭一篇文章的相似风格就去怀疑一个科学家，未免太草率了。那天邓飞没有听出老人话中的不祥之音，回上海后不久，老人就去世了，他为了故人情意，临终前还抱病远行，这使邓飞觉得欠了一笔良心债。于是，他不顾别人的反对，在此后的27年中，对萧水寒做了不动声色的耐心的监控。不过调查结果基本上否定了刘老的怀疑。

在对监控材料做出推断时，邓飞常想起文学界的一桩疑案：有人怀疑肖洛霍夫的名著《静静的顿河》是剽窃他人的。这种怀疑之所以有市场，是因为肖洛霍夫自此后确实未写出任何一部有分量的作品。但萧水寒则不同，此后的27年中，他确实没再写过有分量的作品，但他在生物工程技术中有卓越的建树，他的学术功底是无可置疑的，在国际生物学界也不是无名之辈。在这种情况下，谁还会怀疑萧水寒的处女作是剽窃他人的呢？

实际上，随着时间的推移，邓飞觉得自己几乎成了萧水寒的崇拜者。他常羡慕萧先生活得如此潇洒，他多才多艺，能歌善文，既有显赫的名声，又有滚滚的财源。他品行高洁，待人宽厚，在研究所和生物学界有极高的声望。邓飞曾疑惑萧水寒为什么一直不结婚，不过几年前他终于有了一个美满的婚姻，他的妻子是一个水晶般纯洁的女人。

但是，在一片灿烂中，邓飞总觉得有那么一丝阴影：萧水寒的来历总是罩着一层薄雾。尽管在电脑资料中，他在国外的履历写得瓜清水白，但由于种种原因，邓飞一直没有找到一个"活"的见证人。而且，他太完美，太成熟——要知道，当他被置于观察镜下时，只是一个20岁的毛头小伙，在这个年龄阶段，因为幼稚冲动犯错误，连上天也会原谅的——但萧水寒却是超凡入圣，他似乎是与生俱来的圣人和楷模。

对萧的调查从未正式立案。这是一个马蜂窝，鉴于他的名声，稍有不慎，就会引起轩然大波。但为了刘老生前的嘱托，邓飞一直在谨慎地观察着。他退休后由龙波清接下这项工作。

晚饭时，龙波清对女主人的烹调赞不绝口，尤其那条脆皮鱼使他大快朵颐。夸了女主人，又夸邓飞的好运气，因为竟有这样的傻鱼咬邓飞的钩。酒足饭饱后，他们来到书房，女主人泡了几杯君山银毫后便退出去。老龙这才开始正题。

"银行的马路消息。"他拿着一把水果刀轻轻敲打着茶几，看着茶叶在杯中升降，富有深意地瞟着邓飞。邓飞知道这句话的含义。他们曾通过非正式的途径，对萧水寒夫妇的财政情况建立了监控。严格说来，这是滥用职权的犯罪行为，所以他们做得十分谨慎。"萧水寒夫妇最近取出自己户头上的全部存款，又把别墅和一艘豪华游艇低价售出，这些总计不下一亿二千万元，全部转入一家瑞士银行。听说他们已提出辞职，说他们工作太累了，想到世界各地游览一番。经查，他们购买了5万元的国内旅支，两万英镑的国外旅支。"

邓飞品着热茶，把这些介绍一字不漏地记在心里。老龙说："按说，现在不是他旅游的日子。他结婚六年，妻子第一次怀孕，如今已五个月了。"

邓飞点点头说："在对他监控时，我发现邱风对小孩子有极强烈的母爱，这个得之不易的孩子，她一定会加倍珍惜的。再说，萧的事业正处于鼎盛期，这时退隐很不正常。"

"是的，不过证据太不充分，根本无法正式立案，最好有人以私人身份追查这件事。"他狡猾地笑着，"我知道一抛出这副诱饵，准有人迫不及待地吞下去，是不？"

邓飞笑笑，默认了。听到这个消息，他身上那根职业性的弓弦已经绷紧，想起27年前刘老的沉重告诫。老龙说：

"如果你决定去，局里会尽量给你提供方便，包括必要的侦察手段和经费。不过我再说一句，你是以私人身份进行调查，如果捅出什么娄子，龙局长概不负责。这是几句公事公办的扯淡话，我知道你老邓的身手。还有，龙局长不管，龙波清会不管吗？哈哈。"

豪华的H300氢动力汽车一路向西北奔去。邱风知道他们的第一站是西北某山区的槐垣村。这是萧水寒"前生的前生"灵魂留恋之处，家中的古槐图，据说就是此处的写照。遵从惯例，邱风把自己的好奇藏在心底，对此不闻不问。

一路上萧水寒对邱风照顾得无微不至，车子开得十分平稳。邱风有时在后排斜倚着休息，不厌其烦地用手指同胎儿对话。偶尔感到胎动，她就欣喜地喊：

"水寒，他又动了，用小腿在踢呢。这小东西，真不安分！"

萧水寒扭头斜瞟一眼，微笑道："是哪个他？he or she？"

"你呢？想要个儿子还是女儿？"

"随你。"

"不，我要听听你的意见。"

"你猜呢？"

"我猜你准是要个男孩，好延续萧家的生命之树呀。"

"好吧，你就努力给我生个儿子。"

邱风咯咯地笑起来，说好吧，我努力给你生个儿子。不过先生男先生女都不要紧，我会努力再生，生七男八女的。后来她让丈夫停车，换到前边右侧座位。她发现丈夫很长时间没有说话，不知道从什么时候起，他又陷入那种周期性的抑郁。邱风在心中叹道：

"一定是前生的梦魇又来了。"

她不再说话，怜悯地看着丈夫。别看她是一个头脑简单的女人，她可不相信什么前生前世的话，她猜想这里一定有什么潜意识的情结，可能是童年的某种经历造成的，心灵受了伤又没有长平，结了一个硬疤——可是据他说，他在20岁以前是在澳大利亚悉尼的一个华人区长大，怎么可能把梦中场景选在中国西北呢？

她叹口气，不愿再绞脑汁了，把烦恼留给明天是她的人生诀窍。等赶到槐垣村再说吧，也许这次经历会医治他的妄想症。

第二天，他们下了公路，又在急陡的黄土便道上晃悠了一天。萧水寒不时侧脸看看妻子，多少后悔未乘直升机来这儿，他总觉得乘飞机缺乏应有的虔诚。

这片过于偏远的黄土地没有沐浴到21世纪的春风。当汽车盘旋在坡顶时，眼底尽是绵亘起伏的干燥的黄土岭。自然，土黄的底色中不乏绿意，但即使是绿色也显得衰弱和枯涩，缺乏南方草木的亮丽。

傍晚，萧水寒叫醒了在后排睡觉的妻子："已经到了。"

邱风睡眼惺忪地被扶下车，慵懒地依在丈夫怀里。忽然她眼前一亮，夕阳斜照中是一株千年古槐，枯萎干裂的树皮上刻印着岁月沧桑。树干底部很粗，约有三抱，往上渐细，直插云天。树冠相对较小，但浓绿欲滴，在四周沉闷的土黄色中，愈显得生机盎然。斜阳中一群归鸟聒噪着飞向古槐，树冠太高，又映着阳光，看不清是什么鸟，不过从后掠的长腿看像是水鸟，也许它们是从数百里外的河流飞来。

萧水寒背手而立，默默地仰视着，邱风目光痴迷，看看丈夫，再看看槐树。它与家里的古槐图太像了！她能感到丈夫情感的升华。从这一刻起，邱风才开始认真对待丈夫的前生之梦。

大树下有几个闲人，他们还保持着山里人的纯朴好奇，笑嘻嘻地看着两位客人。一个白须飘飘的老人凑过来搭讪："年轻人，外地来的？"

邱风笑着回答："嗯，来看大槐树。"

老头高兴地夸耀："这树可有名！相传是老子西出函谷时种下的，这只是传说，没什么根据，不过地方政府作名树登记时，请专家鉴定过年轮，它已经满一千岁了。还有更奇的，这实际不是一株树，老树已经濒死了，树心都空了。正好一棵新槐从树心长出来，也有200年了。你看那树冠，实际大部分是新槐的，你再看看树根，从老树干的树洞里能看到新树的树干。"

邱风嫣然一笑："我知道。"

老人很惊奇："你来过这里？"

"没有。但我丈夫有一幅祖传的国画'树祖'，画的就是它。我丈夫常与它对话，他说的一些话我都能背出来了——尽管我不大懂。"这些话她实际是对丈夫说的，这些疑问已放在心中多年，很希望能听听丈夫的解释。

老人笑哈哈地问："这位先生祖上是此地？"

一直默然凝视的萧水寒这才回过头来，微笑答道："不，那幅画是我爷爷的太老师，一个生物学家传给他的。"

老人高兴地喊道："一定是李元龙他老人家，对吧？"

萧水寒笑着点头。老人很兴奋，面前的远客一下子变得十分亲近，他热心地介绍道：李先生是我们村出的一个大人物，他就是这株树下长大的，从小调皮胆大，曾赤手空拳爬到槐树顶。老辈说大槐树上还有大仙哩，就是他爬树以后仙家才不敢露面了。他去世前还回过家乡，捐资修建了一座中学，还到大树下来告别，把我们一群光屁股娃儿集合起来，每人发了一支钢笔，一个计算器，还讲了好多有学问的话。

萧水寒笑问："您老高寿？照年龄看，你好像见不到他的。"

老人并不以为忤，仍笑哈哈地说下去："我快交90了，今年是李先生170年诞辰，他是52岁去世的，算来我是见不到他。也许是老辈人经常讲吧，弄得我像是身临其境似的。"

邱风惊奇地问道："您老已经90了？我还以为您才60多岁呢。"

老人得意地说："别看这个地方小，这儿是有名的长寿之乡，还有120岁的人瑞呢。《长寿》杂志经常来人采访。"他忽然问："你们想不想参观元龙中学？去的话，我给你们带路。"

萧水寒低声同妻子交谈几句，说："那就有劳您老人家了，请吧。"

邓飞把奥迪汽车远远停在一面山坡上，用望远镜观察着树下的动静。他带有远距离激光窃听器，能根据车门玻璃的轻微震动翻译出车内或附近的谈话声。他听见邱风在低声问丈夫，李元龙是谁。邱风文化层次不高，她不知道130年前这位著名的生物学家。话筒中老人在喋喋不休地介绍，这儿是李先生小时上学常走的路，李先生上学时如何艰苦，要步行30里，18个窝头凑咸菜就是一星期的伙食；他的成就如何伟大，是中国科学院的院士，大鼻子外国人见了他都是毕恭毕敬……看来，这位李元龙在他的偏僻故乡已经被神化了。

邓飞打开一罐天府可乐，一罐八宝粥，又掏出一块夹肉面包吃着，要通龙波清的电话，叫对方快把李元龙的有关资料找出来，核对一下。龙波清安排人在电脑中查询，然后问：

"怎么样，有收获吗？"

"没有，两人似乎是世界上最不该受怀疑的，举止有度不逾矩，心地坦荡，我担心要徒劳无功。"

"别灰心，不轻易咬钩的才是大鱼呢。或者，能证明他确无嫌疑，也是大功一件。喂，资料查到了，正好这些天有不少文章纪念李元龙先生170年诞辰，你要的资料应有尽有。"他告诉邓飞，李元龙的籍贯确实是该村，1978年出生，终生未婚，科学院院士，在癌症的基因疗法上取得突破，并获得世界声誉。在理论上的贡献也绝不逊色，他在宇宙生命学、生命物理学、生命场学、生物道德学中的开拓性研究，直到百年后还是科学界的《圣经》。他52岁自杀，原因不明，背景材料上说他的死亡比较离奇，因为一直未寻到尸首。但他写有遗书，失踪前又对手头工作和自己的财产做了清理，所以警方断定不是他杀。

"不过，萧水寒和他能有什么关系？"他在电话中笑道，"总不能插手118年前的一桩谋杀案吧。那时他还在他曾祖的腿肚子里转筋呢。"

邓飞迟疑着没有回答。萧水寒与李元龙当然是风马牛不相及，可是，他为什么千里迢迢赶来参拜？还有，李元龙和孙思远，两个杰出的生物科学家，同是盛年离奇失踪，这难免让人不安。

他在望远镜里看到三个人已经返回，他们打开车门上车，然后那辆汽车缓缓向前开，显然已安排住处。他打开窃听器，听见三人正热烈地讨论着今晚的饭菜，萧水寒坚持一定要吃本地最大众化的饭菜。老人笑着答应了，问："枣沫糊？荞麦饸饹？烤苞谷？猫耳朵？"萧水寒笑道："好！这正是我多年在梦中求之不得的家乡美味。"

邓飞听得嘴馋，丧气地把可乐罐扔到垃圾袋里。窃听器里听到前边的汽车停下了，几个人下车后关上车门，然后窸窸窣窣地进屋。他也把后椅放平，揣着话筒迷迷糊糊入睡。梦中他看到萧水寒在狼吞虎咽，一边吃一边嚷着，好吃好吃，我已经118年没吃上它了。

醒来后他自己也好笑，怎么有这样一个荒唐的梦。窗外微现曦光，古槐厚重的黑色逐渐变淡，然后被悄悄镶上一道金边。村庄里传来嘹亮的鸡啼。

萧水寒一行还未露面，邓飞取出早饭，一边吃一边把李元龙的有关信息再捋一遍。27年前，他为了增加生物学知识以助破案，曾请刘诗云先生为他开列一些生物学的基本教科书，其中就有已故李元龙先生的几本著作。

这些文章他不可能全看懂，但多少了解一些梗概。有时候他觉得科学家的思维与侦察人员有某些相似，他们的见解也是"出人意料"，又在"情理之中"。比如李元龙在"生物道德学"中说过：生物中双亲与儿辈之间的温情面纱掩盖了"先生"与"后生"的生死之争。从某种意义上说，所有儿辈都是逼迫父辈走向死亡的凶手，而衰老父辈对生之眷眷，乃是对后辈无望的反抗。他提到俄狄浦斯——那位杀死斯芬克斯的英雄——无意中杀父娶母的希腊神话，说它实际是前辈后代之争的曲折反映。他又说，生物世代交替的频度是上帝决定的，有寿命长达5000年的刚棕球果松，有寿命仅个把小时的昆虫。但不同的频度都是其种族延续的最佳选择。所以，让衰朽老翁苟延残喘的人道主义，实际是剥夺后代的生的权利，是对后代的残忍。人类不该追求无意义的长寿，而应追求有效寿命的延长。

读着这些近乎残忍的见解，他常有茅塞顿开之叹——不过，当他的老父在病床上苟延残喘时，他照旧求医问药，百般呵护。所以他常笑骂自己是一个两面派。

饭后老人全家为萧氏夫妇送行，熙熙攘攘地互相告别，老人的孙媳还把邱风拉到一边，低声叮咛孕妇应注意的事项。老人又拎出几包土产往车上塞，看来他们在昨晚已成了好朋友。

H300汽车开走十分钟后，邓飞才启动自己的汽车。几天前，他偷偷在萧的汽车尾部喷涂了颜色相同的特殊油漆，油漆中的放射性物质足以使侦察卫星辨认，可以在他车内的屏幕上随时显示萧的行踪。这种追踪装置是很先进的，即使内行也难以发现。

与他的老式汽油车相比，氢动力汽车的性能要优异得多，时速常在200公里以上，让邓飞追得焦头烂额。好在萧水寒体贴怀孕的妻子，常常有意放慢速度，每顿饭后还有一段休息。邓飞这才能勉强追上。

汽车沿着陇海高速公路一路东行。按邓飞的猜想，萧水寒可能是到北京，到中国科学院去继续对李元龙先生的探索。但过了洛阳，前边的汽车便掉头向南，两个小时后到达豫西南的宝天曼国家森林公园。

邓飞尾随追来，前边是正规公路的尽头，接着是杂草丛生的碎石便道。这儿是宝天曼的边缘地带，林木葱郁，溪水清澈，空气中充满臭氧的新鲜味道。从监视屏幕上看，前边的汽车已停在离此不足10公里的地方。邓飞犹豫着，不知是否该继续追踪，他怕与萧水寒狭路相逢。

他决定先在原地等待。十几分钟后，萧的汽车已掉头返回，邓飞迅速倒车，隐藏在树丛后。萧的汽车缓缓开出便道，开上公路后便疾驶而去。

邓飞心中疑惑不已，萧水寒千里迢迢跑到这儿，却蜻蜓点水似的随即离开，是一个短暂的会面，还是发觉走错了地方？从屏幕上看，萧的汽车正在毫不犹豫地急速离去，看来他已完成了此行的目标。

邓飞决定进去看一看。他小心寻找着便道上的车痕，十几分钟后，前边出现一所平房。听见汽车声，一个中年男人打开房门，好奇地打量着他。邓飞走出汽车，扬起手招呼：

"嗨，你好。"

"你好。"

仓促中邓飞问道："请问是否有一对夫妇来过这儿？"

那个中年人穿着便装，头上已谢顶，胡须却分外浓密。他笑道："对，我这儿很少有客人的，今天是例外。你是和他们一块儿来的？他们已离开半个小时了，按说你们应该在路上碰面的。"

"是吗？恐怕我和他们走岔路了。"

"你也是来参观那座雕像吗？"

邓飞顺着他的话说："对呀，能否带我去看一看？"

"好，请进吧。"大胡子爽快地说。

这座外表俭朴的平房，内部装潢相当现代化，摆放着各种办公设备。中年人为他冲上一杯咖啡，说他姓白，是研究理论物理的，已在这个清净的地方住了十几年，信息高速公路的普及给予科学工作者更大的居住自由，住在山野与住在纽约图书馆附近同样方便。

"白先生的研究方向可否见告？我是个门外汉，但对理论物理也有兴趣。"

"很枯燥的一个问题，即引力的量子化，它将导致引力与电磁力的统一。可惜还没有取得突破。"

他简略地介绍了一些研究情况，邓飞站起身说："对不起，能否让我现在就看雕像？我还要追他们。"

大胡子领他到了后院，院里的草坪剪得整整齐齐，几只在城市已绝迹多年的长尾喜鹊在地上啄食。院子东面临着山崖，中年人走过去，拂开藤蔓：

"喏，就是它。"

邓飞忽然眼睛发亮！在山崖的整块巨石上雕着一座狮身人面像，刀法粗犷，造型飘逸灵动，表面微见剥蚀，看来已相当有年头。邓飞一眼看出，它的造型与天元公司门前的象牙雕像非常相似。邓飞问：

"真漂亮！是您的作品？"

"啊不，"大胡子笑道，"我可没有这种艺术细胞。听说是这间房子的第一个住户留下的。"

邓飞的脑子迅速转动着："能否告诉我他的名字？"

中年人疑惑地看着他："刚才那对夫妇只看了雕像，什么也没问，我想他们一定认识这座雕像的作者。"

"是吗？这点他们倒没有对我讲。"

白先生忽然说："啊，等一下，我可以帮助你。"

他快步走回工作室，那儿摆着一部相当先进的电脑，他熟练地敲击着："我从林区房产部门的档案中查找一下。"几分钟后屏幕上显出：

刘世雄于2032年投资建成这处住宅，2049年迁离，并将房产捐献给林区政府。该人简历：男，2000年出生，男，自由职业者，未婚。迁离后去向不明，未留照片。

大胡子热心地说："是否需要其他资料？我帮你查找。"

邓飞沉吟道："请你查查他的经济来往账目。"

几分钟后大胡子说："档案中记载的费用大多是用来查询资料，购买光盘等，数量不少，每月上万元。看来他可能是搞科学研究的，而且有相当的经济实力。"

邓飞默默记下了有关资料。他把进屋后的见闻仔细梳理一遍。凭直觉，他认为白先生的话是真实的，白先生不是萧水寒此行的知情人——可是，萧水寒到底来干什么？

又是一次科学家的神秘失踪，这绝不再是巧合。也许，在27年的监控中，邓飞第一次对萧水寒真正滋生了敌意，他已肯定萧水寒的圣人外衣下必定藏着什么东西。

他向白先生道谢，然后匆匆追赶萧的汽车。一路上，他一直皱着眉头苦苦思索。

两天后，萧氏夫妇来到中原某地一座工厂门前。这会儿正是上班时间，萧水寒把车停在人潮之外，耐心地等着。人潮散尽，他把车开到门口意欲登记，门卫懒洋洋地挥挥手放他们进去。萧水寒开车缓缓地在厂内游览。这个厂占地广阔，厂房高大，气势宏伟，但是死亡气息已经很明显了。厂房墙壁上积满了锈红色的灰尘，缺乏玻璃的窗户像一个个黑洞，不少厂房空闲着，路边长满了一人深的杂草。他们来到工厂后部的专用铁路线，站台上空空荡荡，铁轨轨面上生了薄锈，高大的200吨龙门吊如一个骨节僵化的巨人。

萧水寒告诉妻子，这已是国内硕果仅存的石油机械厂了。自1848年俄国工程师谢苗诺夫在里海钻探了世界第一口油井，石油工业已经走过300年的历程。目前国内油藏已基本枯竭，连中东的油藏也所剩无几。电动和氢动力汽车全面取代燃油汽车。

"不久你就会看到一则消息，中国最后一台油田用修井机在这儿组装出厂，此后，这项曾叱咤风云的工业将宣告死亡，就像蒸汽机车制造业的死亡一样。"他微带怆然地补充，"衰老工业的死亡并没有什么可怕，它只是为更强大的新兴工业让开地盘。当然，观察着它的死亡过程，仍然令人悲伤。"

邱风漫不经心地听着，她的心思已被腹内的胎儿占据，没有空间去容纳这些黍离之思。她只是奇怪，丈夫为什么千里迢迢跑到这个普通的工厂游览。

H300汽车在厂内缓缓地转了两圈，向大门驶去，不过在最后一秒钟，他停下车，略微犹豫后，把车倒了回去，停在工厂行政大楼楼下。

人事部的宇文小姐正在对镜涂抹口红，她看见一对青年男女走进来。他们显然是夫妻，男的衣冠楚楚，举止潇洒稳健，女的有五六个月身孕，仍然娇小美貌。宇文小姐热情地问：

"我能为二位做些什么？"

萧水寒彬彬有礼地说："我想打听一个工厂的老人，他早已去世，可能没有人知道他。只好麻烦你查查档案，他叫库平，曾是贵厂一名工程师。"

宇文小姐迟疑地问："你们和他……"

"毫无关系。我只是受人之托，一个垂暮老人莫名其妙的怀旧之情。他想验证一个旧友的生活轨迹。如果不方便的话……"

宇文小姐嫣然一笑："没有什么不方便的，近百年来的人事档案都在电脑里存着，包括各人的相片和语音资料，几秒钟就可查出来。不过这位先生肯定不大出名，如果在厂志里有记载的话，我会有印象的。"

十秒钟后屏幕上显示出库平的资料：

库平，男，2032年生于内蒙古，2052年进入本厂，一直在技术部门任职，终生未婚。50岁时即2082年冬离开本厂，去向不明，其档案一直保存在本厂，未能转走。

宇文小姐歉然地说："只有这么多资料了，不知能否满足你们的要求。"

"足够了，衷心感谢宇文小姐，可否把它打印出来？"

他们拿到打印卡片，同宇文小姐告别。坐上汽车，萧水寒沉思少顷，掏出打火机把纸片点着。邱风奇怪地问："你……"

"没什么，我不想交给那位多愁善感的老人了。看到一个人的一生风干成方寸大的纸片，他会难过的。好，我们继续出发。"

邱风忍住，没有打听那位多愁善感的老人是谁。

宇文小姐送走客人，十分钟后，办公室的门又被推开，来人是一个六七十岁的老人，身体很健壮。来人微笑着出示了警察证件：

"请问宇文小姐，是否有一男一女来过？"

女秘书吃惊地打量着来人。她对刚才的年轻夫妇很有好感，因而对新来者多少有一点敌意。她答道："是呀，莫非他们……"

邓飞爽朗地笑了："不不，你不要乱猜，我只是恰好和他们对同一个人感兴趣。"

"库平？一个66年前失踪或死亡的人？"

"对，请把他的资料让我看看。可以吗？"

他看过电脑中储存的资料，宇文小姐问道："还有一些简短的语音资料，你想不想听？"

"当然，谢谢宇文小姐。"

语音资料只有寥寥几句："我叫库平，汉族，生于2032年……"语音有些失真，但邓飞总觉得他的语音有某种熟悉感，他沉思着问：

"与库平共事过的工厂老人是否还有健在的？"

宇文小姐略为考虑，肯定地说："有，有一名工程师叫袁世明，今年85岁，他肯定见过库平，而且很巧，他正好在技术部工作过。"

邓飞打听了袁工的地址，向秘书小姐致谢后就走了。

袁工已是风烛残年的老人，不过思维很清晰，记忆力相当不错。他坐在轮椅上，慢慢地回忆着。他说，他与库平共事不久，那时自己是实习技术员，库平是工程师，没有多少能使人留下深刻印象的事迹。关于他的失踪，袁老说那时正值石油工业第一次大衰退，很多人都被辞退或辞职，因此他很可能另谋高就了，但此后一直没有音讯，连个人档案也没有转走，又似乎不正常。在警察局的档案中他被列为失踪。

邓飞请他回忆一下，库平失踪前有没有什么异常。袁工为难地说，已经66年了，记不太清楚。邓飞再次请他认真回忆一下，比如他失踪前身体怎么样，有没有什么得病的迹象，袁工摇摇头：

"你怀疑他是急病致死？不会，他的身体一向很好，50岁的人只像三四十岁，常有人向他请教养生秘诀呢。"

"还有什么异常迹象吗？"

袁工忍不住问道："你是否对库平的失踪有怀疑？"

邓飞苦笑着说："不，我对他毫无了解，我只觉得他身上笼罩着一层迷雾。"

袁老沉思地说："说起迷雾，我倒是觉得，库平身上是有一些神秘。作为一个工程师，他的能力不错，但也不是太出色。不过，在其他领域，像哲学、生物学，常常见他有智慧的天光偶一闪现。在他50岁时，他曾郑重其事地参加了一次中学生数学奥林匹克竞赛，很多人觉得他是在发神经。竞赛题目很难，而且多是非常规思维的解法。但他的成绩不错，可以跻身前三名。他很高兴，对我说，这证明他的'本底智力'仍保持巅峰状态。我觉得，他是在以此为自己的平庸一生辩解，所谓'天亡我，非战之罪也'。不久，他就悄悄地失踪了。"他问："我的回忆是否对你有所帮助？"

邓飞苦笑着摇头："我恐怕是越来越糊涂了。"又是一个失踪的案例，虽然这一次不是一个科学家。萧水寒为什么对失踪者情有独钟？是良心上的内疚？当然，他绝不可能参与一百多年前的一系列谋杀。或者，他是为罪孽深重的祖辈来忏悔？邓飞觉得脑袋都要胀破了。"不管怎样，衷心地感谢你。袁老再见。"

当晚，萧水寒在豫皖交界的一个偏僻小镇停车，邓飞也在邻近的旅馆里登记了住房。

这是一间单人客房，冷冷的月色把爬墙虎的藤叶投射到屋内。邓飞洗完热水澡，用毛巾被裹住身子，斜倚在床背上，瞑目假寐。他想把这几天的见闻梳理一遍。笔记本和钢笔就放在手边，这是他的习惯。常常在似睡非睡之际思维最活跃，一旦迸出一个火花，他就顺手记在纸上，免得清醒后遗忘。

当然，有时也会写上一些令人哭笑不得，诸如"香蕉大，香蕉皮更大"之类的妙语。

这两天，他窃听到不少萧氏夫妇的谈话。他当然不相信什么"前世前生"的鬼话，那只能骗骗邱风那样天真的傻女孩。有一点可以肯定，从萧水寒天南地北、乡村工厂的行程来看，他此行绝不是无目的的闲逛。

那么，李元龙、刘世雄、库平今后还要探访的某某人，以及已知的孙思远和萧水寒之间必定有某种隐藏的关系。

这是毫无疑问的。首先刘世雄家与天元大楼下如此相像的雕像，就绝不会是巧合。还有一点是否也算得上异常？这几个失踪者都是终生未婚，连萧水寒也曾独身二十多年。一次是偶然，两次算巧合，但四五个人的经历竟然如此相像，就值得怀疑了。

但究竟能有什么关系？邓飞苦恼地敲着额头。要知道，他们各自的生活轨迹几乎没有重叠。在空间上没有重叠，在时间上很少重叠，而且散布在长达170年的时间轴线上。

重叠！他突然灵光一闪，在本子上写了这两个字。

他睁大眼睛，抓住这个突破点，继续思索。如果除去上面几个人的一段"影子"生活，即有记载而无实据的生活，恐怕几个人的生存时间根本不会重叠。他在心里默默计算后肯定，这个结论是对的。

也许，正是他们互不关联的"时间"才恰恰是他们的联系。睡意一下子全跑了。他坐起身，在本子上画了几道横线：

李元龙1978——2030

刘世雄2032——2049

库　平2052——2082

孙思远2084——2116

萧水寒2118——至今

除了"影子"生活外，各人的实际生活时区确实没有重叠，而且每前后两人的时间段都有2—3年的间隔。

他把钢笔重重地摔在本上，他已经全明白了。

他已经有明确的答案，虽然这答案似乎比"前生前世"的神话更荒谬。

这条时间之链已经没有缺口了，因此，他可以毫不犹豫地指出萧水寒的下一站：蓬莱生命研究所，孙思远。

他看看手表，三点半，略为犹豫后，他还是拨通龙波清家里的电话。电话中龙波清的声音很清醒，没有丝毫睡意，这是公安局局长的基本功：

"老邓？有什么突然变化吗？"

"老龙,我想那件事已经真相大白了。"他疲乏地说。

龙波清很高兴,笑哈哈地说:"还是老姜辣呦。"电话中他没有问详细情况,"你的下一步打算?"

"我不想当他俩的尾巴了,我要赶到蓬莱去守株待客。如果能等着他,我的成功就有了九成把握,否则我就要丢人了,因为我的结论太荒谬,太不可思议。"邓飞苦笑着说。

萧水寒的汽车三天后才姗姗抵达。蓬莱今年的初冬很冷,刚下过一场薄雪,树上戴着雪冠。萧水寒把汽车开到"蓬莱生命研究所"的大门口,打开右车门,小心地扶邱风下车。七个月身孕的邱风已经是步履迟慢了。

研究所是一片散落的楼房群,低矮的花篱代替了围墙,因为原所长孙思远不愿让高墙来束缚人的交流和思维的驰骋。萧水寒问传达室的姑娘,是否允许他们步行在全所游览一遍,他想探访一个前辈学者的生活踪迹。那位大眼睛姑娘笑了,热情地说:

"你是指我们的前任所长孙思远教授吧,我们都很怀念他。请进来吧。"

他们进门后走了不远,迎面过来一位挟着皮包的老人,步履稳健,鬈发苍苍。姑娘在后边大声喊:"先生、夫人,请等一下还有你,老部长,也等一下!"她追上来为萧水寒介绍,"这一位是研究所保安部的老部长邓先生,让他领你参观吧,他同孙教授很熟的。"

萧水寒正想辞谢,邓飞已经热情地伸出手——当然这出戏是他导演的——说:

"乐意为二位效劳。孙教授是我最尊敬的前辈,更是我的忘年好友。"

萧水寒好笑地看着他——不，孙思远从不认识你。但他没有揭穿，淡然笑道："你和孙教授很熟吗？"

"那当然，他生前我们可以说是无话不谈，虽然他比我大上十几岁。你知道我是搞安保的，是科学的门外汉，但在孙先生的熏陶下，已经算得上半个生物学家了，我对孙先生在理论上的建树可以如数家珍。"

萧水寒微笑着听他吹牛。"能给我们介绍一下吗？"

"当然当然。来，请这边走，太太小心一点。你看，那个窗口是孙先生生前的办公室，夜里常常最后一个熄灯。这条湖边小路是孙先生早上散步时常走的，谁知道有多少灵感在这儿迸发！我告诉你，孙先生曾师从复旦大学的刘诗云教授，不过专家们评论，他更像是一位伟大生物学家的隔世传人。我是指生物学界的爱因斯坦——李元龙先生。来，这边走。"

他侧过身子，朝萧水寒扫过锐利的一瞥。萧水寒扬扬眉毛，没有说话。邱风没有意识到两人的暗地交锋，她冻得满脸通红，小心地捂住肚子，一边赞叹着：这儿真美！邓飞仍娓娓而述：

"孙先生对李前辈的理论作了全面深入的延伸研究。比如说李先生提出的生命场理论或活体约束——您了解这些概念吗？请问你的职业？"

萧水寒正小心地扶妻子走下一阶台阶。他朝妻子使个眼色：

"不，我不了解。我是搞实业的，一个在科学殿堂门外大声叫卖的铜臭熏天的商人。"

邓飞煞有介事地说："那我就继续吹牛，我怕万一碰到行家，就是班门弄斧了。活体约束是说，每个生物体在一生中，由于新陈代谢的缘故，其生物体的砖石（各种原子）会更换几十轮，今日之我非昨日之我。但这个生物体仍能严格地保持原来的属性。这种唯有活体约束中才能存在的精确稳固的信息传递对量子力学的不确定性原理提出了挑战。"

他有意紧盯着萧水寒，但对方神色不变。

"活体约束中隐藏着造物主的密令。你知道，对于单细胞生物来说，它的分裂生殖可以无限进行，因此，仅对于细胞而言，它可以说是永生的。但当一个细胞（它本身也是一种活体约束）从属于更高级的活体约束时，它的分裂就要受到限制。比如人体中的细胞，被人体约束，只能分裂50代左右，然后就衰老死亡，这就造成了人的衰亡和生死交替。这种生物钟极其精确可靠，在人体内只有癌细胞和生殖细胞不受其约束。生殖细胞会自动把生物钟拨回零点；癌细胞可以无限增值。具有讽刺意义的是，癌细胞正是因其长生不死，造成了机体的死亡，从而带来了自己的死亡。"

萧水寒喃喃道："上苍的意旨。"

"对，这是上苍的意旨。但孙先生常援引李元龙先生的一句话：科学家在对上苍顶礼膜拜的同时，也在努力探讨上苍意旨得以贯彻的'技术措施'。说得多好。喂，爬上前面那块高地，就能看到大海了，这是孙先生生前最爱来的地方。你们上去吗？太太怎么样？

萧水寒轻声问妻子，邱风说："我也要上。"

现在，他们面前是无垠的大海，白色的水鸟在天上飞翔，海风带着潮湿的腥味儿，水天连接处是一艘白色的游船，隐隐能听到乐声。太远，听不清音乐的旋律，它只是像水漂一样，断断续续地从水面上浮过来。这个情景使邱风觉得似曾相识，她想起是在青岛见过。那时她发现丈夫很喜欢这种景色，又常常显出一种怅然。

邓飞赞道："多美。你看这块石头，我们常称它为孙先生的抱膝石，他在这儿常常一坐几个小时，思考宇宙和生命之大道。你喜欢这个地方吗？"

我喜欢，萧水寒想。一个老人总是怀旧的，这正是我此行的目的。我想探访旧日的踪迹，也想让妻子和未出世的后代抚摸这些踪迹，永远记住它们。

他们让邱风在抱膝石上休息，两人心照不宣地离开邱风，攀上一道高坎。邓飞深吸一口气，慨然道：

"这里是徐福东渡的地方，他要为秦始皇寻找长生不老的仙丹。当然他没有成功。后来还有不少皇帝去重复秦始皇的愚蠢。直到多少次失败后，人类才被迫认识到生死交替是无可逃避的——并把这种科学的观点演化成一种新的迷信。你说对吗？"

他们心照不宣地互相对视。忽然石坎下传来一声压抑的低呼，打断他们的谈话。

如果说邱风昧于抽象思维的话，那么她大脑额叶的"面孔认知功能"绝不弱于丈夫。从邓飞这个人一出现，她就发现这人似曾相识。在邓飞滔滔地讲着生命学的知识时，她一直在努力思索着。她终于想起来，在旅行途中，此人驾着一辆红色奥迪曾多次出现在他们附近，有时夹在熙熙攘攘的人群中，似不经意地投过来一瞥。所以，这个人的再次出现恐怕不是偶然。

对这位邓先生有了警觉后，她发现他的话似乎一直在含沙射影，两个人似乎在打哑谜。她在抱膝石上坐着，瞥见丈夫和邓先生互相使一个眼色，离开她到石坎上去。他们分明是想密谈什么。

对丈夫的关心使她坐不住了。她站起身，艰难地向石坎上攀登，忽然脚下一滑，跌倒在地上。两个人赶来时，邱风正半蹲在地上，捂着肚子。萧水寒急急地问：

"怎么啦？是不是摔着了？"

邓飞也关心地说："送太太到医院吧，离这儿很近的。"

邱风笑着摇头："没关系的，只是滑了一下。水寒，咱们离开这儿吧。"她祈求地望着丈夫，想避开这种模模糊糊的不安，萧水寒笑着答应了。邓飞略为犹豫——他不能就这样放萧水寒离去——热情地说：

"已经快中午了，今天我做东，请二位吃蒙古烤肉，这是孙先生生前最爱吃的，请二位务必赏光。"

邱风偷偷示意丈夫拒绝，但萧水寒似乎毫无城府地接受了邀请。成吉思汗烤肉苑在一座山坡下，隔着窗玻璃能看到熊熊的烈火，与外边的皑皑白雪恰成对比。桌面大的铁板烧成暗红，一个蒙古族大汉光着膀子在铁板上翻炒着，刺刺拉拉的响声与逗人馋涎的香味弥漫于室内。

这儿是自助餐厅，邱风坐在桌边，看着两人在几十个食品盘中挑选菜肴，再排队去炒熟，两人外表悠闲地交谈着。邱风驱不走内心的不安，她嗅到了两人之中有什么隐秘。不过邱风天生是个乐天派，等到香气扑鼻的菜盘端来，她就把烦恼留给明天了。啊呀，真香，也真漂亮！她大声地赞叹着。邓飞高兴地说：

"我没说错吧，这是孙先生最爱来的地方。等一下还有好节目哪。"

他朝领班捻一下响指，领班点点头，接着，一个老人摸索着走到餐厅中央，穿一件镶兰边的蒙古长袍，双目失明，脸庞上刻满岁月的风霜，如一枚风干的核桃。面部较平，鼻梁稍塌，明显带着蒙古人的特征。他在圆凳上坐下，操起马头琴，先低首沉思几分钟，似是回味人生的沧桑。邱风偷偷看看丈夫和邓飞，她发觉两人的眼中都闪着奇异的光。

邓飞低声介绍道，孙先生极爱听这位蒙古老人的歌，他在蓬莱时，每星期总要来一次，这个餐馆的兴旺多半靠他的慷慨赠予。不过他没告诉萧水寒，在孙思远失踪后，这位老人已经不再唱歌。是他打听到这些情况，特意把老人请来的。

沉思之后，老人便伴着琴声唱起一首苍凉的歌。他的汉语不太地道，邓飞低声为邱风讲解着，这是一首有名的蒙古民歌，大意是：

"一个老人问南来的大雁，你为什么不留在温暖的南方，每年春天，都要急急飞回这里？

大雁说，春天来了，草原弥漫着醉人的花香，冥冥中的召唤是不可抗拒的。

大雁问老人，你曾是那样英俊的少年，为什么现在变得这样老迈？

老人长叹道，"不是我愿意老，是无情的时光催我老去呀。"

马头琴在高音区戛然收住，邱风听得泪流满面，她看看丈夫，他的眼眶也潮湿了。萧水寒掏出支票簿，写上一个数目颇大的数字，撕下来，走过去交给老人：

"谢谢你的歌声，老人家。"

蒙古族老人握到熟悉的手掌，听到熟悉的话语，全身一震。他昨天已听邓飞说过这些情况，但不敢相信。他侧过耳，急迫地说：

"真的是你吗，孙先生？"

萧水寒点点头，嘎声道：“对，我是孙思远，我的好兄弟。”

邓飞已悄悄地站在他身后，心情复杂地看着他朝气蓬勃的身体。当他说出自己深思熟虑的结论时，仍不免有临事而惧的踌躇：

“真的是你吗，李元龙先生？”

萧水寒回过头，他的身体生气勃勃，但目光中分明是百岁老人的睿智和沧桑，他平静地说：“对，我是李元龙，也是刘世雄，库平，孙思远和萧水寒。”

邓飞低声道：“李先生，你让我猜得好苦啊。”

正在这时，他们听到邱风发出一声压抑的呻吟，她捂着肚子，头上是豆大的汗珠。萧水寒急忙奔过去，邓飞在他身后喊道：

“太太恐怕是动了胎气，快送医院！”

侍应生急忙到门外喊了出租车，两人小心地搀扶着邱风上车，向妇产医院开去。

医生把邱风送入分娩室，两扇门随之关闭，不过仍不时听到邱风撕裂般的呻吟。萧水寒面色焦灼，在屋内来回踱步，步伐急迫轻灵。邓飞用过来人的口吻劝他：

“别担心，出生前的阵痛，哪个女人也得过这一关。”萧水寒感激地点点头。邓飞解嘲地说：“我几乎脱口喊你是年轻人。真的，看着你的容貌和步伐，很难承认你是170岁的老人。”

萧水寒已恢复老人的平和，微笑道：“实际上我自己也很难适应这个角色：身体的青春勃勃和心理上的老迈，它们常造成错位。你是怎么猜到的？”

邓飞笑道：“喏，就是这张纸片。”他把笔记本上那一页递过来，

"我发现与你有关的五个人，其生活区段恰恰首尾相连，中间只有2—3年的空白，而这正是一次彻底的整容术所需的时间。"他端详着萧的面容，"萧先生，你的整容术很成功，不过，能作这种高水平整容术的医生并不多，所以警方很容易找到他们，包括阿根廷的何塞·马蒂医生。还有，你的声音并未改变，当我听到库平的声音时就觉得似曾相识，但那段录音在电脑中有些变音，我又尽力找到李元龙先生一些原始录音。为了百分之百的把握，我还安排了烤肉苑的相认，因为盲人的听觉是最灵敏的。"

他心情复杂地再次端详着萧水寒，他头发乌亮，皮肤光滑润泽，动作富有弹性。邓飞不满地说：

"李先生，恕我冒昧问一句——我不会不识趣地问你长生之秘，你隐名埋姓地活着，自然是为了牢牢保守这桩无价之宝的秘密。但你能否告诉我，你为什么不把它公布于众，与全人类共享呢？"

萧水寒在他面前立定，用百岁老人的目光居高临下地看他。他在40岁时发现了长生之秘，并施之于自身。为此，他数度易名，数度易容，反复扮演着20—50岁之间的人生角色。为了保密，他不得不多次斩断熟悉的人际关系。很长时间他不敢结婚，因为没有经过长生术的女人无法永远伴他同行。他独自荷受这个秘密已太久了，谁能理解他的百年孤独？他平静地问邓飞：

"年轻人，这真是一个好礼物吗？"

"那当然！"邓飞脑海中浮现出父亲缠绵床榻的痛苦晚年。"谁不愿意逃避衰老呢。而且，科学越发展，人类在学习上花费的时间越多，终有一天会达到临界平衡：人们学完最起码的知识后就得迎接死亡，那时科学就不会再发展了。所以人类的短寿已成了制约人类发展的瓶颈。"

萧水寒摇摇头:"你说得很对,但你把长寿和长生混为一谈了。以后再说吧,这些情况请你暂不要告诉我的妻子,我会慢慢告诉她。"

病房内又传出撕裂般的呻吟,这是一段平静后的又一次阵痛。一个护士匆匆走出来,惶惑地对萧水寒说:"你太太是横生,医生正在努力转位。萧太太坚持要你在身边,医生也同意了,请进吧。"

邱风支着双腿,平卧在产床上,几个医生正在忙碌。长时间的阵痛后,邱风已十分虚弱,她闭着眼,头发被虚汗浸透。摸到丈夫的手,她的身体起了一波震颤,睁开眼:

"水寒,我怕……"

阵痛使她的精神变得恍惚,婚前萧水寒绝不要孩子的恶誓已在她心中悄悄扎根,邓飞今日的举止又加重了这种恐惧。她怕丈夫会抛下她和孩子而去。萧水寒敏锐地猜到她的话意,爽朗地大笑起来:

"怕什么?是不是我曾说过的誓言?告诉你吧,那是骗你的,等把孩子生下来我再慢慢告诉你。"

"真的吗?"

萧水寒笑着点头,吻她一下,邱风慢慢安静下来。

两个小时后,一个女孩呱呱坠地。邱风松了劲儿,很快呼呼入睡。护士为孩子按了指模,抱过来让萧水寒看一眼,嗨,真是个丑东西,猢狲似的小脸,皮肤皱皱巴巴,闭着眼,额头上还有皱纹呢。不过,一种与生俱来的亲切感从心中油然升起,他觉得喉咙中发哽,胸中涌出一股暖流。

看着幸福得发晕的父亲,邓飞又忘了他的年龄。他拍拍这位年轻父亲的肩膀,向他祝福。萧水寒点头致谢。

第二天，邓飞在病房外找到萧水寒：

"你的秘密恐怕难以保守了。"邓飞心情复杂地说，"我不得不向上级汇报，先向你打个招呼。"

萧水寒微笑道："邓先生请便。实际上，从我决定要孩子的那一天起，我已决定把这一切来一个了断。"

邓飞迟疑地说："恕我冒昧，你今后的打算？如果需要我帮忙，我会尽力的。"

"衷心感谢。等内人满月后再说吧，到那时，我会把自己的决定通知你。"

晚上，邓飞在加密通信中向龙波清通报了本案的结论。龙波清在电话中吃惊地说："什么？你不是开玩笑？"

邓飞忍不住微微一笑，他猜想这发炮弹一定把局长大人从他的转椅上轰起来了。不过，这件事的沉重分量使他无法保持幽默的心境，"不是，我既不是开玩笑，也不是说昏话。"

电话那边沉默了很久，然后果断地说："不要再说了，我马上派一架直升机接你。"

两个小时后，邓飞坐在龙局长的办公室里。黑色的丁字型办公桌把龙波清包在里面，平添一种居高临下的威严和隔膜。邓飞感慨地想，退休前他已习惯了从办公桌的堡垒中向下看人，看来视角不同，景观也大不相同。龙局长唤秘书为邓飞斟上绿茶，秘书退出后，他把沉重的办公室大门仔细关好，坐到邓飞面前。

"老邓，我自然相信你，但鉴于此事的分量，我还要再问一遍：这是真的吗？你凭什么相信它，这件看来十分荒谬的事？"

"我在逐步信服的过程中心理惯性比较小，恐怕要得益于我看过不少李元龙先生的早期著作。在那里面，生物可以长生的结论几乎呼之欲出，只是，在那层窗户纸捅破之前，我想不到这上面去。"邓飞又把思路捋一遍，说：

"李先生说，造物主是一个非常开明的统治者，完全采用无为而治，他把亿万种生物洒在世界上，任其自生自灭。靠分裂方法繁衍的单细胞生物，从细胞本身来讲，可以说是长生不老的。当它发展成多细胞生物时，如果仍保持每个细胞的无限分裂能力，并仍用分裂方法繁衍后代，才是最正常、最容易达到的路径。科学家在研究癌症时早就发现，人体细胞中有一种致癌基因——RAS基因。它在胚胎期参与组织的发育和分化，婴儿出生后即受到抑制。但在致癌物质的作用下，它会恢复功能，始终向细胞发出生长和增殖信号，这就形成癌组织。其实，这种所谓的致病基因，恰恰是生命早期的正常基因，它的被抑制才是不正常的，是活体约束的结果。癌症之所以难以攻克，正是因为要对付的恰恰是细胞无限分裂的原始本性——虽然这种本性被压抑了几十亿年，但它仍顽强地不时复活。这些内容太专业，你能听懂吗？"

龙局长苦笑道："我硬着头皮听，继续说吧。"

"所以，我们之所以觉得生物的长生不可思议，只是因为我们的思维被加上无形的枷锁，是现存生命方式数十亿年的潜移默化。还是接着刚才的说吧。我们完全可以假定那种长生的多细胞生物确实存在过，后来被大自然无情地淘汰了——很可能是因为这种生命形式不利于物种的变异进化。但是反过来讲，至少，细胞乃至生物体的长生并不是不可思议。"

龙波清听得十分专心，喃喃地说："全新的视角。"

邓飞笑道："其实，这和我们的破案很相似，有时候某个案件错综复杂，一片混沌，但只要跳出圈子，换一个视角，往往有新的发现。"他继续说道：

"刚才是从宏观上、从哲学高度讲，如果从微观、从纯技术角度来看，也是可以达到的。人类之所以会死亡，是因为人体细胞只能分裂约50代，就会衰老。人体中刚受精的胚细胞中，其染色体顶端有大约1000个无编码意义的碱基对，它们就像鞋带端头的金属箍，对染色体长链起保护作用。但在活体约束中，一种细胞凋亡酶CPP—32向所有细胞发出密令，使它们在每次分裂时失去80—200个碱基对，染色体因而逐渐失去保护，细胞就开始衰老死亡。再问一次，你能听懂吗？不懂就问，不要爱面子。"邓飞开玩笑地说。

龙波清已听得入迷："请继续。"

"癌细胞与此不同，它有一种端粒酶PARP可以克制凋亡酶的作用。所以它是长生不死的。100年前，李先生用克制端粒酶的办法，治疗了千百年令医学界束手的绝症，并因此扬名于世。"

他有意停顿一会才说；

"然后，李先生就想到事情的另一面，如果把细胞凋亡酶去除，使人体细胞都能正常分裂同时控制分裂速度，实际上也就是使RAS基因回复到原始生命的状态。那会是什么结果？那就是千百年来人们孜孜追求的长生不老。说起来简单，实行起来难度极大，但李先生终于成功了，并把这种手术施之于自身。于是他成了第一个长生不老者，直到现在还保持着40岁的身体。"

邓飞介绍完了，龙波清久久与他对视，屋里安静极了。邓飞皱着眉头说：

"老实说，过去我把萧水寒当作潜在罪犯时，我倒对他一直怀着敬意。知道了真相，我反而鄙视他可怜他。他像个土财主似的守住这个秘密，像个土拨鼠似的东躲西藏，为的是什么呀。我简直怀疑他有恋宝癖。"

公安局局长似乎没有听到这段话，一直在按自己的思路在思索。最后他决断地说：

"我们也暂时为他保密，你先回家见见老嫂子，我还要向上面汇报。我想，这个足以影响全人类的无价之宝，如果仍归私人收藏，恐怕不合适。太可惜，也太危险。"

邓飞走后，他沉思很久，最后直接要通国务院办公厅的电话。他要求立即安排与总理的见面，有极端重要的事情汇报。

萧水寒在蓬莱海滨的高级住宅区买了一套房子，邱风出院后就搬进去了。他原准备送邱风到澳大利亚定居的，但孩子的早产打乱了他的计划。

邓飞成了他家的常客，也是唯一的客人——萧水寒没有对孙思远生命研究所的同事们泄漏真情。邓飞对女主人自嘲道：

"我就像《80天环游地球》中的侦探费克斯，满世界追踪罪犯，却发觉追的是一位绅士。"

他非常热情，替邱风请保姆，买婴儿衣服，每天跑里跑外。不久，邱风就觉得再称他邓先生未免太见外了，应该称呼邓叔叔。她没想到这把邓飞吓了一跳：

"别别，千万别这样称呼。"他看看萧水寒，"就称我邓大哥吧。"

邱风为难地看看丈夫，丈夫微笑着默认了，邱风高兴地说："那好，就依邓大哥的意。"

邱风的奶水很足。"看来我体内的黄体酮就是多，特别适合做母亲。"邱风半开玩笑半是自豪地说。每天保姆把毛毛抱过来，她把头扎在母亲怀里，嘟嘟咽着乳汁，吃饱了，自动放开奶头，依偎在妈妈怀里，漾着模模糊糊的笑容，眼珠乌溜溜地乱转。

邱风对自己的女儿简直是百看不厌，她把心思全放在女儿身上，甚至没注意到丈夫又恢复了周期性的抑郁。当母亲伊伊唔唔逗女儿说话时，萧水寒常走到凉台上，眉峰紧蹙，肃穆地遥望苍穹，去倾听星星亿万年的叹息。这时，170年的岁月就像溪水一样，静静地从他的脑海中淌过去。

还有混沌未开的毛毛，也无时无刻不笑卧在他的思绪里。他没有像邱风那样爱形于色，但他对毛毛的刻骨的爱恋绝不逊色于邱风。

他曾认为，如果长生更有利于延续人类种族，那么，扼杀后代的生存权利并不是罪恶——这种观点理论上并不错，可是，在毛毛面前，你能再坚持它吗？

邱风悄悄地走过来，依偎在他的身旁。他问："毛毛睡着了？"

"嗯，这孩子真乖。你看这孩子最像谁？"

"当然是像她妈妈啦。"

"不，我看她最像你，特别是眼睛和嘴巴。"

萧水寒笑起来："我就是这个丑模样吗？"他收住笑声，沉沉地望着妻子："风儿，今晚我想和你谈一件事，好吗？"

邱风忽然想起丈夫的恶誓，还有这几天的抑郁，她很内疚，只顾疼女儿，忘了关心丈夫。她忙说："好的，你快说吧。"

"风儿，这两个月的旅途中，你是否发现过什么异常？"

"有啊，邓飞一直在偷偷监视着我们，他原以为你与几位科学家的失踪有关，后来才知道是一场误会。"邱风天真地说。

"傻姑娘啊。"萧水寒叹息着，又沉默很久，不知如何开口。"我先给你讲个故事吧。"

他扶邱风在凉台的吊椅上坐下，娓娓讲述李元龙的故事，他讲少年李元龙如何艰苦求学，一只木棍挑着一个窝头包裹步行到校，这就是一星期的口粮；青年时代的李元龙如何才华横溢，用基因疗法征服了癌症；后来，他发现长生之秘并施之于自身，便悄然离开社会；他化名刘世雄隐居30年，彻底完善了长生医术。刘世雄消失后，库平又出现了，这次他特意选择另一种人生之路，看来是失败了。虽然库平一直保持着40岁的巅峰智力，但他作为工程师的一生显然十分平庸，因为他的思维已形成固定的河床，难以改道了。于是他不得不回到生物学领域，在这个领域他仍然如鱼得水。但可叹的是，他终于未能超越李元龙。

因为他已经没有了那种新鲜，那种青年的幼稚莽撞和胆大妄为，那种天马行空般的思想驰骋。

邱风兴奋地叫起来："原来你一直在追寻李先生的下落啊。他真的发现了长生之秘？他现在在哪儿，你找到他了吗？"

萧水寒不易觉察地苦笑一声，发出170岁老人才会有的苍凉叹息："傻姑娘，你不久就会知道的。"

看着邱风的天真，他实在没有勇气把真相撕破。

邓飞的秘密监视点离萧的新居不远，蓬莱公安局遵照总部命令，派了精明干练的何明和马运非来监视萧水寒。这两人整天守着窃听器，或者用高倍望远镜观察那幢住宅的动静。邓飞这几天有些反常，他似乎也传染上萧水寒的低度抑郁，常常独自默默地凭窗眺望。

正在监听的何明忽然抬起头来，吃惊地问："真的吗？这是真的？"邓飞从窗户那边转过身，"真有一个长生不老的李元龙？"

邓飞不能向他们深入介绍案情，不置可否地说："甭管真假，继续听下去吧。"

何马二人很兴奋，绝对想不到自己参与的竟是世界级的秘密！他们聚精会神地听下去。但萧水寒已截断谈话，听见有热吻声，邱风热烈地邀丈夫今晚同床，接着，窃听器中传来窸窸窣窣的脱衣声。小马笑着说：

"两人已上床了，再听下去是不是有点儿缺德？把窃听器关了吧。"

邓飞烦闷地说："听下去。是局长亲自下的24小时监听的死命令。"两人看到老邓的情绪不好，偷偷吐吐舌头，安静下来。

他俩和邱风一样，没有想到年轻的萧水寒就是170岁的李元龙。

凌晨，萧水寒悄悄下床穿衣。邱风睡得正香，白色毛巾被裹着她生育后丰满起来的身躯，她口唇湿润，乌发散落在雪白的被单上。萧水寒悄悄俯下身，轻轻吻她一下。他强忍心中的苦楚离开邱风，又到保姆屋里看了毛毛。毛毛也睡得十分香甜，小嘴咂咂有声。李元龙在婴儿床前久久伫立，最后俯身吻吻孩子，决然转身，脚步滞重地走出去。

他步行约十公里，东边，海天相接处开始微现曦光。他来到海边的一个小港湾，一艘游艇泊在岸边。听见脚步声，一个中年人从船舷上跳下来：

"是萧先生吗？你好，按你的吩咐，游艇已检修过，加足了柴油。"

李元龙笑着点头，掏出一张支票递过去。那人看看数字，感激地说："萧先生太慷慨了，这种柴油动力的游艇马上就要淘汰，你却付这么高的价。"

李元龙笑着挥挥手，跳上船去。中年人为他解开缆绳，交代道："萧先生，这艘船已破旧，最好不要开得太远。对了，你没有交代要干粮，我还是备了一些，就在船舱里。"

"好的，谢谢你，再见。"

游艇笔直地朝外海开去，船尾犁出一道白色的水沟。晨光曦微，浑浊的海水逐渐变成清澈的深蓝色，海鸟拍翅在船后追飞。这时一个人从船舱里钻出来，走进驾驶室。正在仪表盘旁操纵的李元龙没有露出惊异，朝邓飞点点头：

"我知道你要来的。"又回身驾驶游艇。

邓飞沉默着，很久才问："你要把生命交给大海？"

李元龙点头。

邓飞低声道："这到底是为什么呀，你肯轻易抛弃长生，却不愿把长生之秘与人类共享？"

李元龙直视着前方："年轻人，那真是一件好礼物吗？我说过，一代人的长生势必扼杀后代的生存权利，否则，地球很快就要撑破了。但我们对后代的义务已刻印在遗传密码中，我们难以逃脱冥冥中的约束。所以，当我从造物主哪儿窃得长生之秘时就对造物主做出许诺：亲子出生之时，我一定结束自己的生命。现在是我履行诺言的时候。"他看看邓飞，苦涩地说："我不忍心把真相告诉邱风，只好有劳你了，邓先生。"

邓飞犹豫着，慢慢掏出手枪："请原谅，我不能做你的信使。我不得不执行总理亲自下达的命令。"

李元龙淡淡一笑："那玩意儿对求死者无用。"

邓飞扣下扳机，一颗麻醉弹炸开，蓬起一团烟雾。李元龙的身体晃动一下，邓飞迅速抱住他，把他扶到后边的船舱。游艇掉头向大陆开回去。

邱风早上发现丈夫不在床上，她以为丈夫是去散步了，这些天丈夫常常独自散步。九点钟丈夫还不回来，她开始着急了，频频到大门观看。正在这时，门外响起汽车声，邓飞匆匆进屋。

"什么？他去大海自杀？"她吃惊地喊，确认邓大哥不是开玩笑，立即泪水汹涌。"为什么，难道他不爱我和毛毛吗？或者……"她联想到丈夫近日的抑郁，"莫非又是那个前生的恶誓？"

邓飞怜悯地看着幼稚的邱风。说出真相对他是很艰难的："难道你一点也没有觉察到？他就是长生不老的李元龙啊。"

邱风无声地张大嘴，慢慢坐到沙发上。屋中只有毛毛的伊唔声，很久，邱风从震惊中惊醒，困惑地说："不管他是谁，我都一心一意地爱他。可是，如果他能长生，为什么要抛下我们去自杀？他为什么不让毛毛和我也长生？"

邓飞暗暗叹息，明白了李元龙为什么在永别人世时竟然未向妻子透露真情，这对夫妻在思想层次上是属于两个世界的。他艰难地向她解释了李元龙与上苍的盟约，以及他对"地球被撑破"的担忧。邱风不解地问：

"可是这和他自杀有什么关系？他要不愿长生，至少要陪我和毛毛度过正常人的一生啊。"

邓飞摇摇头，他觉得对头脑简单的邱风，恐怕再解释也没有用。不过，反过来说，这种女人的简单思维，有时反倒是解开乱麻的快刀。他低声说：

"你去劝劝他吧。带上毛毛，我们只能靠你和毛毛拉回他的心。总统希望他能活下来，希望他把长生之秘交给国家。"

李元龙被软禁在一间心理实验室里。透过巨大的全景观察窗，可以看到室内只有一把固定在地上的椅子，墙壁上敷有泡沫塑料贴层，那是防止他自杀用的。各种仪表对他的脉搏和血压等进行着遥测。

窗外的环形座位上有十几个人，这是国家智囊团的全部成员。李元龙正平心静气地与他们对话：

"你们问我为什么不向世人公布长生之秘，很简单，我不能把一种未经考验的药品贸然推向社会。我隐姓埋名，用130年的时间对长生这种生命形态作了严格的验证。很遗憾，我发现，尽管我的体力和'本底智力'在170岁时仍能保持巅峰状态，但大脑的创造力却萎缩了，难以进行创造性思维。而创造性思维正是人类得以发展的原动力。也许，"他苦笑着说，"上苍为我们选定的生死交替仍是最佳方式。"

外面的于亚航教授已经白发苍苍，但在对"年轻的萧水寒"说话时，仍感到年龄加权威的压力，他毕恭毕敬地说：

"李前辈，恕我不能同意你的观点。长生可以无限延长人的有效寿命，对人类的继续发展至关重要。至于那些枝节问题是很容易解决的。"

李元龙微笑道："如果伟大的牛顿活到20世纪，并保持巅峰智力，那么，以他的权威，他能容许爱因斯坦的相对论吗？"

于教授迟疑地说："我们完全可以采用自愿或强制退休的办法，比如，150岁后退出科学研究。"

"既然这样，怎么'无限'延长人的有效寿命？如果具有无效寿命的'年轻人'充斥地球，怎么容纳有创造精神的后来者？不，这并不是枝节问题，是一个无法克服的固有矛盾。"他停顿一会儿，补充道："造物主选择生死交替，是因为它更有利于生物体的变异进化；我暂时冻结长生术，则是因为它不利于智力的变异进化。这个圣诞礼物还是等到圣诞节再拿出来吧。"

邓飞领着苦恼焦灼的邱风走进实验室，惊奇地发现总理竟然也在场，他与龙波清坐在后排，脸色阴沉，秘书时而与他低声交谈着什么。龙波清看见邓飞，竖起一只手指向他示意，让他带邱风上前。邱风一进屋就扑到玻璃窗上，把毛毛举过头顶，嘶声喊道：

"水寒，不要抛弃我们！难道你舍得毛毛吗？"毛毛被惊得大哭起来，小手小脚使劲舞动着。"水寒，我不求你长生，你和我度过50年人生后，我们一块儿去死，好吗？"

液晶屏上显示，李元龙心跳加快，血压升高。但不管内心如何痛苦，表面上他有效地克制了自己的激动。他平静地说："风儿，好好活下去，请你谅解我，我不得不履行自己的诺言。"

局长对他的固执已经忍无可忍，他要过话筒严厉地说："李先生，请原谅我的坦率，我想你无权把人类渴盼的长生之秘带到另一个世界，那是人类的财产，并不属于你个人。我们不会让你自杀的，我们的医疗小组会使用一切手段维持你的生命。如果你一定要死，至少也要把长生之秘先交给国家。"

李元龙微微一笑："不必担心，一个人的死亡垄断不了长生之秘。"他闭上眼，一种奇怪的笑容在他的脸上漾开。他自语道："人类不需要不死的权威。"

液晶屏上显示他的血压陡降，呼吸忽然停止，心电曲线随即拉成一条直线。几名医生急急地冲进室内，围着李元龙忙乱地抢救。几分钟后，一名医生抬起头惊慌地报告：

"他已经死了！竟然坐化了！真不可思议。"

邱风的身体缓缓晃动一下，慢慢顺着玻璃滑下去。邓飞手疾眼快，一把扶住她，从她手中接过孩子，把邱风平放在地板上。回过头，他看见大家怒气冲冲地走了。龙波清远远地向邓飞苦笑一下，耸耸肩膀，也低头走出去。

尾声

夏天的傍晚，阵雨刚过，东边天空挂着一弯绚丽的彩虹。一个老人踏着雨水来到天元生物工程公司的大楼下，默然仰视着象牙质的斯芬克斯雕像。

狮身人面像晶莹洁白，光滑圆润，造型灵动，昂首啸着如血残阳。老人沉思着，从头到尾轻轻抚摸它。

何一兵从监视屏幕上看到老人，立即下来了："邓先生，你好。"

"你好，何董事长。"

"萧太太和孩子安排好了吗？"

"嗯，在澳大利亚的一个岛屿上，那个岛漂亮极了。"

"她的心境怎么样？"

"她当然很难过，我想——还有些怨恨。她怪李先生迟迟不告诉她真相，怪他用虚无缥缈的什么盟誓摧残此生的幸福。不过，她现在已经想通了，你不必为她担心。做了母亲的女人，心理再生能力是很强的，李先生的估计没有错。"

何一兵叹道："我曾认为自己是萧水寒的朋友，当我知道他就是170岁的李元龙先生时，我不敢以朋友自居了。他是一个伟人，一个遗世而独立的伟人。可惜他的长生之秘未能留下。"

邓飞微笑道："是很可惜，不过我们还是相信李先生的安排吧，我们谁都比不上他的远见卓识。"

他们寒暄后告别，并约好星期天一块去钓鱼。何一兵看着邓飞的汽车溅着水花开走了，他回到狮身人面象旁，静静伫立。

这是李先生留下的人生之谜，是人生之交替，大道之循环。他猜想到，很可能，有关长生术的高密光盘材料就藏在狮身人面像的体内，是在用基因技术造出它之前就埋下的。但他愿终其一生为李先生保存这个秘密。所以，这些日子他一直在精心守护着它，对任何来人都睁着第三只眼睛。

他不知道邓飞也猜到了这个秘密。

后记

为了不造成读者的误解，对本文中出现的专业知识作一点说明：

1.文中的细胞凋亡酶CPP－32（APOPAIN）、RAS致癌基因、能对DNA进行修补的PARP酶等都是近代遗传学的发现，但我凭自己的想像作了一些胆大妄为的修正。简言之，遗传学家说致癌基因是非正常的、是在人类发展过程中才产生的致病基因，但我认为它是原始细胞固有的正常的基因，在生物进化过程上它受到抑制，但在某种条件下会复活。

读者只可姑妄听之。

2.所谓"活体约束"这个名词是我自造的，但我想从原理上说并无问题。比如，生物细胞要受所属生物体的约束，它们的凋亡速率由机体分泌的细胞凋亡酶来控制。

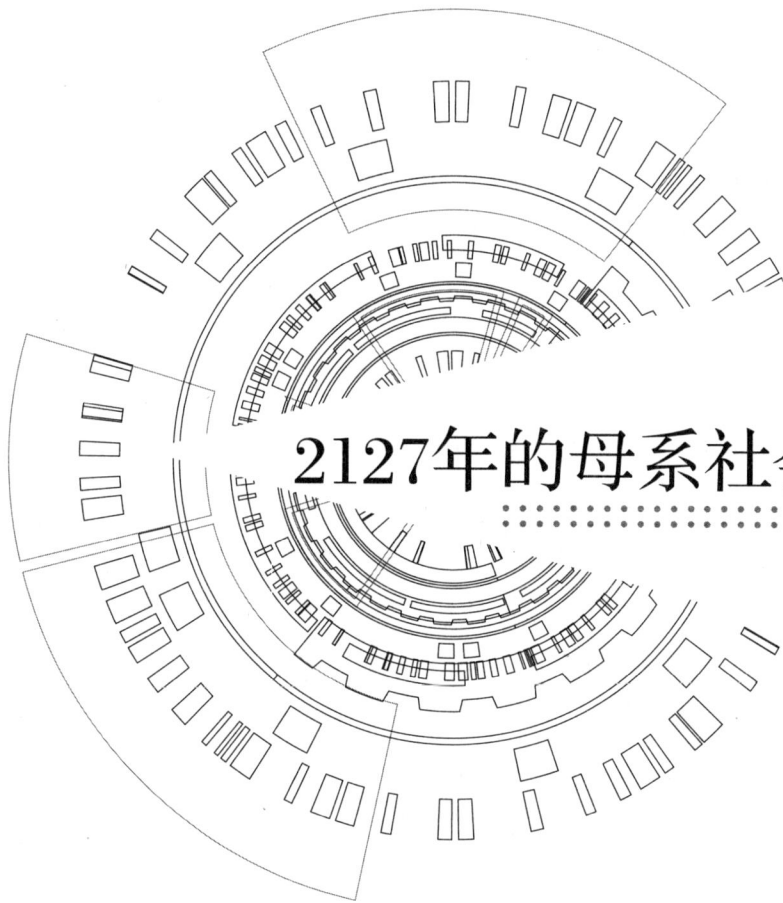

2127年的母系社会

这篇小说属于"本质恶毒"型，存心让所有男人阅读后都自愧而死，让女人们看了也腻歪一辈子。其实读者不能埋怨作者，只能埋怨那些惯于无事生非的科学家们，他们非要和人类的秩序作对，只是为了炫耀他们的智力。这不，不久前有科学家宣布，他们能把女性干细胞转化为男性的精子……

三月八号妇女节，是田倩C父母的七十寿诞（其实这是她家三代六人的共同生日），她回家祝寿，照例带来一个大蛋糕，但她的异性丈夫戈雄C这次仍然没有一同回来。"阿雄C的那项研究正处于最关键的时刻，今天他不能回来了。"她对父母说。爸爸戈雄B微笑点头："嗯，我们知道，他来过电话。"

田倩C说的是实情，但父母都知道，其实这不是主要原因。她与这位异性丈夫的关系已经相当疏远，现在她更多是与同性丈夫（应称性伴侣，或性伴儿）、警察局局长邬梅B生活在一起。看来，这个家族延续了三代的传统到这一代要中断了。

100年前，正读博士的田倩发疯地爱上了导师戈雄。那年戈雄已经46岁，有妻子和儿女。戈雄感激田倩的爱情，但不愿伤害家人。最后的解决办法是典型"科学家式"的，戈雄顶着社会上强烈的谴责，率先把克隆人技术化为实践，克隆了田倩和他自己，然后让两个胚胎在田倩的体内孕育，以便"把两人没能结出果实的爱情一代代复制下去"。他们成功了，世界上第一对无性繁殖的男女，戈雄A和田倩A，于2027年前的三月八号剖宫产出，他们成年后果然如父母所愿，相爱，结婚；两人30岁时重复了上一代做过的事，克隆出第二代的戈雄B和田倩B；B代两人成年后再次相爱结婚，又30年后克隆出第三代；他们成年后同样相爱结婚——但也就到此为止了。如今，C代的婚姻已经濒于破裂，而且他们一直没有克隆后代。现在两人都已经40岁。

整整100年了啊，那一天，2027年三月八号，可以说是今天的母系社会的圣诞节，虽然由于某种微妙的心理，现在的女性都假装忘了它——她们不愿意承认母系社会是由一个男人所开创。

硕大的蛋糕上密密麻麻插着一百四十根小蜡烛，象征着两个老人的七十年人生。蜡烛点着了，散发着温馨的金黄色的柔光，伴着"生日快乐"的音乐旋律。三人许了愿，吹熄蜡烛，田倩C笑吟吟地为父母分蛋糕。父母在几次撮合失败后，已经默认了儿女的婚姻现状，虽然今天戈雄C没能回来，有点扫兴，他们仍高兴地过着生日。父母年迈后，互相之间格外依恋，这会儿身体互相蹭着，时不时交换一下深情款款的目光，两人的白发都白得耀眼。田倩看着他们，觉得很温馨，也难免有点怜悯。

100年前的曾祖辈曾是世人眼中的狂人，不仅因为他俩是克隆人的始作俑者，而且他俩竟然还要克隆自己的爱情，让同一个子宫中孕育的一对男女——几乎应该算作异卵同胞胎了，虽然俩人其实没一点儿血缘关系——相爱结婚，这更是冒天下之大韪，是无君无父的疯人悖行，为千夫所指！当然，他们也成了叛逆青年的教父教母，成了他们竞相仿效的至尊偶像。没人想到，自此开创的克隆人时代却迅速转向母权主义，更没人想到，仅仅100年后，B代的戈雄和田倩就成了守旧和腐朽的代名词，成了叛逆青年（女性）的嘲弄对象。因为他们所坚持的异姓之爱在社会上已经迅速消亡。现在，社会上广为流行的是女性之间的同性婚姻，最多是混合婚姻，像父母这样的异性婚姻几乎是硕果仅存。

就像深秋的寒风里互相依偎着的最后一对秋蝉。

晚饭后三个人在院里的凉棚下闲聊。像往常一样，父母的话题七绕八绕，又想绕到那个老话题上。田倩C看着爸妈小心翼翼的样子，既可怜，又有点烦。她坦率地说：

"爸妈，我知道你们想说什么。这件事真的不怪我。虽然我和戈雄C的关系已经很淡漠，但我多次主动找他商量，看他啥时候想克隆下一代。他一直婉言拒绝。你们应该知道是什么原因——男人可笑的自尊心，不想接受女性的施舍。"她叹息道，"当然他有这种想法情有可原：社会上的'愤雌'太多，到处充斥着雌性沙文主义的叫嚣：拒绝向男人施舍卵子和子宫啦，对社会无用的雄性应该学习雄蜂都去自杀啦，让男性在自然界永远消亡啦。"她微微一笑，"说句真心话吧，正因为戈雄C拒绝我的施舍，保持着男人最后的尊严，我才愿意向他施舍。"

这些话对父亲（一个男人）肯定很刺耳的，父亲没有说话，显得很沉闷。妈妈看看丈夫，对女儿沉重地说：

"咱们别听那些混账话！别忘了第一代田倩的许诺：世世代代为所爱的人孕育后代，永远不变。"

田倩C迅速看妈妈一眼。她不想对妈妈说话尖刻，但——也不能让她永远生活在梦中啊。她叹息道：

"妈，我劝你最好忘了这个许诺吧。当然，我不会变，我基本上仍算是一个守旧派，但我可不敢保证下一代的田倩D还会坚守。毋宁说，她肯定不会坚守了。说到底，这要怪咱们的男先祖，谁让他开创了克隆人技术？这项技术对男女是不对等的，女人繁衍后代从此不再需要男人，男人却必须借用女人的卵子和子宫（注1：雄性细胞核同样必须置入空卵泡中才能被"唤醒"，胚胎也需要在子宫中孕育）。这是两性之间最深刻的、最本质的不平等，所以，男人，连同他们的尊严，肯定会很快消亡，谁也挡不住——除非两性繁衍全面复辟。"

她对父亲抱歉地说："对不起，爸爸，我的话很冷酷，但它是事实。"

爸爸已经平抑了情绪，平静地说："我知道。我不怪你。不过我相信，这样的社会，"他向屋外挥挥手，"既非男先祖的愿望，也不符合上帝的原意。它不会长久的，总有一天会改变。"

四代戈雄，包括开创克隆人时代的老戈雄，全都坚持一个观点：克隆人只应该是两性繁衍"偶然的补充"，绝不应该成为人类社会的主流。因为有性繁殖是"上帝设计的最好方式"，它容易造成后代的变异，因而更容易适应环境的变化。生物四十亿年进化史中，大部分是无性繁殖。性别在四亿年前才出现，然后迅速成为生物世界的主流，这当然不是因为侥幸或偶然。它不可能仅仅因为人类的一项技术就被彻底颠覆。

田倩C知道，这个说法从逻辑上说没有问题，问题是——已经尝到"母权"滋味的女人，还有人愿意回到旧日的男权社会吗？大概只有妈妈除外吧。她不想毁掉父母最后的希望，含糊地说：

"但愿吧，其实戈雄C正进行的研究，就是为了你说的这一天。听他说，已经快成功了。"

她们把这个话题抛开，说了一些闲话。手机响了，是报社主编海伦C：

"阿倩，有一个突发新闻！你赶快去采访。是一伙儿愤雌主动向报社通报的，说她们今晚要炸毁某研究所，说那儿是复辟男性暴政的最后据点。"

田倩C心中一抖，不需问具体名字，单凭最后一句话，她就知道那是什么地方。主编说：

"我想你去采访比较合适。如果需要，也顺便护一护那家伙，毕竟是你名义上的丈夫嘛。"又说，"我已经通知了警方。"

"好，谢谢你的关照。我马上去。"

她匆匆同父母告别，坐上空中巴士赶往那里。为免二老担心，她没有透露实情，只说是一次突发采访。

现场有很多人在围观，以女性为多。已经有七八个女记者赶到了，高高举着相机，正忙着抢拍。田倩C认出了熟识的《女报》记者文璐C，地方电视台记者玛鲁霞，向她们匆匆问了一些情况。现场有十几个女警，正在维持秩序。四个穿工衣的男人从屋子里出来，走出大门，沉默地立在路旁，他们是戈雄C手下的工作人员，年龄多为40岁左右。听戈雄C说过，这些人其实算不上他的雇员，而只能算是同志，是为了同一个理想的殉道者。这些年来，研究所经济拮据，一直没钱发工资，甚至还要雇员们倒贴钱来维持运转，但他们毫无怨言，一直兢兢业业地干着。大门口有七个愤雌，一色的锃亮光头，穿高领无袖黑色风衣，裸露的双臂上满是刺青，没有使用任何化妆品或首饰，这是眼下愤雌们的招牌打扮。其中一个身材粗壮的光头手持无线话筒，正用粗哑的声音向屋里大声喊话，其他六人嬉笑着，点燃爆竹向屋里扔。随着一声声沉闷的爆炸，屋里白烟弥漫。持话筒的女人喊：

"戈雄C先生，请你快出来，离开这个复辟男性暴政的最后据点！5分钟后，我们就要扔真炸弹了！"

屋里如坟墓般死寂。

田倩C看着这一幕，对这几位愤雌颇为不屑。丈夫是在研究人造卵子和人造子宫技术，目的是让男性克隆后代不再依赖女性。这项研究其实是防御性的，也是无奈的，可以说是车辙中的鱼在干死前的最后一次弹动。硬把它说成什么"复辟男性暴政"，实在牵强。但愤雌们在网上已经对这项研究声讨多日了，今天又要来炸毁这儿，未免太张狂。按说采访记者是不能介入现场的，但田倩C忍不住，走到一个女警官身边。这人是熟面孔，不过叫不上名字。田倩C不满地问：

"为什么不制止她们？"

女警官认出了邬局长的性伴侣，笑着说："田姐你好。是邬局交代过的，说这是社会情绪的一种宣泄，对社会稳定有好处。只要不造成人员伤亡和财产损失，就由她们去。你放心，我已经检查过，她们手里只有炮仗，没有真炸弹。"

田倩C冷冷地说："你的这些话，我可以如实报道吗？"

女警官看看她的表情，忽然想到她和戈雄C也有夫妻关系，连忙说："她们已经闹得够劲儿了，我这就去制止，这就去。"

田倩C回到现场中心，愤雌们仍然在向屋里扔着炮仗，虽然确实只是炮仗，但一个比一个大，爆炸声也一次比一次重。田倩C忍无可忍，毅然拨开人群，独自冲到实验室中。身后的愤雌们看见一个女性（母系社会中的高等种性！）冲进去，都愣住了，停止了扔炮仗。

屋里白烟弥漫，看不清东西。但浓烟中传来剧烈的咳嗽声，为她指清了方位。她用手帕捂住嘴，摸索过去，触到了丈夫的身体，一把拉住他向门外走。戈雄C认出了她，剧烈地咳着，断断续续地说：

"我……不……"

田倩C大声说："警察们已经在制止，你别担心，她们不会真的炸毁这儿。"她把一句讥诮压到舌根下，"你不必和这个实验室共存亡的，不值得。"

戈雄C被她硬拽出来，弯着腰剧烈地咳着，满面是泪，头发蓬乱，脸上有黑烟，十分狼狈。门外，警察们确实已经开始制止七个愤雌。她们非常顺从，笑着收手，把剩余的炮仗装到袋里。不过她们并没打算离开，而是动作利索地连通电脑和全息投影仪，开始了她们惯常的露天宣传。三维图像在空中聚拢，调焦，变得清晰。拿无线话筒的粗壮女人进行同步解说。这部立体宣传片田倩C已经看过多遍，知道是什么内容——对历史上男性暴政的血泪控诉。这是一个行之有效的策略，每次愤雌搞过暴力行动后都要播放。只要看完这些控诉，女性观众就会同仇敌忾，原谅愤雌们的过激行为；而男性受害者则嗒然若丧，自卑自愧，没人去诉诸司法。

第一部分是对历史的回顾。女解说员用雄浑的声音说：

"男人中有些顽固分子诅咒说：今天的母系社会肯定是短命的，其实，男权社会才是历史上的匆匆过客。人类历史上，母系社会延续了十万年以上，而男权社会仅仅一万年。在世界众多民族的先民文化中，都留下了母系社会的痕迹，比如华夏先民最古老的姓氏：姬、姜、姚、妫等都带着女旁，连'姓氏'这个名词也同样有女旁。华夏先民传说中补天造人的最高神祇也是女性。由于那时没有文字，我们无法得悉母系社会的细节，但可以肯定，由于女性的母爱天性，那个社会一定非常温馨和平。后来，男性篡夺了权力，他们卑劣的天性便立即得以张扬。看看他们对女性干了什么！！！"

全息图像显出非洲的旷野，镜头拉近到一个赤裸的少女，几位成人正在为她实施割礼，用一块污迹斑斑的骨刀割去她的阴蒂。少女下体血迹斑斑，像屠刀下的羊羔一样无助，忍着剧烈的疼痛，哀怜地低声哭喊着。解说员愤怒地说：

"男权社会创立伊始，就开始实施这种对女性的残忍的摧残。男人们认为，割去阴蒂可以降低女性的性快感，以此可以减弱她们的'淫荡天性'！由于手术感染，有大量女性死亡，更多女性终生带着溃疡。这是卑劣到极点的损人不利己的发明，男人们在纵欲无魇时，竟然连一点性快感都舍不得留给女性！"

图像又显出中国的缠足。女性的天足被残忍地裹成畸形，其丑陋令人不忍目睹。缠足最甚的女性甚至无法在平地上站稳，只能前后换着脚步来维持平衡，而这竟然是男人心目中的美。然后是东南亚某土著的项圈风俗，幼女在成长期间，脖子上被加上一个又一个铜项圈，最后多达十几个，女性的脖子在此桎梏下越变越长。这些项圈终生不能取下，如果哪个女人犯了通奸罪，惩罚办法就是取下项圈，她过长的脖子就会自动折断。图像又显示出欧洲中世纪普遍使用的贞节锁，出外征战的十字军骑士们为了防止家中的妻子出轨，在她们裆间加上金属罩，锁上大锁，然后带着钥匙放心地上马，到国外杀人放火，包括向女俘们发泄兽欲。而留在家中的妻子们则被迫终日带着沉重的贞节锁，从事繁重的劳动。

这一段全息图像基本是无声的长镜头，女解说员没有多加解说。这些血淋淋的历史事实是用不着解说的。

场景到了近代。漂亮女人们穿着后跟极尖的高跟鞋，袅袅婷婷在走路。解说声：

"男人病态的审美情趣导致了高跟鞋的泛滥，它造成上百代女性的脊椎变形，足部肌腱劳损。"

T型台上，衣着暴露的骨感美人扭来荡去地走着猫步。解说声：

"仍然是男人病态的审美情趣，造成骨感美人和中性化女人的泛滥，不少女性为了追求骨感，甚至前赴后继地死于节食。"

下面是一组分割画面。一边是动物解剖台，几个男性科学家正在解剖实验动物，台上鲜血淋淋；另一边是现代化的手术间，几个男医生正在给手术床上的女人做着同样残忍的手术：用注入化学品的方法隆乳；用锯断腿骨的办法增高；还有缩阴手术、割眼皮、垫鼻梁、削平颧骨……解说声变得非常低沉：

"想到我们的女性先辈为了取悦男性，竟然甘愿如此摧残自身，一代一代趋之若鹜，真使我们羞愧无地。当然，这种所谓的自愿是被男权社会所强奸的，我们只能把罪责算到男权社会上。类似的病态时尚还有：女性狂热的暴露狂，女性狂热的恋物癖，等等。"

图像同步显示着三点式的女性热舞、不着一丝的脱衣舞，女性香艳自拍照；显示着女人身体上林林总总的杂耍：耳环、鼻环、戒指、项圈、项链、手镯、足环、脐环、假睫毛甚至更吓人的唇环、舌环等。

………

虽然已经看过多次，田倩C看着这些血淋淋的画面，仍有窒息的感觉。这部宣传片非常雄辩，浓缩了近万年男权社会的罪恶，包括一些曾被刻意美化的罪恶，如那些"美丽的女人时尚"。她真的难以想象，历史上的男性怎么能对女性犯下如此的罪行，而女性怎么能如此奴颜和懦弱，长达万年的时间里，她们都喝了迷魂药，患了集体失智？她的怒意不觉中也指向丈夫，冷眼看看他，这个已经很狼狈的家伙此刻更是面色灰败，羞惭无地。这倒让田倩C心软了，她想，毕竟那是先辈的罪行，与这家伙并无直接关系。

全息电影结束了，那个光头女解说员不愿放过戈雄C，追着他问，"作为一个男人，你看后有什么观感？"几个女记者也举着话筒前堵后截。田倩C看看丈夫的狼狈相，伸手拦住那位愤雌：

"算啦，得饶人处且饶人吧。毕竟这并不是他本人的罪恶。"她对丈夫说，"你不必回答的。"

戈雄C沉默片刻，出人意料地开口回答："我为历史上男权社会的罪行而羞愧，我愿意真诚地代男性先辈们忏悔。"

他的回答让在场的女性比较满意，连那个光头愤雌也露出赞赏的笑意。但戈雄又平静地加了一句：

"不过，我也不希望今天的女权社会重演男性的暴政。"

这句话把在场的女性都惹恼了。那位光头冷冷地说：

"放心。女人们天性仁慈，即使再狂热，也不过扔几个炮仗，绝对干不了你们在历史上干过的那些勾当。比如说，我们绝对不会在你们那玩意儿上加装贞节锁的，你说对不对？"

众人一片哄笑。戈雄C强撑着外表的平静，说："那就好，谢谢你们的仁慈天性。以后，如果还需要宣泄情绪的话，尽管还上这儿扔炮仗，我不怪你们。"

他的大度只能换来更厉害的哄笑。田倩C摇摇头，把他从人群中拉出来：

"算啦，跟我走吧，不要在街头剧中演小丑了。"

　　戈雄C的几个助手返回，打扫了狼藉的屋内，然后默默地离去。他们做得很娴熟，因为这儿并不是第一次遭袭。田倩C的手机响了，是邬梅B。她关心地问：

　　"我手下说你也在现场。没什么麻烦吧。"

　　田倩C不想让戈雄C听见，走到一边说："没有麻烦，不过你的手下如果早一点制止就更好了。"

　　邬梅B笑了："你应该理解的，女人们积了一万年的怒气，留个口子让她们宣泄宣泄有好处，水库大坝上都设计着溢洪口呢。我相信女性天性仁慈，不会酿成真正的暴力。"

　　"行啦，局座，我知道你是在执行上边的意思。不过再这样纵容下去，难免哪天出大事，我看你咋善后！到那时，恐怕上边也不会护你。"

　　"多谢，还是我的性伴儿最关心我。今晚什么时候回家？"

　　"今天我不回去了，行不行？我想留这儿，安慰一下戈雄C。"

　　那边平静地说："好的，你陪他吧。"

　　戈雄C已经洗了把脸，正在熄灯锁门。田倩C问：

　　"损失大不大？"

　　"设备上损失不大，但中断了一次重要的实验，我又得从头开始了。"

　　"先把工作放放，今天晚上回我家……回咱们家吧。我记得你有三个月没回家了。"她挽上丈夫的胳膊，不由分说拉上就走，"走，坐我的车。明天早上我送你过来。"

　　她绕到车右边，为丈夫打开车门，待他坐定后关上门。平时，与邬梅B一块出入时，这些礼节上的施予一向是邬梅B做的。虽然同性夫妻之间无所谓丈夫妻子，但一般来说，邬梅B总扮演强势一方而田倩C甘愿保持弱势。但在戈雄C这儿，她很自然地完成了角色转换。

她坐上驾驶位后对丈夫抱歉地说：请稍等十分钟，报社那边我得应付一下。然后抽出车载电脑，迅速敲了一篇报道，发给报社。在她写报道时，丈夫一直沉默不语，阴郁地注视着窗外。

"好了，报社那边应付过去了。咱们现在走吧，先吃晚饭，我知道一家新开的饭店。"

路上她问丈夫，实验室的经济状况如何，需要的话她可以帮忙。戈雄C平静地说：

"还能对付，实在不行我再求你。"

田倩C知道他的手头一定相当窘迫，这个实验室没有收入，全靠一点社会资助，但在这个社会上，有钱的男人已经不多，而女人们没人愿把钱施舍给"复辟男性暴政"的研究。其实从本心说，田倩C也不愿给他钱，不说什么暴政不暴政，至少田倩C认为，他的研究是没有意义的。不过这是丈夫活着的唯一动机，她不愿剥夺他最后一份希望，毕竟两人做了二十几年的兄妹和十几年的夫妻，还是有感情的。

前边是一家新开的"坤世界"大饭店，灯火辉煌，停车场上密密麻麻停满了车。田倩C在饭店门口停下，把车交给车童，对丈夫说，晚上就在这儿吃吧，我请客——记住，你别再像上次那样，给我提什么AA制！拉拉扯扯的，让侍者笑话。戈雄C默认了（他的瘪口袋确实也充不起大丈夫），跟在她后边进去。饭店相当富丽，门口是一排迎宾的男侍，穿着各不相同的古人服装，胸前缀着他们扮演的角色名字：凯撒、秦始皇、成吉思汗、亚历山大、拿破仑、希特勒……全是历史上有名的男性君王。他们对客人鞠躬如也，留声机似的说着：欢迎光临，欢迎光临。矮个儿的"拿破仑"领她俩到了一张桌子旁，田倩C拉开椅子，招呼丈夫坐定，对侍者说：按1000元的标准，请你替我定菜单吧，上你们最拿手的菜。"拿破仑"说：

"好的，二位先看表演。"

他躬了躬，笑眯眯地退下。

田倩C向大厅扫视一遍。顾客们主要是女性，有少数顾客带着她们的男伴。统计资料说，眼下全世界的女性与男性之比已经高达2∶1，因为很多不愿乞求或乞求不到卵子和子宫的男性没能留下后代，男性正从世界上飞快地消亡。女食客中有相当数量的光头愤雌，她们分别类聚在一起，四五个或七八个光头围成一圈，就像夜空中的星座。像所有高档饭店一样，这家饭店也有男性"可人儿"表演，一种高雅的色情表演。这会儿，在大厅正前方的舞台上，一个全身赤裸、色艺双佳的"可人儿"正在表演钢管舞。他非常年轻，舞姿妙曼，身体柔如无骨，皮肤如凝脂般细腻白嫩。齐肩的曲发，涂着眼影和口红，戴耳环、鼻环和脐环。胸部平坦，既没有男性的暴凸胸肌，也没有女性的丰满乳房。颈部喉结很不明显。裆间光滑无毛，男根小如蚕蛹。这并不是100年前泰国的人妖，而是经过特殊基因改造的男性，高科技工艺把他们塑造得像水晶工艺品一样精致完美，惹人怜爱。眼下，这种可人儿是女性豪富们的热宠。因为可人儿收入奇高，所以，愿意对男性胎儿进行基因改造的人趋之若鹜。

这个可人儿的舞姿确实漂亮，大厅中响起一阵阵喝彩声，当然大都是女性顾客的声音。

可人儿的表演告一段落，大厅灯光变暗，因为下边轮到不那么高雅的程序了。可人儿走下舞台，来到顾客面前。女人们都准备好了慷慨的小费，当然给小费时要有一些亲昵的动作，一般是把可人儿拉到自己腿上，搂抱一会儿，在紧要地方摸两把，再哈哈大笑着把小费塞给他。有些女人是带着男伴来的，这些男人们都对这一幕装聋作哑，含笑旁观。

这会儿，那个可人儿手里满攥着大面值的钞票，笑眯眯地走向这张桌子，在田倩C面前站住。田倩C笑着摆手：

"请往下走吧，我历来不喜欢这个调调儿。"

可人儿不以为忤，仍然礼貌谦恭地鞠躬，准备离开。戈雄C突然说：

"来，我给你小费——但你离我远一点儿。"

他掏出一张中等面额的钞票，用拇指和食指捏着钱角，远远地递给可人儿。可人儿顿了片刻，用冷酷的目光同戈雄C对视。田倩C难以相信，这位妙人儿的一双妙目中竟能发出如此的毒焰。不过可人儿很快收敛毒芒，堆出微笑，接过钱，鞠躬后离开。等稍稍走远，他立即把这张钞票扔掉，不过他做得很巧妙，似乎钞票是无意滑落的。

两人都看到这一幕，田倩C看看丈夫，还没有说话，戈雄C就抢先说：

"你不必安慰我，我对这些能够理解，心理上也能承受得住。毕竟这些色情表演，这些诱迫异性出卖自尊的勾当，都是男权社会干剩下的事。"

田倩C微微一笑，也就抛开了这个话头。灯光变亮，下一个可人儿走上舞台，身段儿比前一个更迷人，他做了一个亮相，还没开始表演，就激起一片喝彩声。

菜已经上桌，两人边吃边聊。门口又有几个女人进来，她们衣着高雅，风度不俗，显然来头不小。饭店女老板突然出现了，趋前几步去迎接她们。其中一位中年女士看见戈雄C，风风火火地走过来，还没走近就大声问：

"戈雄C！我在电视上看到愤雌在你那儿捣乱，损失不大吧。"

听见这句话的愤雌们都被激怒，齐齐扭头看她。不过看看她的气势，没人敢出言冲撞。戈雄C忙起身，恭敬地说：

"你好，圣·玛丽亚大姐。我那儿损失不大。"

他为妻子引见，介绍说，这位圣·玛丽亚大姐是他的同行，也是研究人类生殖技术的，是世界上的一流专家，还是地球立法院的委员。两个女人寒暄了几句，戈雄C说：

"玛丽亚大姐，我一直想当面向你表示谢意，谢谢你的慷慨帮助。"

圣·玛丽亚不在意地说："举手之劳，几个卵子而已。如果还需要，尽管对我说。"她笑着说，"不过，明白说吧，我帮你可没安好心。是想让你通过亲身的碰壁，早点信服我的观点——只有雌性才是上帝设定的缺省配置。你目前的那项研究，搞成功是没有问题的，但从长远看毫无意义。"

戈雄C当然不同意这个观点，但笑着没有反驳。三人又说了几句，圣·玛丽亚风风火火地走了。田倩C看着她的背影，心中颇为不快。丈夫在研究中需要人类卵子，能舍下脸向这个女人求援，却没有找妻子！虽然夫妻关系已经相当淡漠，总该比外人近一些吧。不过再想想，她也有些抱愧，戈雄C在研究过程中的困难，她其实是知道的。不要说他难以找到女性来"施舍卵子和子宫"了，甚至因为他们使用雌性灵长类动物作实验对象，也惹得愤雌们大声抗议，要求法院保护"弱智的姊妹"，禁止臭男人们的戕害。当时看过这个消息，田倩C曾想问丈夫是否需要她的帮助，但后来给忘了。平心而言，这位异性丈夫在她心中已经没有多少分量。她半是道歉半是责备地说：

"喂，别忘了我们是夫妻。研究中需要卵子的话，先来找我嘛。"

　　"谢谢，不过不需要了。阿倩，今天我可以说，虽然那项研究的验证还没最终完成，但肯定能成功。人造卵子和人造子宫都即将成功。"他的平静中带着自傲。

　　"是吗？这么说，男性暴政马上就要复辟了？哈哈，别介意，我是开玩笑。"她为丈夫满满斟上一杯，"来，干杯，提前祝贺你的成功。"又压低声音说，"等回家后，咱俩在床上再庆祝一番。"

　　他们之间已经很久没说过这种闺房话了，戈雄C的脸上不由绽出一波笑容，很灿烂，很明朗，这在他身上是不多见的。田倩C高兴地发现，裹在这个男人身上的外壳，那件由自卑和畏缩织成的外壳，今天总算裂了一道缝。戈雄C也压低声音说：

　　"好，今晚我一定尽力。"

　　大厅里的灯光又暗下来，第二个可人儿走下舞台，向顾客们走来，开始那个不高雅的程序。田倩C推开碗碟：

　　"干脆咱们走吧，我知道你憎厌这种可人儿。既然如此，干嘛不早点回家，开始咱们的庆祝呢。"

　　戈雄C笑着点头。田倩C招来"拿破仑"结了账，挽着丈夫出门。

　　回到家里，田倩C先浴罢，在床上等着丈夫。她顺手拿起枕边的一本日记翻着，这是曾祖辈的"首代田倩"的日记，时间是在她25岁到35岁。日记非常精美，但绸质封面已经破旧了。日记中用蝇头小字，细细密密地记下了她对导师的爱情。她醉心描述着那个男人的相貌：肩膀宽阔，额角突出，下巴线条有如刀刻，目光聪睿而深沉，黑发中杂有几缕银丝，更凸显男人的成熟。日记中还记述了两人之间仅有的一次越界，是在一次停电中被触发的。那天实验室中只余下他们两人，正在不同的房间里操作。突然的停电造成了绝对的黑暗，她惊慌地喊着，摸着墙壁

183

寻找老师，戈雄也循着她的喊声摸过来。两人走近了，忽然身边发出一声巨响，田倩惊叫一声，顺理成章地扑进男人的怀抱。黑暗中看到发出响声处有一双绿莹莹的眼睛，原来是实验室豢养的一只狱。两人都放声大笑起来，然后开始亲吻。

"现在，连我自己也不清楚，当时我的惊慌有几分是真实的。"老田倩在日记中自嘲道，"软弱和胆怯是上帝赐给女人的强大武器，也许我只是本能地使用了它。"

田倩C合上日记，看看墙上曾祖辈的遗像。虽然经过三代克隆，戈雄C的外貌仍同曾祖辈完全一样，一如日记中的描述。遗憾的是：这个男人已很难激起自己（如老田倩那样）炽烈的激情了。也许，戈雄C比"老戈雄"少了一样东西：男人的傲骨。他不再是世界的主人了，他只不过是一个历史的孑遗物，是在母系社会中苟延残喘的一只雄蜂。

但愿今晚会改变两人之间的冷淡。

戈雄C披着浴衣过来，扔掉浴衣，上床把田倩C揽入怀中。就在身体接触这一刻，田倩C立即（痛心地）直觉到：今晚的亲热仍会以失败告终。夫妻之间有些事是只可意会的。尽管戈雄C努力保持"大丈夫气概"，但他藏不住目光深处的自卑和畏缩。他的身体僵硬，动作拘谨，没有（如老田倩所说）男人的野性和狂放。可以看出，今晚他是来向妻子感恩的，十分担心能否取悦对方，这种过重的心思把他压垮了。田倩C突然联想到中国皇宫里的妃子。那些终日枯坐冷宫的妃子们一旦有幸被皇上"翻牌"，就会诚惶诚恐，焚香净身。晚上她要在自己房间脱光衣服，裹在绸被里，被太监抬到皇帝的卧室（防止带武器行刺）。妃子进皇帝的被筒时，必须从后面战战兢兢地爬进去（以免亵渎皇上）……她最终"承受雨露之恩"时会是什么心情？也许和戈雄C此刻一样吧。

戈雄C甚至比不上那些可怜的妃子，心理上的阳痿导致了他生理上的阳痿。田倩C最终放弃了努力，心中烦闷，叹口气，仰靠在床背上，皱着眉头闷声说：

"阿雄，相对社会来说，我已经非常守旧了，我仍愿相信男女之爱，不想卷入愤雌们的喧嚣中。但是，只有我一个人的努力不行。如果你还希望维持我们之间的爱情，首先得扔掉你那些令人憎厌的玩意儿，那些他妈的自卑感，或者说是病态的自尊心。"

戈雄C枕着双手，沉闷地盯着天花板，此刻他宁可自己的身体能熊熊燃烧，哪怕高潮之后立即化为灰烬……后来还是田倩C先从沉闷中走出来，调整了心境，笑着安慰他：

"算啦，我不该责备你的，性爱成功与否是双方的事。而且你说过，一旦你的研究成功，将有助于男人重新挺起脊梁。我等着那一天。睡吧。"

两人背过身去，睡了。

第二天，田倩C把他送回研究所，自己则回到与邬梅B生活的那个家里。到了第二个星期天，邬梅B在书房看报，田倩C在厨房里做晚饭。虽然有家务机器人，但她每星期至少给"丈夫"做两三顿饭，邬梅B说喜欢她做的饭菜。饭菜上桌，忽然接到戈雄C的电话，说那项研究彻底成功了，今晚他想让他生命中最重要的三个人来见证这个成功。希望田倩C即刻赶去。田倩C笑着说：

"祝贺你，终于成功了。你说的另两个人是谁？有圣·玛丽亚吧，第三个呢？"

"对，有圣·玛丽亚。另一个是80岁的哈森伯格先生。他一直以金钱支援我，在技术上也给我很多启迪。"

"好的，我马上去。"

关了手机，她对邬梅B歉然说：今晚不能陪你了。邬梅B笑着说：去吧去吧，不必担心我嫉妒。那位戈雄C说他成功了？你告诉他最好嘴巴严一点，别惹愤雌们又去捣乱，我的手下又该忙了……

研究所的气氛显然与往日不一样，那四个男助手平时总是沉默寡言，田倩C曾调侃他们是没有感情功能的100型机器人。但他们今天有了笑容，脚下也比往常轻快。圣·玛丽亚女士和哈森伯格先生已经来了，后者是一个瘦小的老头，满头银发，拄着拐杖，走路蹒跚，目光倒是十分明亮。他是有名的生物学家，也是"男人不求施舍"运动的发起人，至今拒绝借用女人的卵子和子宫来克隆自身。50年前，最狂热的愤雌们发起了"不向男人施舍"运动，哈森伯格愤而起来倡导了与之对立的运动。可惜后者注定是要失败的，原因很简单——凡是信奉他主张的男人都不会留下后代，所以这只能是一个迅速萎缩的团体。

戈雄C向他们介绍玻璃后面的两间密封室。一间密封室内冰封霜结，放着十个处于冰封状态的卵子，这些几微米的卵子在高倍放大镜下有黄豆大小，安静地守护着生命亿万年的秘密。另一个室内则生机盎然，一只子宫在猛烈抽动，恒温设备维持着37℃的温度，人造血管源源不断地供应着养料。时时有一只小手或小脚把子宫壁顶出一个小凸起，偶尔还能听见一声宫啼。

这些可以乱真的卵子和子宫都是人造的，是用生物材料仿制的，它们能真实地复现真卵子和真子宫的小环境，使一个细胞核（可以是男人的，也可以是女人的）被唤醒、分裂、发育成婴儿。这样，男人就可以不依赖女人，独立完成自己的繁衍了。

戈雄C介绍时声音激动，流露出不可压抑的强烈的"母爱"。田倩

C指着抽动的子宫问：

"是分娩前的阵痛吗？"

"对，胎儿马上就能出生了。"

"不用说，是个男性胎儿？"

"嗯，是男性，这是自然界第一个'孤雄生殖'的胎儿。但我不准备让他出生。"

"为什么？"

"我认为，第一个孤雄生殖的男性婴儿最好能赋予历史意义，所以想首先为哈森伯格先生繁衍后代，以此表达我对他的敬意。"他转向哈森伯格，"哈森伯格先生，答应我吧，你最有资格得到这个荣誉。"

此前这个建议他已经提过多次，哈森伯格都婉拒了。这时哈森伯格微微一笑，仍然未置可否。圣·玛丽亚则笑着旁观，她能摸到哈森伯格的思维脉络，没有劝他。

戈雄C向他们详细介绍了所有情况后，吩咐助手对这个胎儿终止妊娠。真正的克隆和生殖将从明天开始。等四人回到办公室，哈森伯格说：

"谢谢你，阿雄，但我已经决定不再留下后代，哪怕它不再需要女人的施舍。你不必再劝我了。往下你该怎样进行，就怎样进行吧。"

戈雄C郁闷地说："为什么？哈森伯格先生，你知道，我一直在尽力加快研究进度，生怕赶不上在你有生之年完成。"

"真的感谢你的情意。但是……其实圣·玛丽亚说得很对，"他对玛丽亚点点头，"雌性是造物主设计中的基型，是缺省配置。从长远看，自然界的雄性是多余的。咱们不必与上帝抗争了。"

这是田倩C第二次听见"缺省配置"这个说法，不大明白其深层含意。哈森伯格看出她的茫然，细心解释道：

"按造物主的原始设计，是用单一性别，雌性，来繁衍后代，这种方式最为高效和可靠。后来，为了增加生物适宜环境变化的能力，才增加了雄性，于是生物从无性繁衍转换到两性繁衍。但即使在两性世界中，雌性从来是基本设计，只要稍微看看生物世界的一些细节，就能揣摩出造物主的原始蓝图。你看，自然界物种中有孤雌生殖，有孤雌社会，却从来没有孤雄生殖和孤雄社会；还有，为什么男人有女人的乳头，而女人却没有男人的喉结？这个一向被忽略的现象有深刻的原因——大自然界中，雌性身体才是基本型，而雄性只是变形产品。另外，男性中有那么多易性癖者，不惜戕害身体而变成女性，反之，女性易性癖就极少。这种强烈的潜意识愿望也是源于冥冥中的造物主指令。"

田倩C第一次听到类似的阐述——而且是从一个男人的嘴里说出，心中有强烈的震荡。哈森伯格转向戈雄C：

"阿雄，我知道你致力于男性的复兴，我很敬重你。不过——原谅我说话坦率，尽管你付出那么多心血，其实你的'人造子宫和卵子'算不上原创，只是对雌性的剽窃，她们可以主张专利权的。而且，这项技术恐怕并不能如你所想——让男人站到与女人同样的地位上，进而促使两性社会复兴。"

"哈森伯格先生，你太悲观了。"

哈森伯格微微一笑："你当然知道，圣·玛丽亚在研究什么吧。"他转向田倩C，"她是在研究，如何让女性的干细胞转化为精子。如果成功，那就会发展出一种全新的生殖方式，既是纯雌性生殖，又是有性生殖；既有孤雌生殖的高效，又有两性生殖的适宜环境能力。到那时，雄性就彻底没戏了，彻底出局了。任何复辟两性社会的美梦就会断头了。阿雄，据我所知，玛丽亚的研究很快就要成功，她极具天分，又有强大的社会支持。我说得对吗？"

他看看圣·玛丽亚，后者很平和地点头："嗯，可以说已经成功了，可能在下月公布。"

戈雄C阴郁地说："我了解玛丽亚的进展。那有什么，我要和她来一个公平的竞赛。我的下一步研究，就是让男性的干细胞转化为卵子。这样，男女仍然能站在同样的高度。"

哈森伯格凄然一笑，断然说："你想公平竞赛，但上天可不是个公平的家长，他明显是偏袒女儿的。所以，你想把男性干细胞转化为卵子——绝不可能成功。"

纵然戈雄C一向敬重这位老人，仍被这句话惹恼了。他带着怒意问："为什么？这个预言过于武断。众所周知，干细胞都有全能性，不管是男性的还是女性的。既然女性干细胞能转化成精子，当然男性干细胞也能转化为卵子。"

玛丽亚插话说："恐怕哈森伯格先生是对的，男性干细胞确实无法转化为卵子。阿雄，你极具天分，也非常执着。你的缺点是缺乏对'大势'的把握。说句不是玩笑的玩笑，搞科学研究也得首先学会揣摩上天的心意。"

戈雄C看到一向敬重的两人都这样说，不想再争论下去，当然他也绝不会服气。哈森伯格站起来说：

"孩子，你想做，那你就试试吧。我但愿自己的前瞻是错误的，但愿你能凭一人之力拯救雄性种族。我打算把所有家产全部赠给你，算是我为这个世界做的最后一件事。至于我，已经承认了男性必然消亡的宿命，不打算同它抗争了。再见，孩子们。我要走了。"

他拒绝三人用汽车送他，说他住家离这儿不远，可以步行回去的。在傍晚的薄暮中，三人目送那个衰老的身影踽踽地走远，直到融入夜色中。戈雄C神情抑郁，圣·玛丽亚怜悯地看着他，但什么也没说。她与两人告别，开车走了。戈雄C木立在月光中，喃喃地说：

"我一定会成功。我必须成功。"

看着暮色中那双灼灼的眼睛，田倩C真正了解了，什么叫孤注一掷的赌徒。她祝愿戈雄C的下一项研究会成功。如果不能成功，那么——世上也就不会有这个人了。

不久，老哈森伯格把名下的所有家产全部转到戈雄C名下。戈雄C等不及把第一项研究成果化为实践，就更为狂热地启动了下一项研究。田倩C很同情他，而且自从哈森伯格和圣·玛丽亚那番谈话后，不知怎的，她对戈雄C的命运有强烈的不祥预感。它横亘心头，挥之不去。但此后几年，她没有太多精力来关注他。戈雄C仍然婉拒克隆后代，田倩C不再等他了。现在她已经有了两个女儿，是她和邬梅B的。使用的正是玛丽亚开创的技术，即用田倩C的干细胞所转化的精子为邬梅B的卵子受精，同样用邬梅B的精子为田倩C的卵子受精；然后两个受精卵由田倩C一块儿孕育。当然两人也可以各怀各的女儿，但毕竟还是由一个人孕育比较划算，警察局长的工作实在太忙了。

这是圣·玛丽亚的"双雌有性生殖技术"的第一次应用。对这两个开创历史的女婴，媒体做了广泛的报道。

三年来，田倩C基本没与戈雄C见面，只是通过电话来关注他。他的研究一直很不顺利，从可视电话中，她能感受到戈雄C的情绪：阴郁、焦躁，他的意识深处似乎趴着一个巨大的怪物——恐惧，正在阴险地、慢慢地吞噬他。老哈森伯格描述了一个灰色的宿命，他能逃脱吗？

三年后，田倩C的两个女儿已经能撒丫子跑了。这一天，她突然接到戈雄C的电话：

"成功了！那项研究终于成功了！我第一个通知的是你。"

屏幕上是一个意态飞扬的男人，兴奋之情溢于言表，三年来的阴郁和焦躁已经一扫而光。田倩C也由衷地为他高兴：

"是吗？真为你高兴。我能发表这个消息吗？你最好给我独家报道权。"

他冷笑一声："我这边当然没问题，问题是报社那边会感兴趣吗？我看今天的社会已经被雌性沙文主义完全淹没了。"

田倩C微有不快，从这句话看，这次成功未能改善戈雄C的心理，他仍然未脱阴暗和偏执。她温和地说：

"你的看法太偏激了。我想，肯定有很多人，包括女性，为你高兴。你的成功并不仅属于男性，仍然是整个人类的进步。"

戈雄C没有再争辩，只是说："研究的正式结果做出来，大概还得一两个月，但成功已经没有问题。你可以发一个消息，先向社会上吹吹风。"他突然说，"阿倩我今天很想见你，我抑制不住地想见你。咱们已经三年没见面了。你能来吗？"

他说得很热切，田倩C心中涌出暖意："好的，我很乐意去。"

"好，那就仍定在'坤世界'饭店吧，但今天得让我请客。"

田倩C笑着答应了。

"喂，向你的女儿问好，我能在屏幕上看到她俩在跑，多可爱的小家伙。她们中谁更像你？"

"两个都像阿梅多一些，尽管她们是在我的肚里长大。看来阿梅的基因比我强大，这让我很失落的。"她开玩笑地说。

两人约好见面时间，挂了电话。田倩C对他的心境仍不免摇头，虽然这次成功多少让他找回自信，但他的心理仍然不能说是健康的，他就像一只随时竖起尖刺保护自己尊严的刺猬，明显的反应过度。

晚上，田倩C把女儿留给"丈夫"，赶到坤世界大饭店。那儿仍有美貌的男性可人儿表演，大厅内也仍然基本是女人的世界，其中有不少穿黑色无袖风衣的光头愤雌，三五成群地散布在大厅里。戈雄C已经来了，这时起身迎过来，很张扬地为田倩C拉开椅子，招呼她坐好。田倩C对他的心理太了解了，知道这套作秀是给外人看的，是一种无声的挑战——在女性已经变为强势的世界，他偏要履行旧日男权社会的绅士礼貌。邻桌有几位愤雌注意到了这一点，一位个头粗壮的女人鼻子里很不屑地哼了一下。田倩C认出来，她就是那次带头"炮轰"研究所的家伙，不由生出担心来。两个冤家对头今天撞在一起，说不定会闹出什么冲突吧，特别是戈雄C这边，显然他今天也很有侵略性，再不会像上次那样息事宁人了。

坐定后田倩C再次向他祝贺："有志者事竟成啊，你终于成功了，这回老哈森伯格和圣·玛丽亚都看走眼了，他们得向你服输。告知他们了吗？"

"告知了。可惜哈森伯格先生已经病入膏肓，他可能看不到我的成功了。"

"阿雄，最近我倒是越来越想不通。"她苦笑道，"先是单性克隆，再是双雌有性生殖，然后是双雄有性生殖。人类不想放弃有性生殖，但男人不再需要女人，女人也不再需要男人。也许十万年后，男人和女人会干脆分化为两个物种？我想倒不如仍沿用造物主的老办法，那毕竟最天然，最简单。我觉得——别怪我说话难听，我觉得科学家们，尤其是早期的男性科学家们，都是些无事生非的家伙。世界走到今天这个样子，都是你们——他们——害的。搬起石头砸自己的脚。"

这番话让戈雄C默然了。很久他才说："你说的正是我想的，我一直在促使人们回到老路上。可惜，既然已经到了这一步——既然圣·玛丽亚已经先走一步——我也只能做我该做的事。我决不会让这个世界变成愤雌们的一统天下！"

他说的声音很大，邻桌的愤雌们自然听见了，都扭过头，恼怒地瞪着他。田倩C有一个感觉，今天阿雄几乎是有意向愤雌们挑战，这是为什么？他也变成一个狂热的"愤雄"了？邻桌那个粗壮的愤雌忍不住，起身走过来，冷冷地讥诮道：

"哟，这不是戈雄C嘛，著名的老戈雄的第四代曾孙，难怪说话这么气粗。还认得我吗？咱们上次打过交道。"

戈雄C冷冷地说："我当然忘不了，你的外貌很有个性，很雄性化，我怎么能忘呢。你——做过雄性荷尔蒙检查吗？"他突兀地问。

那个粗壮女人没听明白："你什么意思？"

"没什么。你是否知道，哺乳动物中也有母权社会，比如非洲鬣狗群。鬣狗首领虽是雌性中产生的，但只要它一坐上王位，体内的雄性荷尔蒙就会自动升高，甚至比群体内的雄性还要高，其外貌甚至性器官也变得雄性化。我估计，依你的外貌特征和好斗性，体内雄性荷尔蒙肯定不会低。"

那个愤雌从他的话里听出恶毒，脸色慢慢变白了。没等她发作，戈雄C紧接着说：

"我很乐意告诉你，你那次捣乱没起什么作用，我研究的人造子宫和人造卵子早就成功了。我还想告诉你，第二项研究，即男性干细胞转化为卵子的研究，也即将成功。你还要去捣乱吗？要去就快点，否则你就来不及阻止我了。"

田倩C极为不满地看看丈夫，今天他的表现实在太好战，太张狂。他体内的雄性荷尔蒙失控了吗？光头愤雌冷冷地说：

"好，我把这理解为你的盛意邀请，明天一大早我就去。"

"好啊，我等你。而且去以后不要扔炮仗，直接扔炸弹就得。也不用再说什么'雌性天性仁慈'、'历史上的母系社会温馨和平'之类废话。我可以随便举几个反面例证：动物中间，交配后就吃掉性伴侣的勾当，只有雌性能干得出，像雌蜘蛛和雌螳螂。"

这句话太恶毒，别说那位愤雌，连田倩C也受不了。那个女人恶狠狠地瞪着他，一句话没有说，扭头回到自己桌上。这边两人也沉默了，气氛相当尴尬。过一会儿，戈雄C苦笑着说：

"阿倩，别把我这些混账话记心里，今天我心绪很坏，控制不了自己。也许我真是离死不远了。伍子胥的话，明知日暮而途穷，不得不倒行而逆施。如果我……请多记住一点我的好处。"

田倩C沉默好一会儿，努力克制住对他的不满，柔声说："阿雄你别这样，我知道你受到很多敌意的对待，社会对你不公平。但你不能因此而恨遍天下，这只能毁了你自己。"

戈雄C悲凉地说："是啊，这么多年来，实际上我一直就在毁灭自己。我有不祥的预感：也许这一次我真的会彻底毁灭。喂，"他喊那位男侍，"拿破仑陛下，结账吧。"

　

回到家，两个女儿猴在邬梅B身上，玩得正高兴。邬梅B作为警察局长，平时太忙，难得有整时间和女儿玩。看见阿倩回来，她笑着说：

"快把这俩小魔王弄走吧，我已经招架不住了。"她的目光非常敏锐，立即问，"怎么啦？我看你心情不好。"

田倩C把扑过来的两个女儿抱起来，亲亲她们。良久才说：

"今天阿雄很反常，满腹戾气。我也被他的恶劣情绪传染了。"她大致说了当时的情形，提醒道，"阿梅，那位愤雌说她明天要去研究所捣乱。阿雄把话说得那样恶毒，我担心明天的冲突会升级。建议警方加以预防。"

"好的，明天一上班我就派人盯着那儿。"

"唉，但愿明天不要出事，我今天眼皮一直在跳。来，乖女儿，咱们该洗脚睡觉啦。"

第二天还没上班，田倩C接到主编的电话，让她去戈雄C研究所采访一件突发新闻——恰如三年前那次事件的重演。报社接到一位愤雌的电话，说她们已经赶去了，这回真的要炸毁"男性暴政的最后据点"。田倩C开车迅速赶去，半路上，她突然听到一声沉闷的巨响，是从研究所的方位传来的。但这会儿她离研究所还很远啊，如果声音确实发自那儿，那必然是一次相当猛烈的爆炸，绝非几个炮仗之功。田倩C心急如焚，把油门踩到底，连闯了几处红灯。等她赶到，警察们已经拉起警戒线，不许车辆出入。田倩C把汽车随便找地方撂下，急急赶过去。值勤的警察不让闲人出入，但对田倩C放行了。一位女警官低声对她说：

"田姐，邬局长亲自来了。"

现场让田倩C目瞪口呆。整个研究所被彻底夷为平地，空中的烟柱尚未落定，好在周围的建筑一点未受波及。邬梅B正指挥手下勘查现场，她看到性伴儿，百忙中远远地挥挥手，又埋头于指挥。几位女警察正在询问作案的愤雌们，为首那个身体粗壮的光头愤雌这会儿灰头土脸，目光呆滞，几乎神经错乱了，一遍遍地重复着：

"我们扔的是炮仗，真的是炮仗，而且只来得及扔了一个，大楼就爆炸了！"

消防队员在废墟里救人，不过进展太慢。直到起重机和铲车开来，还来了三只穿制服的救生犬，进度才加快。不久，戈雄C和他的四个手下被扒出来，不过已经是五具血迹斑斑的尸体。他们以自己的生命为那项研究做了集体殉葬。看看被破坏得如此彻底的研究所，田倩C毫不怀疑，戈雄C那项"已经成功"的研究这下子被毁灭了，再不能转化成活生生的男婴。策划爆炸者已经达到了她们的罪恶目的。

法医简单地做了尸检，把尸体送往警察本部的验尸房。在尸体抬走前，田倩C为戈雄C合上眼睑，仔细洗了脸，擦去他脸上的血污和黑灰。

用自己的手绢，和着她汹涌而下的眼泪。

邬梅B终于抽出一点时间，过来同妻子说话。田倩C指指现场，声音冷硬地说：

"局长大人，这是炮仗炸的吗？"

邬梅B叹息一声："当然不是。我们正在追查真正的原因。"

"是的，我也会以自己微薄的能力来追出真凶，不管她是谁，不管她有什么样的背景——除非把我也灭口。"

邬梅B心情复杂地看着她："别说这些负气话。你放心吧，一定会追出真凶的，依我的初步勘察，这个案子并不难破。这些天我要在局里加班，晚上不回去了。"

"好，希望你们早日破案。如果你们破不了，或者有意袒……那我就要凭自己的力量来干了。"

邬梅B有三天没回家，这三天里，田倩C把两个女儿全交给机器人保姆，自己到各处采访。她敢肯定，这次爆炸一定有官方背景——母系社会的政府不愿意看到戈雄C的研究成功，于是借助于愤雌的捣乱，把研究所彻底炸毁，然后把罪责推到愤雌身上。看看现场情况，绝对是行家干的，而不是那几位只会搞点小暴力的愤雌。如果果真如此，那警察局长邬梅B是否也参与其中？不要忘了，她恰好是一个知情者，预先就知道戈雄C的研究即将成功。

想到这儿，田倩C止不住心中发冷。

田倩C的调查举步维艰。研究所的五人都遇难了，现场没有其他目击证人，唯一的目击者（也可能是参与者），即那七个愤雌，都被警方控制，外人根本见不到。她费尽心机，打听到愤雌们请了七个律师（按照法律，当事人必须单独延请律师），而律师可以去探监的。田倩C找到那七位律师调查，但七人均遗憾地说：确实无可奉告。到目前为止，他们，连同他们的当事人，都正满脑门糨糊呢。被关押的愤雌一直在捶胸顿足地叫屈。

田倩C三天的调查一无所获，但越是这样，她越是坚信：本案中肯定有一只神通广大的黑手。

这三天里，她除了出外调查，就尽可能待在父母家里，安慰二老。戈雄C的不幸对两个老人打击很大，他们痛不欲生。在他们心目中，戈雄C，而不是比较叛逆的田倩C，是坚守家族传统的最后一代了。田倩非常理解他们，她自己曾经藐视那个男人，觉得与他的婚姻已经走到尽头，但是，当戈雄的横死突然袭来时，她才知道，实际上那人还一直活在她的心里。那天父母既悲伤又欣慰地说：

"看见你还爱着戈雄C，他九泉之下也能闭眼了。"

三人相对唏嘘。

第四天，邬梅B打电话让她回家（邬梅和她那个家）。邬梅B瘦了一圈，眼圈发黑，声音也哑了。她疲乏地问：

"女儿们呢？你这三天也一直没和她们在一起，对吧。"

"对，机器人保姆在照看她们，这会儿可能在公园吧。案情——有进展了吗？"

"唉，你总该让我先喘口气吧。"她无奈地说，"案子已经彻底破了。我说过，这不是件多么难破的案子。"

"真凶是谁？我相信，你的证据一定非常充分，不是在搪塞我。"

"当然啦，我知道你现在的心理是怀疑一切，包括怀疑我，我想搪塞也搪塞不过去呀。侦查结果明天将向新闻界宣布，在此之前，我无权告诉你。"看着妻子怀疑和警惕的眼神，她笑了，转了说话的口气，"不过，警察局长给自己的性伴儿稍稍开点后门，还是可以的，只要你在警方正式宣布前，不去向外泄露。"

"我保证不泄露，但——如果你不能让我信服，我还会继续我的调查。"

"好的，你如果听我讲完后不信服，我决不拦你。这次爆炸案的真凶是——戈雄C自己。或者更准确地说，是他与四个手下合谋作案，是一次集体自杀。"

田倩C震惊地说："不可能！他们为什么要自杀？那项研究马上就要成功，那是他们多年的心血，甚至可以说是他们唯一的人生目的。"

警察局长很干脆地说："原因很简单：那项研究根本不会成功，上天不允许它成功！据我所知，老哈森伯格和玛丽亚已经向你说过这个预言，对吧。戈雄C当时不服气，但他们三年来的研究只做到了一点：证实了这俩人的预言。"

"'上天不允许它成功'？我想这样的空话没什么说服力，更不能写到警方的报告中。上天不会那样独裁吧。戈雄C当时就说这个结论太武断。我虽然是外行，也有同感。"

"我试着给你解释吧。"

局长说，其实这句话在哲理层面上的含意，她也不十分清楚，老哈森伯格和玛丽亚的证言相当艰涩，外行们只能听个四分明白六分糊涂。病榻上的哈森伯格是这样说的：

3碰到愤雌并引她们上钩。"当然，"局长看看阴郁的妻子，小心地补充一句，"他肯定也想同你诀别，那同样是他的目的之一。在此之前，他曾回家探望了父母。你是这个世界上他最牵挂的人了。"

田倩C目光阴沉，默默听着。

"虽然那五个男人都死了，死无对证，但这个计划留下一个很大的破绽——所有炸药的摆放位置都是精心设计的，保证既能把研究所夷为平地，又对周围建筑毫发无伤。也就是说，这不是爆炸，而是一次计算周密的工业定向爆破。这就给警方留下了很多无言的证据，足以还原出案件的真相。你记得不，我当时就说，这个案件不难破？因为我一去现场就看出了异常，看出绝不是愤雌扔的炸弹。阿倩，唯有这一点让我心里纳闷：他们既然精心准备了男人最后的谢幕，不会留下这么大的破绽吧。或者说，他们不会如此低估警方的智力吧。那只能有一个解释：他们尽管愤世嫉俗、性格变态，仍是心地宽厚的好人，绝不愿伤及无辜，哪怕这种谨慎最终可能泄露真相。或者说，他们精心组织了一次告别演出，只求达到轰动的剧场效果，并不一定要求观众真的相信剧情。"她叹息道，"只能这样解释了。他们到死仍是好人。我想，等世界上所有男性最终消亡之后，我们仍会怀念他们。"

她停了一会儿，让田倩C能消化她的介绍。然后她说：

"案情就是这样。你还有什么疑问，尽管问我。"

田倩C久久没有说话。她现在无法理清对那个男人的感情。他在谢场演出中，原来仍然是在演小丑啊。不过他的结局很悲凉，甚至有几分悲壮，她不忍心再责备或鄙视他。当然，这几天她心中复活的爱情再次枯萎了，还是老哈森伯格说得对，当"两性繁衍"这幢巨厦彻底倒塌后，其上的爱情鸟蛋肯定会破碎的。

她只问了一句："阿雄啥时候安葬？"

这句话让局长放心了，知道妻子心头的疙瘩已经解开。"警方的尸检已经完成，大概就在这两天安葬。"

葬礼在第三天举行。可以说这是一次"男人们"的集体葬礼，除了在爆炸中死去的五个男人，还有戈雄C的父亲戈雄B，他因悲伤过度引发心脏病，最终没撑过去；有老哈森伯格，他早就油尽灯枯，在葬礼前一天去世。七个男人的集体葬礼极尽哀荣，参加的人很多，绝大部分是女性，她们在哀乐和白花中向死者默哀，不少人流了泪。让田倩C比较意外的是，人群中颇有一些愤雌，她们今天一点也不张扬，默默地低着光头，随着人流安静地向遗体告别，依次同死者亲属握手致哀。圣·玛丽亚也来了，她用力握着田倩C的手，低声说：

"务请节哀。他们是希腊悲剧中的英雄。"

田倩C只能苦笑——他们配不上这个褒语吧。一个小时后，田倩C搀着妈妈，从殡仪馆的窗口领回两盒温热的骨灰。

（注：改写于本人的短篇小说《最后的爱情》）

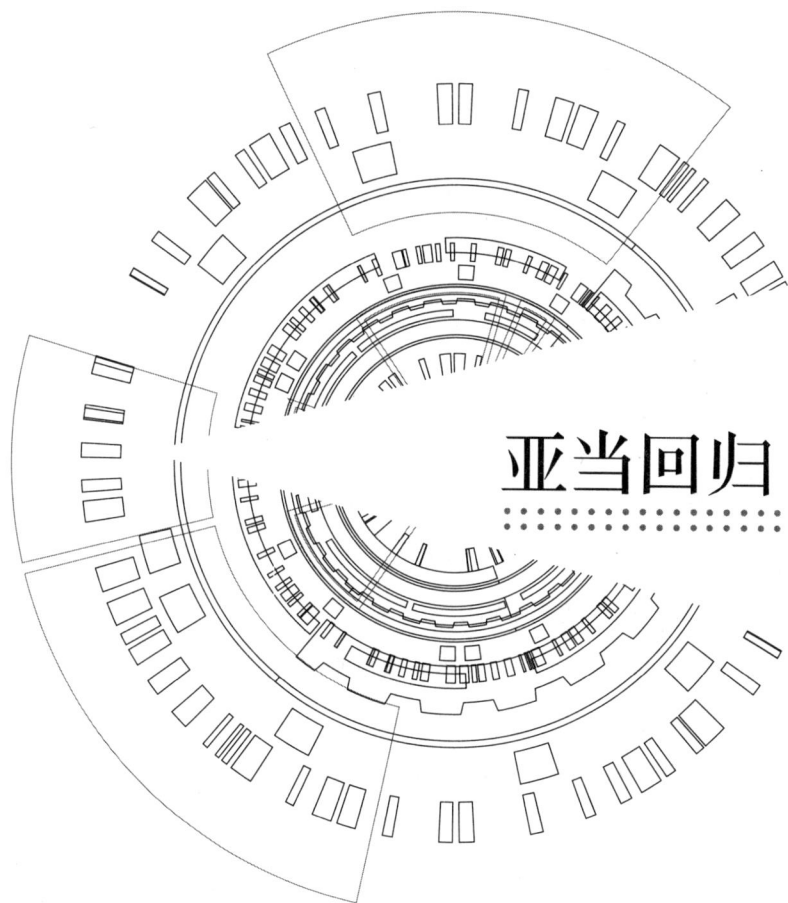

亚当回归

"地球通讯社2月30日电：在全体地球人翘首盼望202年之后，第一艘星际飞船'夸父号'已于昨日即公元2253年2月29日回归地球。地球人委员会已决定，授予机长王亚当以'人类英雄'的称号。"

　　七天后地通社播发一篇专栏文章，作者雪丽小姐，新智人编号34R—64305。

　　"夸父号星际飞船于2050年11月24日发射，目的是探索十光年外的RX星系的类地文明，历经202年又3个月后返回地球。飞船为等离子驱动，乘员在途中采用超低温冷冻的方法暂时中止生命。飞船上原有四名乘客，其中三名不幸逝世，埋骨于洪荒之地。地球人委员会已追认他们为人类英雄，愿他们在茫茫宇宙中安息。

　　"近代科学揭示，若人脑冷冻期超过临界值（70~80年），则其人解冻后无一例外地会出现一个心理崩溃期。可惜200年前人类尚未认识这一规律，未能采取必要的预防措施，因而在RX星系严酷的自然环境中造成三名乘员的非正常死亡。

　　"机上原科学顾问王亚当博士却以其卓绝的意志力和智力，艰难地挣脱这道心理迷谷。他接任机长职务，克服难以想象的困难，单枪匹马地把飞船驶回地球。对于他的功绩，无论怎样评价都不为溢美之词。

　　"至于这次星际探索的结论则早已众所周知。非常遗憾，距地球至少十光年的范围内，肯定不存在任何类地生命。也许地球人是茫茫宇宙中仅有的一朵璀璨的生命之花，是造物主妙手偶成不可再得的佳作。这使我们在骄傲之余不免感到孤单。"

早上七点钟，王亚当努力睁开眼睛。他已经回到地球九天了，仍感到浑身乏力，心神恍惚，他知道这是一百年冷冻的后遗症。在RX星球上出现过更严重的痴迷状态，那时他们简直是麻木地眼睁睁地走向死亡，却像野兽怕火一样逃避思维和行动。后来是什么最终唤醒了他？是中国人特有的坚韧？灵魂深处隐隐有回荡着5000年的钟声……这次，这种痴迷状态又出现了。不过，有了上一次的经验，再加上雪丽小姐的心理训练，他差不多已经从这道心理迷谷中爬出来。

他想起登机前的另一位心理训练老师，一位美貌的日本女子美惠子小姐。她的话语和热吻都是不久前的事。天哪，怎么可能已经跨越了200年？伊人何在？

"进入冷冻期对于你们只是一场梦。"美惠子小姐曾谆谆告诫，"一觉醒来，你们已到达十光年外的陌生世界，不过这次不会在心理上造成太大的冲击，因为RX星球上不会有任何时间参照物，你们只会感到空间差而觉察不到时间差。等到第二觉醒来，你们将回到地球但却是200年后的陌生地球，这必将使你们受到强烈的心理震撼。你们的所有亲人都已作古，包括你面前这位红颜女子也将变成一堆白骨。"她黯然看了王亚当一眼，"至于200年后的社会、还有人类本身会如何变化，是难以真切预测的。你们会像几位未开化的俾格米人闯进2050年那样，惶惑地面对2250年。"

逝者如斯夫……亚当默默地注视房间。他下榻在北京长城饭店，屋内设施一如往日。雪丽小姐告诉他，只有全球几家最著名的五星级饭店才保持几百年前的旧貌，也坚持不用机器人侍者。"人的怀旧心理是不可理喻的，不是吗？在200年前的核能时代，你们不也是在酒店里挂着兽头，点着蜡烛？"雪丽小姐用完美的汉语说道，她的笑容像蒙娜丽莎一样神秘。

他按响电铃，一个穿红色侍者服的老人推着餐车无声无息地走进来，把一份熟悉的中国式早餐摆在他面前。老侍者满头银发，面容慈祥，举止得体。这几天，王亚当一直在好奇地观察着他，总觉得老人身上有一种只可意会的帝王般的尊严。

老人推着餐车出门时，正好雪丽进来。她侧身让开，老人点点头走了，雪丽目送他离开。亚当在她目光中也读到了隐而不露的尊敬，他与雪丽已经熟不拘礼了，就把这种看法告诉她。她微微一笑：

"很高兴你已经恢复了固有的洞察力。"她略一沉吟，"你的观察完全正确。这位老人不是普通的侍者，他是世界上最受尊敬的人，叫钱人杰，是地球科学委员会终身名誉主席，三届诺贝尔奖的得主，新智人时代的到来多半得之于老人之赐。不过，请你务必用对待普通侍者的态度同他交往，这才是对他真正的尊敬。至于他的详细情况，明天我再告诉你。"

照例，雪丽要到室内游泳池裸泳片刻。她袅袅婷婷走过来，用毛巾擦干金发，斜倚在亚当对面的长沙发上。与往日不同，今天她用一块雪白的毛巾盖住隐处，这块毛巾反倒唤起了亚当的饥渴，一股火焰从小腹处升起。他以中国人的节制力，勉强抑止了拥抱她的愿望。

这一切逃不脱雪丽的目光。"心理全面复苏的重要标志，性心理已经复苏。"她想。

"亚当博士，今天是最后一天心理训练，我们随便聊聊好吗？"

"好的。"

"问一个奇怪的问题，你为什么叫亚当？你是否准备在200年后返回地球时，面对一个蒙昧的世界？"

亚当心头掠过一阵苍凉，用同样玩笑的口吻回答："不，我只料到我会变成未吃智慧果前的蒙昧的亚当，赤身裸体回到伊甸园，受耶和华庇护。"

雪丽撩人的一笑："第二个问题，电脑资料显示你没有结婚。那么你有情人吗？她漂亮吗？"

"有，是我另一位心理导师。"他不禁想起那位贞静贤淑、但又热情如火的女子。他们相爱很深。自然，他们从不言嫁娶之事，因为登机的那一天便是生离死别的日子。"她……非常漂亮。"

"那么我美吗？"

王亚当用目光仔细刷过她的身体。不，她甚至不能称作美貌，应该说是完美。她的风度像服装名模一样冷艳，金色长发柔软飘逸，目光清澈，乳房挺立，皮肤如象牙般白润。还有浑圆的臀部和膝盖，小巧玲珑的双足，无一不是古往今来的雕塑家们梦寐以求的完美。她甚至过于完美了，让人觉得不真实。真见鬼，他想，尽管雪丽小姐一直在恰如其分地表达一个妙龄女子对人类英雄的仰慕，为什么在潜意识中，他对雪丽小姐常有一种仰视的感觉呢？

雪丽小姐用光滑的手臂攀住他的脖子，他低下头把热吻印在她的嘴唇和乳峰上。柔软的肉感和美惠子一样醉人，只有一点不同，是什么呢？他想起第一次吻美惠子时，那位女子浑身如电击一样战栗。而雪丽小姐则大度而平静，更像母亲亲抚自己的儿子。

午饭时，老侍者照例沉默地走进来，摆好饭菜。知道了老人的真正身份，王亚当很难心安理得地接受老人的服务，不过想起雪丽的谆谆告诫，他尽量克制自己不使感情外露。

老人在递过餐盘时，投过来奇怪的一瞥。他什么都没说，推着餐车出门。亚当敏锐地对此做出反应，在青花瓷碗下发现一张纸条：

"你愿意同一位老人谈谈吗？请单独到北京自然博物馆恐龙陈列室，下午5点。"

自然博物馆仍保持着旧日风貌，高大的恐龙骨架默然肃立，追思着它们作为地球之尊时的盛世。老人坐在一张木制长椅上沉思着，目光睿智而平静，超越了时空，连亚当的到来也没惊扰他。

他示意王亚当坐下。"你是中国人吧，"他缓缓地说，"我也是中国人。不是指血统，我只有百分之六十左右的中国血统；也不是指法律意义上的国籍，我出生时国界已经消亡了。在孩提时代，我从曾祖父那儿接受了一套过时的儒家道德，九十年来，它一直在冥冥中控制着我。那些操守如一、刚直不阿的中国士大夫，像比干、屈原、苏武、岳飞、张巡、文天祥、史可法、方孝孺等，一直是我的楷模。尽管他们的奋争不一定能改变历史，甚至显得迂腐可笑……当然，今天我邀你来不是为了回顾历史。离开地球前，我想你一定看过一些二三流的科幻影片吧，比如机器人占领地球之类的悲剧。作为一个严肃的科学家，你肯定认为这些幻想浅薄而荒谬。那么，我告诉你——"

王亚当本能地感到恐惧，类似于进入超低温速冻时的感觉，冰冷麻木感从四肢末梢迅速向大脑逼近，老人的声音也变得十分遥远："我告诉你，这种悲剧实际上已经发生。打开潘多拉魔盒的，就是你面前这位罪孽深重的老人。"

很久，王亚当才从震惊中清醒。他迷茫地注视着老人平静又苦涩的表情。他的直觉告诉他老人的话是真实的，这些话唤醒了几天来他潜意识中的不安：对他不露痕迹的隔离；雪丽小姐过于完美的身体——400型带性程序的机器人……

老人显然熟知他的心理过程。"并不是你想象中的那种情形，"他说，"雪丽小姐的雪肤花貌下没有任何集成线路之类的东西。她完全是人类的身体，虽然也采用体外授精、DNA修补的改良方法——可惜，仅仅是人类的身体。"

"这要从三十五年前说起。我领导的一个小组试制成功了生物元件电脑，其材料与人脑互容。第一代产品的综合智力即达到标准人脑的100倍，即10的平方，我们用2BEL级表示。它的体积很小，可以用一次十分钟的手术植入人脑。植入后经过短时期的并网运行，人就会习惯它，就像人们感觉不到左脑和右脑的差别一样——或者说，人们很快熟悉自己的寄生载体并能指挥自如，似乎更为恰当。他苦笑着说。

"公元2018年10月13日，我们做了第一例手术，称之为第二智能输入术。为了稳妥，被植入者是一名白痴。手术获得完全成功，直到现在，我仍能感受到成功带来的狂喜。愚蠢的喜悦啊！"

老人摇摇头，接着说：

"具有讽刺意味的是，这位白痴以其卓绝的第二智能开辟了新时代，历史书上已命名为'新智人时代'，宣告了旧时代即自然人时代的结束。而他当之无愧地成为新智人之父。

"要知道，在自然人时代，人类改变世界时，其主体，即人脑的物质基础，是进展极微的，这就注定外部世界的变化只能以算术级数进行。而新智人时代中，其主体即人脑中的第二智能也在飞速发展，主客体相互震荡，波峰迭加，世界就以阶乘速率进展。35年来的变化是原人类难以想象的，一个极有说服力的例子就是你面前这位老人。坦率地讲，他曾是历史上最杰出的科学家之一，素以自己远超常人的智力自负。今天呢，他的智力已经根本不能接受科学的新发展了，就像猿猴的脑子不能理解微积分一样。所以我坚决辞去地球科学委员会主席的职务，来这儿当侍者，这样多少可以满足一个痴呆老人的可怜的自尊心。"

老人停顿下来，让王亚当来得及咀嚼一番。他凝望着恐龙，稍顷，用目光向王亚当探询：可以继续吗？王亚当点点头。

"现在第二智能已发展到13BEL级了，即人脑的1013倍，一个不祥的数字。人脑与之相比，不仅信息存储、快速计算等能力不可同日而语，就是人类素常自负的创造性思维、直觉、网络互补能力也瞠乎其后。第二智能唯一缺乏的是感情程序，包括性程序。然而非不能也，新智能人只是更愿意在这方面保持自然人原貌，就像20世纪的人们喜爱土风舞一样。

"尽管长期以来也一直在用种种方法改变自然人本身，并取得很大进展——正如雪丽小姐近乎完美的躯体——但其进展相对是很慢的，尤其是自然人脑。你可以想象，如此强大而日新月异的第二智能同柔弱停滞的自然人脑共存是什么局面。可以说，机器人借助于人体，在人脑的协助下，已经占领了地球；而我们像愚蠢的螟蛉一样，在自己身体里孵出螺蠃的生命。"

老人的痛苦、自责和无能为力的愤怒，经过三十年的冷冻已经不那么灼人了。不过唯其平静，亚当更能感受到它的沉重。

"其实，早在植入成功之前我就清楚地看到这种危险。"老人苦涩地说，"老实说，如果我能相信我的死亡可以中止这个进程，我会毫不犹豫地烧毁全部资料，开枪打碎这颗过于聪明的头颅。可惜我知道，即使我死了，或迟或早总会有另一个人打开这个潘多拉魔盒，我能做的是尽力为人类挖几道坚固的屏障。你知道著名的'第二智能三戒律'吗？那是我起草的，在第一例植入术的当天即由地球人委员会通过。"

老人以平缓的语调背诵了《在人体内植入第二智能三戒律》：

1.任何第二智能的被植入者必须年满15岁，在完全清醒的情况下签字确认本人自愿植入第二智能，并由至少一位处于自然人状态下的完全清醒的成年直系亲属副签；

2.植入人体的第二智能必须具备这样的功能：在运行十年后应能自动关机，使其载体处于完全的自然人状态，并保持该状态至少100天以上。第二智能是否重新启动应由被植入者自行决定；

3.自然人和植入第二智能的新智人有完全平等的社会地位，可以通婚，但受孕时双方必须同时处于自然人状态。

老人说：

"我想通过这三条戒律，至少保持自然人不至于被强迫成为新智人，保证他们植入第二智能后有回归自然人的自由，并使新智人在法律上永远是自然人的后裔。应该说，新智人以机器的精确，严格得近乎苛刻地执行了三戒律。单是有关'完全清醒的自然人状态'的判断，其法律条文的信息容量就相等于几十套大英百科全书。如果不得不同新智人对簿公堂，我们也只能延请新智人律师才能胜任！"

两人相对苦笑。王亚当想插问一句，欲言又止。老人继续说：

"你大概想问，这些戒律是否确实对自然人起了保障作用？没有。因为自第一例植入术以来，几乎没有人不愿植入第二智能，更没有一个人在百日回归之后不愿启动第二智能。人类已经像迷恋毒品一样不可自拔，三戒律也就成为空设。现在，世界上残余的自然人不过百名，他们全是我的同事，是当年一流的物理学家、数学家、生物学家、未来学家。只有这些人的卓绝的自然智力和对世界深刻的洞察力，才能认识到第二智能对人类的致命危险。顺便说一句，这一百人中华裔占了半数，大概民族性使然吧。他们目前难堪的境遇也大致同我相似。"

老人疲乏了，沉默下来。波涛后留下寂静的海滩，海滩上是历史大潮抛下的孑遗生物，只有恐龙的骨架同情地陪伴他们。亚当凝思无语，心灵深处，那种回荡5000年的钟声仍在响，缓慢、遥远，但执着苍劲，他挽着老人的手臂，低声说：

"中国有句古话，知其不可为而为之。老人家，你有什么托付请讲吧。"

"不，我没有什么好讲的。"老人苍凉地说，"我不相信一个人能改变历史，更不相信自然人的智力能与新智人抗衡。但无论如何，我们都老了，你是世界上唯一的年轻的自然人。我把这一切告诉你，也就尽了自己的责任。你好自为之吧。"

整整一天一夜，亚当把自己关进屋里，脑海中一片惊涛骇浪。他充分意识到自己处境的无望，那无异于一只猩猩向人类挑战。不过，他不能退却。在RX星球的荒漠上他真正感受到作为万物之灵的自豪，人类绝不能受机器人的奴役。甚至对雪丽小姐他也负有道义上的责任，他有责任把这样美丽的胴体从机器的控制下解放出来。

用什么方法？也许老人的话中已经暗示——只有在获得第二智能后才能对付新智人。这种近乎卑鄙的方法恐怕是老人们不愿为之的，而他至少不缺乏必要的权变。但是天哪，他怎样才能做到这一点而不致引起新智人的怀疑？也许他计划周密的行动，在雪丽小姐的眼里只是像偷吃黄油后舔嘴唇的猫儿那样笨拙？

晚上，雪丽小姐翩然而来，照例裸泳之后躺在长沙发上。她笑容灿烂，拉过亚当的手放在自己的胸脯上：

"已经十天了，你是否面对我的身体一直无动于衷？那我可太伤心了！即使你是以死板闻名的中国人。"她揶揄地说，"来，让我吻吻你。但愿一个美貌姑娘的亲吻是一帖有效的镇静剂，因为我现在要告诉你一件事，你料想不到的事情。"

亚当的身体有刹那间的僵硬。她敏锐地感觉到了，不过仍不动声色地讲下去："昨天我答应过，告诉你那位老人的详情……"

她简明扼要地讲述了新智人的历史，对王亚当复杂的心理过程装作视而不见。她说："我们不会让人类英雄处于蒙昧状态。地球人委员会已决定为你植入最新的14BEL级的第二智能——你是第一位。你可以在瞬间获得到今天为止的人类所有的知识。当然，根据三戒律，首先要看你是否自愿。希望你充分考虑后再回答。"

王亚当绝对想不到事情的发展如此顺利。他尽力控制住感情庄重地说："太突然了，这样重大的问题，我一定充分考虑。不过我想我一定会同意。"

雪丽小姐把他揽进怀里。"问题是三戒律的制定者没考虑到你的特殊情况。三戒律要求同意手术者至少有一名直系亲属副签，但你的所有直系亲属都已作古。当然……除了妻子。"她低声说，"你能接受一个崇拜者的爱情吗？"

王亚当紧紧拥抱她，心情十分复杂：对这位美貌女子的爱恋，对她头脑中第二智能的畏惧，让爱情为阴谋服务的内疚……这一切都被欲火暂时烧毁了，他揭开雪丽身上的毛巾。

"啊，不！"雪丽笑着捉住他的手，"请等一下，马上到零点了。这是我一生最重要的时刻，我想与你共享。"

她披上毛巾，按一下电铃，老侍者无声无息地走进来，把一盒生日蛋糕放到桌上。他和王亚当不动声色地对望一眼，悄然退出。

雪丽小姐正专心地用火柴点燃蜡烛，鲜艳的蜡烛花周围是25根小蜡烛，中央是一根硕大的红蜡烛。"你的25岁生日？"亚当问。

她正点燃最大的那根，笑着摇摇头："不仅如此。"

亚当从她的目光里看到紧张的期待，这一瞬间，他才真正承认雪丽小姐是个女人。他突然大悟：

"你的回归日！"

时钟正敲响12点。她的目光忽然一阵迷茫，像是一道闪电瞬间击碎她的意识。片刻之后，目光又逐渐澄清。她吁一口气，微笑着用英语说：

"请不要用汉语，从现在起我只能用15岁以前的母语了。不错，这是我的第一个回归日，我现在也是一个自然人，同你一样。"

王亚当在刹那间很难厘清自己的思绪。雪丽小姐在100天内不会有第二智能了，自己不必对她的"第三只眼睛"心存疑惧，从现在起她是一个在智力上和自己平等的真正女人。他激动地把她抱起来，放到床上。

一阵狂风暴雨之后，雪丽安静地偎在他的胸膛上，亚当心体舒泰，轻声问："你感觉怎么样？"雪丽茫然抬起头，亚当笑了，换了一个话题并改用英语说：

"你们在植入前有什么感觉？害怕吗？"

"恰恰相反。我们急切地盼望这一天，只有在植入后，当我们瞬间获得如此沉重的知识后，才感觉到心灵的重负。所以我们非常理解那些老科学家拒绝植入第二智能的固执。"

王亚当沉吟片刻，小心地问："那么，是否有人愿意恢复自然人状态？"

雪丽活泼地回答："当然了！哪个人不想无忧无虑地乐一阵子呢。不过，如果永远做一个傻BABY，那就太幼稚，太不负责任了。"

王亚当沉默了，他抚摸着雪丽光滑的脊梁，望着天花板。过一会儿他轻声笑道：

"还要问几个傻问题。毕竟这是我生死攸关的大事，我又是200年前的自然人，智力低下是情有可原的，对不？"

雪丽在他耳边笑着："不要忘了我现在也是自然人。200年来自然人脑并无显著的变化，不必过分谦虚。"

"你们难道不担心，比如说，某一天所有的第二智能都被输入一个程序，使人类服从于某一个狂人？"

"地球人委员会对此有最严格的保护措施，与之相比，自然人保护核按钮的程序不值一提。即使如此，历史上也没有哪个狂人能引发核大战呀。"

"但你们要对付的对手也不同。"

雪丽安详地说："即使河水中有一湾回流又有什么关系？自然人实际上也能被输入程序呀。比如法西斯的狂热，就在一段时期内输入到其至多数人的头脑中。"

亚当再度沉默了。

凌晨四点，雪丽知道这是计算机选择的最佳受孕时刻。"来吧，"她悄声说，"我要为你生一个最聪明的孩子。"

这一瞬间浮现在亚当脑中的是三戒律第三款：

"受孕时夫妻双方必须处于自然人状态。"这使他的欢乐多少打了折扣。

50天后。亚当夫妻签署了如下的文件：

"王亚当，30岁，已婚。在完全清醒的状态下确认，我自愿输入第二智能。

"雪丽，女，25岁，新智人编号34R—64305，系王亚当合法妻子。在完全清醒的状态下确认，同意我丈夫植入第二智能。"

文件的副文是大法院关于两人清醒状态及自然人状态的认可证书，长达103页，证书编号46S—27853。

离开长城饭店前往医院时，亚当瞥见老侍者远远地目送他，神色悲凉。"风萧萧兮易水寒，壮士一去兮不复还。"他想，一场胜负未卜的搏斗至此开始了。

十年后，

这一天，各报以通栏标题报道地球科学委员会终身名誉主席钱人杰博士逝世的消息，普通人多数反应平淡，他们把这条消息储存于体内二级或三级检索信息库中。

王亚当独自站在窗前望着夜空。从270层楼上鸟瞰就好像置身于星际，他感到深深的孤单。儿子让雪丽接走了，她正处于第二个回归期。一般来说，在回归期内的母性本能要强烈得多。

后来他才知道，他与雪丽的婚姻是中心计算机精心选定的。这个选择很成功，他们生下一个神童，其自然智力的智商高达220，健康指数95，都创造了新纪录。

至于婚姻本身则早已破裂。对破裂原因，亚当总是淡淡地说："我比她早出生了207年。207年的代沟自然较深了。"

亚当的第一个回归期马上就要结束。在这100天中，平时忽略的一些思绪和感情都复苏了。这并不奇怪，这是一种心理上短暂的"返祖"现象，为此他写过不少有影响的专著。但钱博士逝世以后，这种感情回潮越来越强烈，几至于把他淹没。他自嘲地想这只能归结于他做过三十年中国人。对于中国人来说，历史的回音太强了。

墙壁上，钱博士和美惠子的巨幅照片平静凝视着他。桌上放着一本线装"汉书"，这100天中他常常阅读这本书，尤其是其中的苏武传。

十年前他植入了第二智能。他的感觉就像一下子扯掉蒙面的黑布，看到了世界的真相，尽管真相有些残酷。他明白了，他和钱博士兢兢业业的努力，实际上完全是按照新智人的设计——所谓"亚当回归"计划进行，就像两只蜜蜂被蜜糖引进迷宫——具体洒蜂蜜的就是雪丽小姐。但在察觉上当的同时，他也理解了新智人的苦心。他明白拒绝植入先进的第二智能是何等幼稚可笑。自然人消灭了猿人，新智人消灭了自然人，这是不可违抗的。他和钱博士的所作所为，就像世界上最后两只拒绝用火的老猴子。

他现身说法，顺利地说服残余的自然人，特别是那些执拗的中国血统的老人，为他们植入第二智能——只有一个人除外。钱博士极度的固执使他啼笑皆非。他很可怜老人。

但回归期间，意识上不知怎么有些错位。他像李陵不敢正视苏武一样，对老人怀着歉疚。他能充分理解李陵不得不归属异类的五内俱焚的心情。他看了李陵报苏武书，很感慨即使李陵已死心塌地归属匈奴，他这篇喋喋不休的辩解书仍是为他的故族而发……如今钱博士已经死了，他也像李陵送别苏武一样，失去最后一个可以听自己辩解的同类，即使那人肯定不会原谅他。

电话铃响了，是雪丽打来的。

"亚当，明天我把儿子送来。"

"好的。"

"孩子过得很愉快，真舍不得送走。"

"是吗？"

雪丽沉吟片刻："你的回归期马上要结束了吧。亚当，我有一个建议你是否考虑一下。我们可否把回归期都延长一些，当我们都作为自然人时也许能重温旧情。"

亚当沉吟一会儿。他知道重温旧情是不可能的，雪丽这种难得的温情不过是回归期间的感情回潮而已。他彬彬有礼地说：

"很感谢你的建议。我最近很忙，一个月后我们再进一步商谈，好吗？再见。"

你在回归期间积聚的荷尔蒙能不能保持一月之久？他有点儿刻薄地想。这时，儿子的声音在电话里传过来：

"爸爸，我想钱爷爷……"话语中带着哭声。亚当想安慰儿子，但他自己也哽住了。静默片刻后他轻轻挂上电话，开始为报纸赶写一篇纪念文章。

第二天报上刊登一篇文章，作者是地球科学委员会本年度主席王亚当：

地球上最后一位自然人与世长辞了，终年104岁。他在最后的十年中一直与我、我儿子生活在一个中国式的小家庭中，他的去世又恰逢我的一个回归期，因此我的悼念有双重含义，是儿子对父亲、自然人对自然人的悼念。

我曾是他的抵制派的坚定成员，不惜牺牲自己，以骗取第二智能的方法试图恢复自然人的时代。由于这样的阴差阳错，我才没有落后于时代。

钱博士则始终抵制第二智能，就像清朝时代的中国人抵制铁路一样。钱博士始终自认是中国人，其实，历史上中国人不乏大度开明的态度。在几次民族大融合时期，他们着眼于文化之大同，不计较血统之小异。新智人与自然人之异同不正与此类似吗？

我并不敢评判钱老前辈。他是一代科学之父，新智人之祖。他孤身一人坚持自己的信仰，至死不渝，这种节操使我们钦服。值得欣慰的是，晚年的钱先生已承认现实，在心境怡和与天伦之乐中安度余生。他自始至终保持着敏锐的自然智力，保持着令人不敢仰视的尊严。我多么希望在9年的共同生活中，我儿子身上会烙下他祖父的印记。

世界太复杂了，越是深刻了解世界，越是对造物主心怀疑惧。谁敢自封为历史的评判者？也许一个孩子能看到大人不能自视的后背，也许低等智能中一个佼佼者的直觉能胜过高等智能复杂而详尽的推理判断。不管怎么说，至少我们新智人已丧失了很多自然人的生趣而多了一些机器的特性。我们不得不尊重计算机的选择去向某位姑娘求爱；我们在男

217

欢女爱的同时，清醒地了解荷尔蒙与激情的数量关系——这实在是过于痛苦的清醒；我们在科学上的贡献很大程度上取决于植入智能的BEL级别，以及输入知识的结构类型，就像吃蜂王浆的工蜂会变成蜂王，这无疑是一种新的不公正……

只有一点是肯定的，我们将沿着造物主划定之路不可逆转地前进，不管是走向天堂还是地狱。与恐龙不同的是，人类将始终头脑清醒地寻找路标，拂去灰尘，辨认字迹，然后一步步走向自己的归宿。

20分钟后我将启动第二智能。届时，今晚这些暂时的心理迷乱和无用的感伤会烟消云散。谨以此文表示真诚的哀悼，愿科学之父的灵魂在天安息。

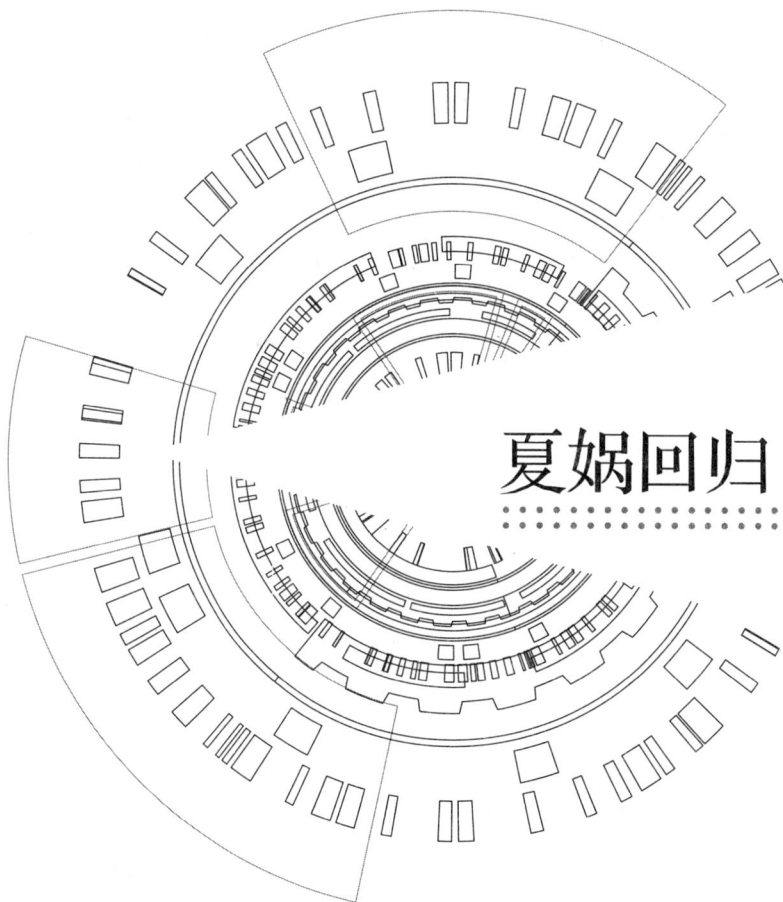

夏娲回归

一　夏娲

在那场被后人称为"科技大爆炸"——科技的发展变成暴涨，轰然一声炸毁了22世纪的人类社会——的大劫变中，我和丈夫算是幸运的人。丈夫虽然没能逃脱纳米病瘟疫，但我家别墅的院内恰好有一艘整装待发的时间渡船，是从时空俱乐部租借的，原打算用于暑期度假。时空俱乐部是一个精英组织，只对少数超一流科学家开放，全球的会员不超过50名，这是因为时空旅行者必须有极强的道德自律。那天我扶着虚弱的丈夫匆匆进了渡船，让他平卧在后排的座位上。我坐上驾驶位，开始设定时空坐标——但我无法做出决定。良久我回过身，俯身对丈夫轻声说：

"大卫，我不知道该去往何时。肯定不能回大爆炸前的社会，那时没办法治疗你的病。但如果去未来，我不知道文明多久才能复苏。要不，我们先去500年后试试？"

丈夫艰难地抬起头。纳米病是科技时代的黑死病，病魔把他折磨得瘦骨嶙峋，只有一双眼睛像灼热的火炭。他没有犹豫，断然说：

"我们不去未来，回到150万年前吧。你只用输入'直立人第一次用火的时刻'，电脑会自动搜索到精确的时空节点。"他喘息片刻，补充道，"夏娲你帮帮我，在我堕入地狱前干一件事。"

我久久地看他，心绪复杂。我知道他要干什么。大卫是"科技暴涨"的有力推手，名列凌烟阁二十四功臣的前列。现在，不惑之年的他要在生命的最后时刻来一个彻底的反叛。我简单地说：

220

"干涉过去——这违反时空穿梭的最基本道德。"

大卫不耐烦地一挥手——在这样的非常时刻，让那些劳什子道德见鬼去。

我没有多说，回头开始设定时空坐标。大卫是我的丈夫兼导师（求学时的导师和生活的导师），我已经习惯了服从他。渡船启动前我仔细检查了生活背包中的装备。我必须谨慎哪，毕竟这是一次跨越150万年的时空穿梭，在那时的非洲荒野上甭想找到一块备用电池或一根缝衣针。好在生活背包状态完好。一把掌中宝激光枪，虽然小巧但足以摆平一群狮子；一个高容量手电筒；一只压电式长效打火机；一副作用范围100公里的对讲机，一条多功能睡袋……这些用具都是时下最先进的型号，其能量储备均不低于50年。背包里还有够一周食用的压缩食品，这只是作为应急，因为食物应该在目标时空中解决。我从背包内兜中翻出一个半透明的乳白色小球，大小正好一握。我问：

"大卫，家用的全息相机怎么也在背包里？"

在我检查背包时，大卫艰难地坐起来了。他斜倚在座椅后背上，一直目光冷漠地看着窗外。这会儿他收回目光，看看我手中的小玩意儿，忽然没来由的脸红了。他勉强说：

"我昨天试驾时用过它。"他补充道，"我拍了咱们的孩子。"

孩子。他提前拍了"出生后"的孩子，而现在他（她）只是我腹中三个月的胎儿。我知道大卫为什么脸红，知道他为什么把这么重要的事瞒着我。在时空穿梭中旅行者不得同自身有互动——这也是最严格的时空戒律之一。他拍摄自己的孩子虽然不算实质的互动，也差不多等同于犯戒了。而且这与我们即将开始的干涉不同。事急从权，为了挽救人类社会，他有足够勇气去违犯戒律。但上次不同，那纯粹出于一个大男孩的好玩心态。但我不想让丈夫难堪。丈夫已经病入膏肓，即将开始的150万年的时空穿梭也很难甩掉死神。如果我救不了他，至少也要让他保持心灵的平静。我只是淡淡说一句：

"这会儿真想打开相机，看看那个小模样啊。儿子还是女儿？"

"儿子。"

"是吗？不过还是留到以后再细细欣赏吧。这会儿不能耽误了。大卫你坐好，我要启动了。"

我启动了渡船，周围时空在摇曳中隐去。

我的名字叫夏娲。不是《圣经》中的"夏娃"，只是恰好同音而已。在古闪族的神话中，亚当与夏娃是人类的始祖，不过夏娃只是亚当的附属物，是男人的肋骨变的。我的名字来自另一个古老民族关于女娲的神话。女娲用五彩石补好被撞裂的天穹，又用泥土造出男人女人。她是人类唯一的始祖。

我的名字是父亲起的。这个22世纪的启蒙师（小学教师）很聪明，巧用我家的古老姓氏，再加上一个简单的方块字，就让女儿的名字兼具东西方两个人类始祖的含义。我想，当他为名字中内禀的神秘深奥而沾沾自喜时，绝不是想让怀中囡囡跑到150万年前扮演人类始祖吧。

但这个名字一定有内在的法力，最终让我来到洪荒时代。

荒野之神，我向你致敬。此时的东非稀树草原还没刻上人类的痕迹，它的面貌完全由荒野之神来装扮。广袤的草原上长着高大的金合欢树，成水平状的树冠直插云天，犹如一抹抹绿色的轻云。地平线上立着一排大腹便便的波巴布树和扇椰子树，巨大的树冠郁郁葱葱。眼下应该是雨季，硬毛须芒草和菅草汇成连天的浓绿。数百万只红嘴奎利亚雀和燕鸥在蓝天下盘旋俯升，大笔书写着跳荡的生命旋律。角马和瞪羚撒满了草原，它们吃着草，悠闲地甩着尾巴，不在意时刻相随的死神。天边闪烁着青色的闪电，乌云从地平线上漫卷而来。

根据渡船主电脑的搜索，那个时空节点就在附近，误差域为24小时×3千米。也就是说，至迟到明晚此时，一道闪电将点燃附近一株大树，而坠落凡尘的天火也将同时照亮某个野人的蒙昧心智。

时间渡船停泊已毕，船身半隐在高大的禾草丛中。附近有五棵扇椰子树，成五边形排列，这是一个明显的地标。我关闭了动力，回头说：

"大卫，说吧。我该怎么做。"

我绝不会放弃救活他的希望。我想尽快完成他的这桩心愿后赶紧返回，找到一个合适的时空为他治病。大卫示意我把生活背包给他。他喘息着，找出那柄掌中宝激光枪，托在手中，目光苍凉地看着它。

"夏娲，难为你了。我知道你的天性不适合干这种事。但我太衰弱……"

我打断他："没关系，我有勇气干这件事。问题在你这边。你真觉得它是正当的吗？你真能狠下心这样干？"

他久久沉默，脸上笼罩着死亡的黑气。"我个人已经做出了决定，但这个决定应该由我们两人共同做出。"他说。

我干脆地说："我没问题，我听你的。那我就去了。"

我把他在后座上尽量安置妥当，把食物和饮水放到他手边，又开启了渡船外壳的低压电防护系统。我自己带上一天的食物和饮水，但想了想又留下了，尽量给大卫多留一些吧。在外边总能找到食物和饮水的。虽然我这次外出不会有危险，但凡事还是稳妥为好。我带上睡袋、手电、打火机、袖珍望远镜、猎刀，把掌中宝掖在怀里。临走想了想，把那个球状全息相机也带上了，在等待时空节点的闲暇中，我满可以欣赏欣赏儿子的小模样。准备妥当，我俯下身吻吻丈夫，轻声说：

"我走了。你安心休息，千万不要出去。"

大卫没有说话，一只手轻轻拉我，拉我到他身边……我明白了他的意思，轻声问：

"你想要我？大卫，你的身体……"

但我知道他的想法。他对自己的痊愈已经不抱希望；或者说他早已心死，根本不在乎肉体的存活。他想在告别人生前同我多来几番温存。也许他有不祥的预感，在分手前想留下妻子的体温。我理解他。我随即除下外出的行头，脱掉衣服，帮他宽衣解带，然后两个赤裸的身体紧紧贴在一起。他瘦骨嶙峋的身体让我心疼如绞……不过大卫只是安静地抱我一会儿，然后吻吻我，喘息着说：

"去吧。先把正事干完。我们以后的时间多着呢。"

我从他的话中触摸到入骨的悲怆——他的余生可不多了，但他已经无事可做，所以才说"时间多着呢"。我笑着打岔：

"不，你马上就该忙了——儿子七个月后就出生啦。"

我找到十几枚秃鹳和奎利亚雀的鸟蛋对付了晚饭，然后爬到一株金合欢的树杈上观察。乌云已经差不多布满天空，夕阳的光剑努力穿过云缝。暮色苍茫。草原中充盈着舒缓强劲的生命律动。一头猎豹扬着尾巴飞奔，不过我觉得它的身形比150万年后的后代要粗壮一些，奔跑的姿势也不如后代们飘逸。猎豹捕到一只瞪羚，但立即引来了草原的强盗鬣狗。猎豹胆怯地退却了，强盗们快意地大吃大嚼。十几只秃鹫扑打着翅膀缓缓落下来，等着享用鬣狗们的残肴。更远处一只雄狮也闻到了血腥，它鬃毛怒张，急速向这边跑来……就在这时，我看到了他们。

这是一个直立人家族，在暮色中分开草丛向这边走来，有30人左右。我调好望远镜焦距，镜头首先罩住了家族的头领。这是个45岁左右的男人（或者直立人的面容比现代人要老一些），全身赤裸，身体强健，须发蓬乱，披一身肮脏的黑色体毛。他走路的姿势已经同现代人没什么差别，面容的差别则要大一些，两颊多毛，额部明显低平，眉骨突出。他手里拎着一根木棍，一端是削尖的。对这点我没有惊奇，我知道此时的直立人已经能制造精美的石斧和其他工具。后边有几个中年男人或年轻男人。其他都是女人和半大孩子，女人身上背着不多的杂物。队伍中好像没有老人。

我把望远镜倍数放大，又打开夜视功能，对准男首领的眼睛。我知道人或动物的目光最能反映他（它）的智力层次，但这次我没能得出肯定的判断。他的目光中没有死板、愚鲁、残忍这类属性，但也看不到灵智的闪耀，就这么平平淡淡的目光，在夜视功能下幽幽闪亮，随着他的行走，在暮色中拉出一道跳荡的水平绿线。他们走近了，食草动物们警觉地盯着他们，连狮群和鬣狗群也怀着相当的戒心。看来这群直立人已经是此地常见的风景，动物们也承认他们属于草原的强者。

而且，这一小群直立人很快就要接过上苍恩赐的天火，开启智慧的天门，最后成为各色人种的共同先祖，成为地球的主人。

他们经过我所在的金合欢树，又走过一片刺槐丛，消失了。但我知道他们还会回来的——在闪电点燃某一株树木之后。我的任务就是在此守候那位率先盗取天火的人。

我打开对讲机。在静电的喳喳声中听到大卫的微弱声音："你好夏娲。"

"大卫，我看到那个直立人族群了，一共31人。我有个直觉，盗火者应该是那个男头领。我在这里等他。"

"好的。"

"你吃过了吗？"

"吃了一点儿。我这边你不用操心。"

"好的。吻你。"停停我说，"大卫，如果你改变了决定，请在第一时间通知我。"

"一定。"我能感觉到他在那边缓缓摇头，"但我不会变的。"

几只高大的长颈鹿悠闲地甩着尾巴，走近我身下的这株金合欢，伸着长舌在尖刺中卷吃树叶。其中一只发现了我，小脑袋从枝叶中伸过来，用温顺的目光好奇地盯着我。我拍拍它的脑袋，它受了惊，长颈一甩避开了我，但过一会儿又把脑袋伸过来。我不敢在这儿多停留，闪电肯定要击中附近某棵树，没准就是我身下这棵呢，这一带就属它最高。我爬下树，找到一块儿台地把自己安顿好。为防止蚊虫骚扰，我钻进睡袋，把拉链仔细拉好，只留脑袋在外边。

乌云遮蔽了星月，夜色已重，远方的青色闪电不时把夜景定格。长颈鹿群仍停在原地，它们的身体已经隐入夜幕，但青光映出几支晃动的长脖，与不动的树干混杂在一起。在闪电击中那棵树之前我无事可干，但我心绪烦乱，此刻也无法入睡。我想到那台全息相机，便掏出来，按下开关。立时小球周围形成了明亮的激光网。因为我自身也在光团之内，图像不好分辨。我把小球放远点儿。现在看清了，那是一位正在分娩的产妇——当然是我。她屈腿躺在产床上，肌肉紧绷，低声呻吟着，裆间血迹斑斑。可能有点儿难产，因为一双拿着产钳的手伸进图面里。又过了几分钟，产钳夹着一个浑身血污的肉团团出来。他被交给另一双手倒拎着，哭出了嘹亮的第一声。

这就是我的儿子，我和大卫的儿子。我的喉咙发哽，胸膛被堵上一块柔韧之物。相机的激光照亮了一个小区域，儿子的身体轻盈地浮在绿草之波上，像是驭空飞翔的小天使。我想起了刚才那个直立人族群，他们是人类的先祖。百万年来无数的小生命通过无数的产门来到世上，组成了绵亘不绝的血脉之河、生命之链。而我七个月后也将参与其中，尽到女性的责任。

此刻心绪烦乱，不是欣赏小可爱的时候。我长叹一声关上相机，开始思索大卫要我干的事。他想让我杀死直立人中第一个用火者，从而斩断（至少是推迟）人类智慧的进化之路。这个决定疯狂而荒诞，但我理解丈夫的心理脉络。他曾是科学教的虔诚信徒并为此燃尽才智。这一代科学精英们成就了科学的暴涨，在那段欢乐的日子里，似乎自由王国伸手可及。可是——忽然一切都失控了。不是个别的失控，而是全面的失控。纳米技术引发了高科技时代的黑死病，基因技术引发了普遍的基因错乱，亚洲新一代粒子对撞机造成了一个微型黑洞，如今正在疯狂吞噬着地球的肌体，逼得我们不得不逃亡……于是像丈夫这样的科技精英们产生了强烈的幻灭感和负罪感。他要在临终前赎罪，甚至不惜让人类回到发明用火前的蒙昧时代——而且他有这个能力的，因为他正好握有一艘高科技的时间机器。

作为他的爱妻，我愿意帮他实现这个心愿。当然我肯定不会杀人，我也不相信这样干就能斩断那条命定之路。但——我相信，在这个关键的时空节点施加一点儿干扰不是坏事，我祈盼它能多少弱化150万年后的社会爆炸。

我会完成丈夫的托付，但在这件事上我俩其实只是同路人。

我努力抚平了烦乱的思绪,沉沉睡去。

狂暴的雷声把我惊醒,眩目的蛇形闪电连接着天和地。透过青光我能看见金合欢的树干,看见几只慌乱摆动着的长颈。暴雨随即扑来,把世界淹没在狂乱的雨声中。我知道那个时刻快来了,就坐起身,从睡袋中掏出雨帽带上,注意观察。凌晨,随着咔嚓嚓一声炸响,一道闪电击中一棵巨树,正是我曾爬过的那株。巨树从中腰处被劈断,缓缓落到地上,激起一声闷响。青光中看见几只长颈鹿疯狂地逃窜。倒在地上的树冠熊熊燃烧,即使暴雨也不能浇灭它。

暴雨过去了,天光渐渐放亮。那株巨树的残骸上仍有余火,浓重的白烟直直上升,到一定高度后被水平风吹散。我钻出睡袋向那边走去,很快闻到了烤肉的香味掺杂着焦糊味。火堆中露出长颈鹿的一只后肢,它肯定是被倒下的树干压住又被大火烧死了。我忽然发现在远处,在熹微的晨光中,那个直立人族群正急急向这边跑来。也许他们的嗅觉更灵敏,在几里之外就闻到了烤肉的味道?我迅速藏到一丛刺槐后,观察着他们。

那个族群看到了长颈鹿的尸体,高兴得尖叫着。显然他们不是第一次经历这样的幸运,他们没有耽误,立即围着尸体忙碌起来。女人们先用石刀割下小块的熟肉给孩子们,小家伙们兴奋地狼吞虎咽。男人们用石刀熟练地分割尸体,割开厚厚的鹿皮,割断坚韧的肌腱,把尸体分割成一人能够扛动的小块。虽然工具只是石器,但他们的工作相当快速。太阳升起时尸体分割已毕,族人们扛上猎物,结队离开了。这当儿周围聚集了一群鬣狗,但它们没敢靠前。可能是怕火,也可能对直立人有惧意,只是在圈外猎猎狂吠着。

这个族群离开了,鬣狗们向火堆围拢,准备享受残肴。这么说,并没有发生那件改变历史的大事，我不免感到困惑……但我忽然发现有两人匆匆返回，一人放下背负的鹿肉，用带尖的木棍赶走鬣狗。另一人是那位男头领，他也放下背负的鹿肉，盯着那堆余火，慢慢靠近。我的位置正在他的对面，中间隔着火堆。我悄悄端平望远镜，镜野中看到火苗在那双眼睛中跳荡，使原本平淡的目光平添几分灵气。他犹豫着，欲进又停，欲停又进。他的基因中镌刻着对火的顽固恐惧，灵智中却萌生了对火的强烈渴望，两者正在激烈交锋。最终，新启的灵智战胜了古老的基因。他慢慢伸出多毛的手臂，试探着，小心地抓起一根前端燃烧的树枝，把它从火中抽出来。他把树枝擎得远远的，盯着前端的火舌，目光中仍有驱不净的恐惧。但无论如何他没有扔掉它，而是牢牢擎着。

另一个男人此时也忘了驱赶鬣狗，呆呆地立着，紧盯着他手中的火，目光中有更浓的惧意。

于是，在此时此刻，人类的新时代之门哑哑地开启了。

我叹口气，悄悄掏出激光枪，瞄准他擎火把的右手，一个小红点在他右腕上跳动。大卫说只有杀了他，才能"有效地"斩断这条路（连他也没说能"彻底斩断"）。但我不会杀他的。大卫想让人类抛弃科学完全回归自然，甚至回归到发明用火之前的自然状态，但他却是使用断然的科学手段来实现它，这样的干涉合乎自然吗？我摇摇头，放弃了脑中这场驳难。这是一个悖论陷阱，甭想摸到底的，还不如跳出来干点儿直观的事。我把激光枪调到弱档，按下扳机，一束激光脉冲破空而去。这束脉冲足以在他腕部烧出一个焦斑，但不会造成更大的伤害。他痛楚地狂嗥一声，往我这边瞥了一眼，扔下火把转身就逃。另一人跟着他撒腿逃跑，连地上的两大坨鹿肉也忘了捡起。

那根脱离了火堆的树枝又烧一会儿，火舌逐渐变小，最后变为白烟。

　　于是，那扇刚刚打开的新时代之门又哑哑地关闭了。这次灼伤会给盗火者留下痛苦的记忆，甚至被他认为是上天的惩罚。也许他今生不敢再"玩火"，也许在一段时间后他会恢复勇气再度尝试……不管怎样，反正我已经对这个时空节点施加了干扰，可以对丈夫交代了。也但愿它能弱化150万年后那场劫难。

　　鬣狗们又猖猖着靠近。我的任务已顺利完成，便带上随身用品返回。我一边信步走着，一边想着如何把这件事（我没杀死盗火者）对丈夫说圆。沉思中我回到了出发地，但是——眼前为什么没有我们的时空渡船？我仔细看看周围的方位，没有错，正是这儿，那五株扇椰子树就在近边。我打开对讲机呼唤丈夫，但对讲机中悄无声息。须知它的作用范围是100公里啊，莫非丈夫驾渡船离开了这片时空，独独把我抛下？不，大卫决不会这样做的，以他衰弱的体力，他也没有理由这么做。

　　我在附近寻找，很快找到了我离开时留下的脚印。是穿鞋的脚印，所以只可能是我留下的，绝不会是那些光脚的直立人。但在脚印的尽头，在那本应停着一辆时空渡船的地方却空无一物，甚至没有留下任何迹象，比如压断的树枝，地上留下的压痕等。我反复呼唤，对讲机里仍然是瘆人的沉默。这沉默一点点放大我内心深处的恐惧。我焦急地呼唤着：

　　大卫，大卫，你在哪里？

　　——忽然之间我全明白了。我的世界瞬时坍塌了。

二　大卫

妻子走后，大卫勉强吃点儿东西就睡了。这一觉睡了很久，但一直睡不安稳。思潮在睡眠之河中暗暗涌动。他要妻子做的事是对他40年信仰的决绝反叛，那么他这样做对吗？……浅睡中他感觉到电闪雷鸣，感受到狂暴的雨柱拍打着船身，也感觉到一道闪电击中了附近的树木。这么说，那个时空节点应该快到了。

他想走出梦境，用对讲机向妻子问问情况。但他的体力实在太弱，意识指挥不动肢体。一直到朝阳初升时他才真正醒来。他打开对讲机呼唤妻子，但没有回应。那么，也许那位盗火者已经到了火堆现场，夏娲此刻不便回话。她看到对讲机的信号，过一会儿就会主动回话的。

但他等了很久也没回音。他忍不住，又呼唤了几次，仍然没有回音。虽然从理智上判断不会出事，但下意识中一个小警灯开始悄悄闪亮。他强撑病体坐起来，从环形观察窗向外看。天气已经大晴，天蓝得通透，几朵羽状白云悠然飘荡着。渡船旁边是那五株扇椰子树，在斜射的阳光下似乎显得更加高大。夏娲说这是一个非常明显的地标，所以她不大可能迷路。但大卫巡视一周后有点儿困惑——周围好像没有被闪电击中的树，因为视野中没有余火的烟柱。那么，昨晚他在恍惚中感觉到的纯粹是梦境？

外出的妻子带着一整套高科技的行头，肯定不会出危险的——但正是这一点让他困惑。因为那件高性能的对讲机肯定不会出故障，在关机状态也有提醒功能。那么，妻子为什么迟迟不通话？

他的忧思被暂时打断，因为在左前方草丛中忽然出现两个直立人，手中各握着一根带尖木棍。他们显然是直冲着这儿来的，走得很快，边走边向这边指指戳戳。大卫机敏地悟到是怎么回事：是阳光，阳光在渡船的金属外壳上反射，方位正指向那个方向。他们一定是远远发现了草丛中的奇怪闪光，于是过来一探究竟。昨晚妻子说她发现了一个直立人小族群，这两人应该就是其成员吧。两人很快走近，走到大约20米外时放慢了脚步，警惕地盯着这边，手持尖棍一步一步地逼近。渡船的窗户是单向透光，他们看不清里面，但大卫能清楚地看到他们：扁平的额部，突出的眉脊，赤裸的身体披覆着肮脏的黑色体毛，但比起黑猩猩来要稀疏。这正是人类在150万年前的尊容。

大卫静静地观察着。那两人绕着时空渡船转了几圈，对这个从没见过的大个头儿物件十分好奇，当然也夹着惧意。一个人用棍子捅捅渡船，见没有动静，便大着胆子把手慢慢伸过来。大卫屏息等待着那一刻——砰的一声，那人被低压电流打倒。他尖叫着，左手护着受伤的右手，连滚带爬地逃离此处。另一个人也慌乱地逃离。

大卫想他们肯定会头也不回地逃走，永远不敢再回到这儿来。但他想错了。那两人没逃多远就停下脚步，心有不甘地回头望着这边，激烈地比画着，讨论了很久。大卫轻轻摇头，看来这俩扁平脑壳尽管脑容量不足，也有很强的好奇心哪。没错，好奇心——这正是人类的强大本性之一，有了它，人类才敢"玩火"。大卫不再关心他们，拿起对讲机重新呼唤妻子，仍然没有回音。这时他听到尖利的连绵不绝的啸声，是一个野人发出的，他把手指含在嘴中，鼓着腮帮用力吹。没有多久，天边出现一群人影，约有二三十人，大步向这边跑来。他们走近了，早先的两人迎上去，比画着什么，向这边指指点点。然后他们合为一队走向这边。

大卫忽然震惊地屏住呼吸，瞪大眼睛——走在人群最前边的、首领模样的人是一个近50岁的男人。但他的形貌与别的直立人截然不同！首先他身上没有体毛。皮肤黝黑光滑，仅在胸部和裆部有黑色体毛，与现代人完全一样。他走近了，能看清他脸上也没有毛，而且额部饱满，眉脊不突出，完全是现代人的标准形貌。大卫仔细观察，甚至能从他的体貌中分辨出白种人的特征：眼窝较深，高鼻梁，蓝色瞳仁。但他披散的头发是黑色的，鼻梁挺直而不高，这一般是亚裔的特征。尽管他皮肤黝黑，但没有黑人的典型特征，比如卷发、厚嘴唇和翘起的臀部。大卫非常奇怪，150万年前的直立人中怎么会有这么一个突变，一个异类？也许现代人（更可能是白色人种和黄色人种）的血脉之河正是从这儿流出来的？

大卫隔着单向玻璃近距离观察他。那人看不到里边，但他一直努力向里看，一边保持着身体不与渡船接触，显然头前的两人已经向首领说明白了这个危险。从这个迹象看，这个直立人族群的语言已经进化到了一定程度。那人的眼睛近在咫尺，蓝色眸子显得机警而威严，闪烁着智慧的光芒。大卫苦笑着想，多半此人就是那个盗火者吧。他不该让妻子把激光枪拿走的。目标已经自己找上门啦，这会儿打开窗户给他一枪，自己的事就办完了。

但渡船里没有其他武器，他只能老老实实待着。

那人绕着渡船观察，大卫也随着他转动身体。忽然一声响，是他不小心把妻子放在手边的食物碰掉地上了。外面众人的听力很敏锐，都同时听到了这声轻响，齐齐向后跃出。跃到安全位置后他们才回过头，惊慌地盯着渡船。众人中没有那个首领，原来他离渡船太近，转身跃回时一只手不小心碰上船身，被低压电流打倒了，而且打得较重，此刻正在地上抽搐。其他人赶忙跑过来，把他拖到安全位置。

众人恐惧地盯着这个会咬人的魔物。首领被扶起来后也盯着这边，目光中有恐惧，但更多是狂怒。他在盛怒中做出了决定，一阵尖锐的喝叫之后，人群立即动起来。一人快步离开，沿来路返回。其他人开始拔草抉树枝，收拢后堆到渡船旁。首领本人也怒冲冲地干着，他体态彪悍，又带着情绪，干得比别人更快。大卫有点奇怪，他们在干什么？要用草叶树枝把渡船埋起来吗？不久，地平线上又出现了人影，这次是多达百十人的长队。肯定是刚才那个信使唤来的。无疑这个部落非常强大，妻子说它有31人，那她只看到了一部分。他们走近了，每人腋下都夹着一捆树枝或草。抵达这里后他们也把柴草堆到渡船周围。柴堆的高度已经半掩了渡船的窗户。然后所有人都望着来路的方向，等待着。

按说大卫已经能猜到他们的打算了，但由于思维的惯性——认为此刻的直立人还没有学会用火——大卫竟然没想到那个最明显的答案。他陪这些野人折腾这么久，体力已经难以支持。但眼前的事总该见到答案吧，他凝聚意志坚持观察着。忽然他奇怪地发现，"朝阳"正在慢慢落下——原来那其实是"夕阳"啊。自己的一觉竟然睡了一夜再加一整天？不该有这么久的，这让他心中隐隐觉得不踏实，那盏小警灯又开始闪亮。

暮色渐渐降临，渡船外的众人忽然有一波喜悦的骚动，很多人指着来路的方向。大卫也极目望去，忽然再次震惊了。他发现暮色中出现一个光点，它晃动着向这边趋近。现在能看清了，那是一支火把！火把的光芒照出了三个人的身影，都像是女性，两个年轻的扶着一位年老的。老人相当老迈，步履艰难，所以她们走得很慢。

火把？所谓人类"第一次用火"的时空节点之前竟然有了火把！看到火把，大卫不由得苦笑着自嘲：傻瓜，你这个反应迟钝的傻瓜，直到这时你才知道这些扁平脑壳们是在忙乎什么——在为这个胆敢咬人的魔物准备一场严厉的火刑。要知道他们已经有了"高科技"的火，拥有了世上最强大的魔力。他们要动用神火把魔物烧死，惩罚它竟敢对人类的王者不敬。

大卫苦笑着想，人类的天性倒是一脉相传的，刚学会用火才几天就有了足够的霸气。自己何尝不是如此？这十几年他志得意满，以为自己能把自然玩弄于股掌之中。相比之下，这群扁平脑壳至少对"火"还保持着敬畏。刚才大群人马来时没顺便把火种带来，而是捺住性子等这位步履蹒跚的老妇人，足见他们对火的尊崇。老妇人很可能是部族的女巫，只有她才掌管着用火的权柄。当然这场火刑很可笑，高科技的时间渡船可不怕温和的柴草之火。那就耐心等下去吧，等着这些野人离开后再设法和妻子联系。大卫静下心来，等着擎火把的三个妇人走近。

忽然——真正的震惊降临了。

三　夏娲

就在这一刹那我明白了，我的世界瞬时坍塌了。

大卫和我都太糊涂，主要怪我们这次的时空穿梭太仓促，没把事情想透。我们来到这个时空节点，想施加干涉以影响150万年后的世界。我们想当然地认为，这种作用不会影响到"已经处于本时空"的时空渡船。但我们错了。时空渡船虽然处于本时空，但它的根儿是扎在150万年后。所以，此处的扰动将会经过150万年的两次传递再作用到时间

235

渡船上。这么着，我昨晚射出的那束激光足以让这艘渡船飘移到恐龙时代，或干脆漂到外星球——但为什么我还在这儿？我为什么会留下一串脚印但却在某处突然中断？

打住。夏娲你甭想弄懂这些。时空穿梭本来就建立在深刻的佯谬上。而且，夏娲，夏娲，我在心中苦声唤着，你没有时间陷入玄虚的驳难。你还有更为迫切的事要干哩。

我的孩子。

此前我虽然和大卫万年迢迢来到这蛮荒世界，但心理上并未对此看得太重。我们就像是去非洲荒原上观看野生动物的阔佬，身后有一根粗壮的链条连着文明世界。现在这根粗壮的链条忽然断了，不，完全消失了，甚至连带抹去了我的丈夫。只剩一个26岁的、高科技时代滋养的精致女人，孤身留在150万前的蛮荒世界——不，如果真是孤身一人倒好办了，大不了一死而已。但现在是1.3个人！还有一个仨月的胎儿！

荒野的神灵，你救救我吧，不要让一个年轻女人在绝望中疯狂。

我没有疯。我没那个资格。我的慌乱只延续了半个小时，也许只有十分钟。然后旧日的我訇然溃散，一个赤裸的女野人从旧壳中走出来。旧日的我——我生长于斯的高科技世界，文明崩溃后的悲怆，我对那个世界的责任，我对重病丈夫的心疼和俯就，乃至我对美食、音乐、首饰和时装的眷恋，我对自身美貌的自恋……如此等等的一切都在刹那间崩碎。现在这个女野人的精神世界中只剩下三个字：活下去。

为了自己，更为了孩子。

我在刹那间建立的目标甚至比这更深远。我身边带有一整套能使用50年的高科技行头，它们并未随时间渡船一同消失。凭着它们，在荒野中生存下来并把孩子养大并非难事。但此后呢？等待丈夫的搭救？我绝不能寄望于这个肥皂泡。那么等我死后，孩子将孤身一人？他与谁结婚生子？当他在绝对的孤独中疯狂时，有什么能让他借以逃离的东西，诸如责任、亲情和爱情？

答案非常明显：唯一的希望就在那个直立人族群。尽管他们身上有黑色长毛，他们额部扁平脑容量不足，他们眉脊突出脸上长毛，他们粗野污秽，但至少他们的血缘与我是相通的。我只有（带着腹中的孩子）设法融入这个野人族群。命运对我毕竟还算仁慈，在壁立千仞的绝望中还留下这么一个小小的出口。我只能以感恩的心接受它。

朝阳升起时我已经彻底完成了蜕变与新生。我最后一次用对讲机呼唤，仍然没有声音。便毫不怜惜地抛弃了它，我绝不容许自己再把时间浪费在虚无的希望上。我狠心抛弃的还有其他用具：激光枪、望远镜、猎刀、睡袋……做出这个决定的是直觉而不是理智。理智告诉我应该保留这些极为宝贵的用具和武器，它们可以大大增加我的生存几率，且不说能助我在野人族群中占据王者之位。但直觉告诉我，在一个蒙昧族群中使用这些东西是反自然的、鲁莽的，它可能带来无法预见的潜在危险。比如说，如果族群习惯于依赖这些神物，而它们却不可避免地耗尽能量，那时该怎么办？凭我一人之力，我肯定没有能力让一个蒙昧种族一夕之间跃升为智人，只好让自己（和孩子）向下沉沦以适应它。

扔掉这些东西后我又脱去衣服，全部脱光。生活在野人群中不需要衣服，这样才能抹平我与野人们的鸿沟。虽然想起从此要永别这些"女人之爱"，难免心中作疼，但我没有任何犹豫。记得一位成功的野生动物学家说，要想和野生动物真正贴合，你只有像它们那样四肢走路，像它们那样撕扯食物，像它们那样赤身裸体。虽然我将面对的是野人而不是野兽，我还是照他说的去做吧。只是在脱鞋时我犹豫了，不过只是因为实用主义的原因：我未经磨炼的嫩脚板肯定受不住荒原的坎坷荆棘。但没有办法啊，我不愿把这个"古里古怪"的玩意儿带进那个光脚的族群。而且说白了我没有第二双鞋子和第二身衣服，早晚得走这一步。晚走不如早走。

衣服脱光了，我看着自己白皙光滑的胴体苦笑。它漂亮而精致，但一点儿不实用，我倒是希望进化之神能让我重新生出御寒的体毛，那就谢天谢地了。

没舍弃的只有两件：打火机和全息相机。打火机在我随后准备实施的计划中有特定的用处；全息相机是我同丈夫和儿子唯一的羁绊（我是指原时空中那个水晶雕像般精致的儿子，而不是今后的小野人）。我从内衣上撕下一块布把二者仔细包好，用裙带斜挂在胯部。这对野人们来说仍是"古里古怪"的东西，但让我保留这唯一的奢侈吧。

新生的夏娃在那堆灰烬前等待。我抱着微弱的希望，希望那个野人首领（为方便计，以后叫他野亚当吧）还没有完全死心，还会再来火堆旁看看。至于他来后该怎么办，我已经有了周密的腹案。如果他不来，我再去找他也不晚。

谢天谢地，我的估计没有错。野亚当又来了，而且这回只有一人，估计他是有意独自前来，不想在部众面前重现昨天的狼狈。他能在一夜之间克服恐惧只身前来，我不由得佩服他的勇气。显然他对昨晚的受伤心有余悸，离火堆很远就站住了，警觉地睃着四周。我这次没有躲藏，从树干后主动现身，在脸上堆出"最雌性"的笑容。

野亚当惊愕地发现了我，一个无毛的、皮肤白皙、形貌妖异的雌性。他立时收住脚步，紧握木棍，把棍尖对准我。我估计昨晚他受到枪击时可能瞥见了我，所以他目光中有浓重的敌意。我对他的敌意坚持报以友好的笑容，并在笑容中尽可能加进柔媚。他紧紧盯着我，但我拿不准自己在他的眼中是什么形象，是一个比女野人性感漂亮的异性，还是一个讨厌的白化病人。

不管怎样，我一直坚决地笑着，但他的敌意似乎没有减弱。不过不要紧，我还另有招数呢。我向他招招手，向火堆走两步。他没动。我再招招手，再向火堆走两步。然后我俯下身，把整个后背留给他。这意味着对他的信任，陌生的野人之间绝不会这样做的。

我在火堆旁鼓捣了好久。他终于耐不住好奇心，向这边走了两步，伸长脖子向前看，但棍尖仍警惕地朝向我。等把他的好奇心撩拨到足够程度，我站起来，回过身，满面欢笑，手中擎着……一束枯枝，火苗在枯枝前端欢快地跳跃。

野亚当呆住了，目中顿时消去敌意，代之以敬畏和欣喜。他紧紧盯着我手中的火焰。

我笑容可掬，把火把递过去。他立即后退一步，反倒恢复了戒心。我知道自己做错了，有点儿操之过急，更不该把这事弄得像是对他的恩赐。我应该设法把这个赠予弄得更自然一些，熨平他雄性的自尊心。于是我让擎火把的右手抖一下，火把歪了，燎着了我的左肘。我惊呼一声扔掉火把。它落在地上，与雨后的湿地接触，发出轻微的嗞嗞声，火焰慢慢变弱。我佯作惊慌地盯着它，同时用眼角的余光罩着野亚当，揣摩着他会不会抢救火把。如果他一直不动手，火焰熄灭前我将不得不拾起它……在火焰快要变成白烟前，他终于弯下腰，小心地拾起火把。脱离了湿地的火焰立即熊熊地燃起来。

他傻笑地擎着那团火焰。我也咯咯傻笑着，拿崇拜的目光看着他，心中则轻松地叹息一声。此时此刻，新时代之门在因我的干扰而关闭之后重新开启了。历史之河稍稍走了一点儿弯路，但很快裁弯取直，撂下一个小小的弓形湖。我不由想起大卫，有点儿心酸。他借助时空渡船打算抹去这个时空节点，我帮他实现了。但我随后又把"该得的火"还给野亚当，抹去这段人为干涉，恢复了历史的原貌。

也不全是原貌——这团火并非来自天火，不是那堆灰烬的复燃，因为那个火堆已经熄透了。这团火是我躲开了野亚当的眼睛，用打火机点燃的。

但我对大卫没有愧疚。我这样做是为了孩子，我们两人的孩子。一个母亲为孩子而做的任何事情都是天然正确的。大卫对科技的突然反叛，突然萌生的回归自然愿望，都是偏于概念化的东西，当它们与现实的顽石相撞后肯定会碰得粉碎。什么是现实？现实就是我们母子如今生活在野人群中。我想让儿子吃熟肉，想让他在晚上睡觉时有一个防御猛兽的火堆。就这么简单。但这个简单的需求又无比强大，强大得足以撞碎一切理性的阻挡。我们会牢牢守着这堆火，一代一代活下去，哪怕它会带来150万年后的社会爆炸。

我小心地盯着野亚当擎着的火把。尽管在"原历史"中正是野亚当开辟了用火进程，我还是担心他缺少经验而使火把熄灭。我从火堆中捡了几支大小合适的焦枝，递给他。这次他顺顺当当地接受了，把它们并在原来的树枝上，火焰立即大大加强。他那未脱蒙昧的心智充分理解了这团火的重要，随手扔掉那根带尖木棍，用双手虔诚地擎着火把，转身回家。我自然不会瞎等男士的邀请，便拾起他扔掉的尖棍，又搜集一抱焦枝，很家常地跟在他后边。他斜眼看看我，没有什么表示，仍小心翼翼地捧着火把前行。

我心中一阵轻松，知道自己已经被他接纳了。

我的赤脚实在难以对付荒原的荆棘。尽管我咬牙忍痛，仍不免一瘸一拐，落在野亚当的后面。那个脑容量不足的家伙竟然有足够的细心，注意到了我的落后，便停下脚步等我。我匆匆赶上时，他正不耐烦地倒换着脚步。看来他急于在族人面前展示手中的神物，不过还是强捺着性子等我。就在这时，我心中突然涌出大潮般的感激之情。

族群的家原来安在刺槐丛边，只是一片被踏平的草丛，背对着绵亘不绝的刺槐。男人睡外边，女人和孩子睡里边。这当然是为了防御野兽。"家"的最里边堆着昨晚运回的鹿肉。今天可能因为首领不在，食物也足够，所以他们全部在家，没有出去觅食。这会儿大家看见首领回来——而且手中捧着可怕的火焰！身后还跟着一个形貌诡异的白色妖孽！所有人都跳起来，惊惧地盯着两件凶物。野亚当走进人群，努力讲说着，不知道是在讲"火焰"还是在讲我。那是一种不连贯的语言，带着弹舌音和吸气音，基本为单音节。他说了很久，但族众依旧茫然。这不奇怪，此时的语言中肯定没有"火"的概念，不好讲清楚的。

我尴尬地站在人群之外。族众看我的目光饱含敌意，特别是那些中年女人。但我早就筹谋好该怎样化解它。我默默走到一旁，把怀中抱的焦枝架成圆锥形，让其中央是空的。在我干这件事时，周围没有声音，但我感觉到30双灼热的目光烙在我的后背上。焦枝架好了，我走近野亚当，讨好地笑着，向他讨要那束火把。野亚当困惑地看着我，犹豫着。但他一定想到最初是我把火焰驯服的，便不大情愿地交给我。我把火把塞到焦枝堆中，火焰在树枝缝隙中试探地舔着，腾跃着，轰然一声大烧起来。野人们慌乱后退，有小孩在害怕地尖叫，可能是火花迸到身上了。我默默走过人群，去里侧取过一块带骨的腿肉，又走回来，放在火焰上烤着。族众又慢慢围上来，个个屏住气息，盯着我的手。

肉很快烤熟了，香气四溢。我走过去，把熟肉献给野亚当。他定定地盯着这块肉，很久不接。我保持着笑容，一动不动地举着它。终于他接过来，咬了一大口，立即露出狂喜的表情。他想了想，把肉撕开，分给几个小野人，小野人们立即大口吞吃，个个欣喜若狂。

野亚当抱着几块肉过来，交给我，自然是让我继续烤肉。族众的目光不再带有敌意，而是转为期盼。我轻松地想，整个族群已经接纳我了。

夜里我睡在人群外侧，最接近火堆的地方。我毕竟一时难以适应命运的陡变，再加上还要照顾火堆，所以彻夜难眠。族众都睡得很熟，但我起身添火时，只要稍有动静，立时有七八个脑袋仰起，七八双目光警醒地打量着四周，这中间肯定有一双目光是野亚当的。天已经大晴，河汉低垂，繁星如豆。荒野沉浸在森冷的静谧中，偶有一声鸟啼狮吼也打不破它。极目所至是无尽的黑暗，只有一个小小的金色火堆。火焰跳荡着，小心地舔着夜色。它太微弱了，似乎很快会被黑暗窒息。但我知道它不会熄灭，它其实比黑暗强大。它会一直烧下去，直到激醒人类的蒙昧——再一直走到22世纪的社会爆炸。

这才是人类史的"自然状态"？是大卫和我曾用时间机器和激光枪中断过的、我又用打火机接续上的自然状态？想起是我一人促成了方向相反的两次大转折，我总觉得啼笑皆非。我想着丈夫，痛苦地思念着他。大卫我违逆了你的意愿，你怨恨我吗？此刻，在我睡在野人群中的第一夜，大卫你随时间渡船漂流到了哪里？

第二天族众照例出去觅食。族群中没有太小的孩子，所以全员出动。我忍着双脚的剧疼也走进队伍中。走前我添足了柴，但我担心火堆坚持不了一天。当然，打火机还在我胯部的布包里，但上次用它点火是在特殊情况下。以后若非万不得已，我不会再重复了。在这个蒙昧族群中，我决心彻底回归自然，抛弃一切"科技之物"。野亚当一定是注意到了我回望火堆的目光，他想了想，把我从队伍中粗鲁地拉出来，指指火堆，吼吼地喊了几声。我顺从地点点头（但愿史前人也知道点头的意思），留下来照看火堆。我不由对野亚当生出钦敬之情。他的扁平脑壳倒也有足够的智力，敏锐地抓住了新时代的关键，那就是——在居住地保持一个不灭的火堆。

这可以说是人类史上最重要的发明。此后，在上百万年漫长的历史中，尽管人类向世界各地扩散，但这始终是各部落不变的传统，在各大洲漫长的暗夜中，一个个小小的火堆守护着人类的文明。

晚上这支队伍拖着长长的身影回来。野亚当给我一只兔子，我想他是让我烤给孩子们吃。我把兔肉烤熟了，交给野亚当。他撕下两条后腿首先给我。我赶忙看看四周的族众，怕他给我的特殊待遇让其他人生妒。但是没有。别人目光漠然，没有赞许也没有敌意，几个孩子不看我手中的后腿肉，只是贪馋地盯着剩下的熟肉。这意味着，这两只后腿肉是"守火堆者"应得的报酬。其实今天我已经用野果鸟蛋填饱了肚子，但我感激地接过它，大口吃起来。

荒野唤醒了我基因中深埋的本能，我在几天内完全习惯了这儿的生活。那个22世纪温室中长大的精致女人完全恢复了野性。我还打算彻底抛弃理智上的清醒（它太痛苦），尽快让心智向下沉沦，达到和那些女野人一样的层次，这对我才是最保险的生活。但在这之前我不得不玩弄一点儿机谋——为我的儿子。七个月后我将生下这个儿子，蓝眼珠，黑发。额部饱满，眉脊低平，浑身无毛，皮肤白皙。他在这个直立人族群中绝对是个形貌妖异的妖孽。这个族群已经接纳了我，还能不能接纳这个婴儿？也许能，也许不能。但我绝不能心存侥幸。我必须未雨绸缪，把儿子置于万全之地。

至于如何办，我苦笑着想，我也早就成竹在胸啦。文明时代的生物学家们说，女人是雌性动物中唯一没有周期性征的，这是一种进化策略。因为人的婴儿过于柔弱，只能靠男人的保护。而最好的作法是让一群男人都以为婴儿是他的后代。女人没有明显的周期性征就易于行使欺骗。

我要趁身孕不明显，加紧实施这样的欺骗。这个族群是群婚制，我会坦然接受它，不过第一个要征服的男人当然是野亚当。那是最合适的人选，有助于我儿子获得较高的社会地位。我这样做其实算不上阴谋，因为其他智力低下的女野人都是这么做的，不过她们是依据本能，而我是依据智慧。所以不妨这样说：何时我能比照她们的水平，使智慧充分萎缩而让本能足够茁壮，我就不必活得这么累了，一切都自然而然地顺流而下了。

也许在造物主的目光中，现代人的精妙心计也不过如此？

我决定今晚就去找野亚当。白天族人们出去觅食，我仍看守火堆。我从布包里取出全息照相机，打开它。我遗憾地发现，相机中和儿子有关的录像原来就那么一段，可能是丈夫在"偷窥未来"时及时自省，中止了犯罪。我一遍一遍地看着，泪珠在腮边滚落。相机中其他内容都是我和大卫的两人世界。我们在出席高档宴会，我穿着漂亮的晚礼服，裸露的后背如羊脂玉般润泽；大卫揽着我立在高山之巅，脚下翻卷着无边的云海，这应该是在西藏拍的；丈夫为我庆生，鲜艳的奶油花上25支蜡烛跳荡着金色的小火苗；然后是我俩一身廉价衣服混在大排档的吃客中，躲在角落里大吃大嚼……

我整整看了一天，时时抹去腮边的泪珠。荒野千里，风吹草低，身边的火堆安静地闷燃着，白烟袅袅上升。十几只鬣狗颠颠地跑来。我不想让它们中断我的观看，就从火堆中抽出一支长枝，做好防卫准备。但鬣狗并没有打扰我。它们被这团变幻的白光迷住了，都蹲在后腿上，痴痴地看着，目光愚鲁而好奇，我甚至感受到了其中的温馨。夕阳沉落在晚霞中，族人们该回来了。我叹息一声，关了相机，随手抛到远处。鬣狗们立即蹿起来，争着叼那个球球，很快跑远了。也许鬣狗们不会咬碎这个玩物吧，那么，也许150万年后，某个考古学家能从非洲某处地下挖出它。

但我不能再让它留在胯边的布包里。大卫和野亚当这两个男人不应共处。

夜里，我把火堆上的柴添足，摸到野亚当身边。

七个月后我生下儿子。分娩时刻是白天，仍是我一人在家。没有全息相机上记录的难产，也许这得益于我几个月来在荒野的颠簸。我挣扎着咬断脐带，用早已备好的软草擦干儿子身上的血污，紧紧抱在怀里。我没有麻烦给他起名字，他的一生中用不上这个。令人欣慰的是，也许因为族群已经看惯了我的怪模样，所以平静地接受了这个无毛小怪物。仅在此后野亚当对他明显偏爱时，有些女野人会恼怒地吼叫，然后把邪火撒到我和孩子的头上。不过这样的小小恶行是可以理解的，我会护着儿子，与她们凶恶地对吼，但从没放心里去。

我的儿子出生在一个错误的时间。其他女野人由于本能的指引，都是在旱季怀孕雨季分娩，这样母子容易获得充足的食物。我的儿子却赶在旱季前出生，偏又赶上一个特别漫长的旱季。在整个严酷的旱季里，这个小生命一直在同死神搏斗。族群中的男人们，尤其是野亚当，为了帮我们母子找食物真是累惨了。当然这并非出于高尚而是出于自私本能，以他们的智力，认识不到这个无毛的白色小怪物不是自己的血脉。但……其实这种自私就是高尚，是这些蒙昧心灵中最闪亮的东西。我对他们满怀感恩之心。

母子俩终于熬到第一场雨水来临，绿草和兽群似乎一夜之间忽然冒出来。所有族人都像瞪羚那样蹦跳撒欢儿，吃饱喝足的儿子咯咯笑着，而我也学会了像女野人那样狂喜地尖叫。

四　大卫

火把下那三人让大卫经历了真正的震惊。那是三位女性，两个年轻直立人扶着一个80岁左右的老妇——大卫在第一刹那的下意识中，正解地没称她为直立人。因为她同刚才那位男性首领一样，明显是现代人的体貌特征，额部饱满，眉脊低平，浑身赤裸，肤色黝黑，没有体毛。她背部佝偻，眼神混浊无光，双乳已经极度萎缩。头上是稀疏的白色乱发，下身围着一条短裙——不，不是短裙，只是一条宽带吊着一个布包，布包明显久经沧桑。她的面部深镌着稠密的皱纹，几乎覆盖了真正的面容。纵然这个老妇与年轻美貌的夏娲没有任何相像之处，大卫还是凭直觉认出了她。他朝对讲机脱口唤道：

"夏娲？夏娲？"

没有回音。对方手中没有对讲机，身上也没有可以装对讲机的地方。但大卫不怀疑自己的判断。他在刹那中猜到真相——妻子受他之托去杀死采天火者，她对本时空的干涉通过150万年的两次反射影响到本时空的时间渡船。影响倒是不大，渡船仍保持在原来的空间位置，只是时间向后漂移了大约50年。他真该死，竟然没提前考虑到这种可能，即使他病入膏肓神思昏沉，这样的愚蠢错误也不可原谅。他回头看看那五棵成五边形排列的扇椰子树，没错，它们的相互方位没变，但50年后的树身明显粗大多了，刚才他在下意识中其实已经注意到这一点，只是把它忽略了。还有，难怪他心目中的朝阳变成了落日，现在并非抵达本时空的第二天清晨，而是50年后的某个傍晚。

他再度观察来人。两个年轻女子中，有一个完全是野人体貌，擎火把的另一个则带着现代人和直立人的混血特征。大卫迅速理出了事情的大致脉络：在时空渡船漂移走之后，孤身一人陷在本时空的夏娲不得不加入直立人族群，艰难地活下来，并带大了他俩的儿子（就是那位想烧死自己的男首领），又和族群中的男人们至少生下一个女儿。这50年来，这个族群可能一直在本地求生；也可能到处迁徙，只是最近刚好转移到这个区域。然后当渡船从时间中凭空而降时，族群成员发现了它。

可怜的夏娲，可怜的儿子。

还有，可怜的大卫。

突然逝去的50年岁月像一条突然结冻的冥河，把大卫的意识冻僵了。他想赶快起身，打开舱门把夏娲（还有她的儿女们）迎上来。但他

247

被魇住了，一动不能动。他看见男首领对老妇说着什么。老妇颤颤巍巍地走过来，浑浊的老眼看清了柴草之下的渡船，立时眼光一亮！但亮光随即转为茫然，她陷入苦苦的思索。大卫推想，也许她萎缩的神智已经忘了时间渡船，仅在记忆深处有一点儿模糊的印象而已。老妇伸手去摸渡船，儿子赶紧劝止她，但老妇摇摇头，固执地把手伸过来。就在她的指尖快要接触船身时，大卫总算反应过来，一把摁断了低压电防护系统。老妇摸到船身了，安然无恙。男首领愣一会儿，也试探着摸摸，没有事。第一个被击中过的男人不相信，小心地伸手摸摸，也没事。一群人欣喜若狂，围着老妇欢呼起来。

无疑，他们认为是老妇的法术显灵了。

老妇围着渡船转，趴在窗户上急切地向里看。单向窗户里，大卫隔着咫尺之距看着她浑浊的眼神，不知道自己该不该出去。在50年的漫长人生中，夏娲显然已把根深深扎在野人社会中了。她严重衰退的心智中恐怕已经没有大卫的存身之地。那么，在她生命之烛将要熄灭的时候，突然强行把她拉出这个熟悉的世界，是不是太残酷？

但老妇分明已经激起比较连贯的记忆。她表情激动，围着渡船蹒跚地转着，摸着。然后她想到什么，吩咐那个混血女人解开她胯部的布包。布包很紧，费了很大时间才解开。所有人都期盼地看着，显然他们从没见过其中的内容。老妇从中取出一个小物件，虔诚地捧在手中，面向渡船，嘴里喃喃说着什么。大卫听不懂，他以为那是野人的语言。但他忽然听懂了，老妇的声调相当怪异，但她分明是在念诵：

"大——卫，我——是——夏——娲。大——卫，我——是——夏——娲。"

大卫的泪水汹涌而出。他辨清夏娲是在说她的母语。只是50年没用过，尤其是没有群体语言环境的自动校正，她的汉语发音已经严重漂移了。

但她在呼唤丈夫。她还记得这个亲切的名字。

她手中的小物件也看清了，是那枚长效的压电式打火机，外表依然簇新闪亮。夏娲在几十年的奔波中保留着它，无疑是作为一种象征，象征着她同逝去世界的联系。至于其他物件估计都已经遗失了吧。到了此刻，大卫大致厘清了历史的脉络。50年前，妻子肯定按丈夫的嘱托杀死了第一个采火者（没有这桩对时空的干涉，时间渡船就不会有漂移）。但她和儿子也因此陷入本时空。此后，为了儿子能吃上熟肉，她肯定又把直立人的用火历史重新接续上了，说不定就是用这只打火机。

所以，那个关键的时空节点并没有改变，最多有短暂的推迟。而且有夏娲作技术指导，直立人的用火进程说不定比原历史还要快一些。

大卫唯有苦笑。他不怪夏娲。要怪只能怪自己的狂妄，妄图借时间机器，单枪匹马就想来改变历史。历史没有改变，唯一的改变是命运之神对他的惩罚，让他在一夜之间失去了妻子的50年。

男首领过来，指着渡船同母亲说着什么。老妇也指着渡船说了一会儿。然后首领下令，众人开始把刚才扒散的柴草拢回到渡船上。大卫一时有些困惑，现在这个首领，他的儿子，不会再对时间渡船使用火刑了吧，那他要干什么？忽然大卫明白了。那个首领此刻是在恭顺地执行母亲的意愿。衰老的夏娲肯定已经忘了时间穿梭的概念，她以为渡船是50年前的遗留，而丈夫早已逝去。她想为亡夫补行火葬。

大卫的泪水汹涌而下。到了此刻，他已决定不在夏娲前露面了，对夏娲来说这应该是最好的结局吧。虽然此刻他俩近在咫尺，实际已经分处于异相时空，无法相合的，那又何必打乱她余生的平静。她形貌枯槁，这50年肯定饱受磨难；但她受族人尊敬，儿女双全，精神世界应该是丰满的，那就让她留在这里度过余生吧。至于那位比自己还要大十岁的儿子，也让他留在这个时空里，继续做他的王者吧。

直立人对在荒野放火显然很有经验。男首领把食指在嘴里含一下，又高高举起，判明了风向。他让族人把母亲扶到上风头，从妹妹手里接过火把准备点火。正在这时，老妇高声制止了他。老妇颤颤巍巍地过来，手中擎着那把打火机。大卫知道，她是以这种特殊方式来追念丈夫。老妇一下一下地按着火机，可能手指无力的缘故，打火机很久没打着。她终于打着了，一团橘红色的火焰在薄暮中闪亮。她绕渡船转一圈，在多处点着了柴堆。火焰腾空而起，发出劈劈啪啪的爆裂声。火舌包围了渡船，又顺着风向在草地上一路烧下去，映红了半边夜空。在火舌完全隔断视线之前，大卫见老妇用力扬一下右手，那颗发亮的打火机飞入火堆中。

伴着漫天的野火，火场外的人群疯狂地扭动着身躯，双手向天，齐声吼着一首苍凉激越的挽歌。

大卫长叹一声，按下了渡船的启动键。

第二天，族人出外打猎时经过这里。他们看到烧黑的草地呈三角形扩展到很远，但在最先着火的地方，在厚厚的柴草灰烬中，没有留下任何残骸，那个会咬人的、让女巫奶奶伤心痛哭的魔物，肯定被完全烧化了。